KB162390

을 유 세 계 문 학 전 집 · 3 6

모스크바발 페투슈키행 열차

MOSKVA-PETUSHKI
by
VENEDIKT EROFEEV

모스크바발 페투슈키행 열차

MOSKVA-PETUSHKI

베네딕트 예로페예프 지음 · 박종소 옮김

❀ 을유문화사

옮긴이 박종소

서울대학교 노어노문학과와 동 대학원을 졸업했으며, 러시아 모스크바 국립대학교 어문학부에서 『블라디미르 솔로비요프의 시: 미학적-도덕적 이상의 문제』로 박사 학위를 받았다. 1996년부터 서울대학교 노어노문학과 교수로 재직 중이다. 최근 글과 논문으로는 「레프 톨스토이, 생애와 문학의 현재적 의의」(2010), 「러시아 문학의 종말론적 신화양상 I · II · III」(2004~2006) 등이 있으며, 저서로는 『한 단계 높은 러시아어 1, 2』(공저)(서울대학교출판부, 2005, 2009), 번역서로는 바실리 로자노프의 『고독』(문학과지성사, 1999), 표도르 도스토옙스키의 『아저씨의 꿈』(열린책들, 2000), 『말의 미학』(공역)(길, 2006), 블라디미르 솔로비요프의 『악에 관한 세편의 대화』(문학과지성사, 2009), 『무도회가 끝난 뒤』(공역)(창비, 2010), 『전쟁과 평화』(공역)(을유문화사, 2019) 등 다수가 있다.

을유세계문학전집 36
모스크바발 페투슈키행 열차

발행일·2010년 9월 25일 초판 1쇄 | 2020년 9월 10일 초판 3쇄
지은이·베네딕트 예로페예프 | 옮긴이·박종소
펴낸이·정무영 | 펴낸곳·(주)을유문화사
창립일·1945년 12월 1일 | 주소·서울시 마포구 서교동 469-48
전화·02-733-8153 | FAX·02-732-9154 | 홈페이지·www.eulyoo.co.kr
ISBN 978-89-324-0366-3 04890 978-89-324-0330-4(세트)

• 값은 뒤표지에 표시되어 있습니다.

차례

나의 사랑하는 맏아들,
바딤 티호노프*에게
이 비극적인 글을 바친다.

작가의 알림

『모스크바발 페투슈키*행 열차』 초판은 단 한 부였던 덕에 빠르게 다 팔려 나가고 말았다.* 그 후로 나는 '세르프 이 몰로트* — 카라차로보' 장에 대해 엄청난 비난을 받았는데, 이건 정말 괜한 일이다. 나는 이미 초판 서문에서 '세르프 이 몰로트 — 카라차로보' 장을 꼭 읽을 필요는 없다고 모든 아가씨들에게 주의를 준 바 있었다. 왜냐하면 그 장에는 "그러고는 단숨에 마셔 버렸다"라는 구절 다음부터는 거의 한 장 반에 걸쳐 순전히 욕설만 계속되기 때문이며 또한 이 장 전체에서 "그러고는 단숨에 마셔 버렸다"라는 구절 외에 검열을 거친 단어가 단 하나도 없기 때문이기도 했다. 그러나 오히려 이 양심적인 통보는 독자들 특히 아가씨들로 하여금 그 이전 장들은 읽지도 않고, 심지어는 "그러고는 단숨에 마셔 버렸다"라는 구절도 읽지 않고, '세르프 이 몰로트 — 카라차로보' 장에 곧장 달려들도록 만들었을 뿐이었다. 이런 이유로 나는 두 번째 판에서는 '세르프 이 몰로트 — 카라차로보' 장에 있었던 욕설들을 모두 제거해 버려야 한다고 여겼다. 이렇게 해야 우선은 내 작품이 첫 장부터 순서대로 읽힐 것이고, 또 독자들의 기분도 상하지 않을 테니 말이다.

베네딕트 예로페예프

모스크바, 쿠르스크 역*으로 가는 길에서

사람들은 크렘린, 크렘린 하고들 말한다. 모두가 크렘린에 대해 이야기하는 건 들었지만, 정작 내 자신은 크렘린을 단 한 번도 본 적이 없다. 진탕 술에 취해, 아니면 숙취 속에서, 모스크바를 북에서 남으로, 서에서 동으로, 끝에서 끝으로 가로질러 닥치는 대로 돌아다닌 게 한두 번이 아니지만(천 번쯤), 난 아직까지 한 번도 크렘린을 본 적이 없다.

어제도 못 봤다. 저녁 내내 이곳 주변을 돌아 다녔고 술에 취한 것도 아니었는데 말이다. 사벨롭스크 역* 밖으로 나오자마자 난 일단 주브롭카* 한 잔을 마셨다. 왜냐하면 이제까지 만들어진 아침 탕약 중 최고로 훌륭한 게 바로 주브롭카라는 걸 경험상 잘 알고 있기 때문이다.

그랬다. 주브롭카 한 잔. 그 다음엔 칼랴예프 거리에서 또 한 잔, 다만 이제는 주브롭카가 아니라, 코리안드로바야*로. 친구 하나가 언젠가 말했다. 코리안드로바야를 마시면 사람이 반휴머니즘적으로 변한다고. 무슨 얘기냐면, 그 술을 마시면 사지에는 힘이 솟는데 정신은 혼미해진다는 것이다. 근데 내게는 웬일인지 정반대의 일이 일어났다. 정신은 최고로 말짱해지고 사지에 힘이 쭉 빠진 것이다. 그렇지만 나는 이것도 반휴머니즘적이라는 데에 동의한다. 그래서 바로 그곳, 칼랴예프 거리에서, 나는 지굴리 맥주* 두 잔을 더 추가하고, 디저트용 백포도주를 병째로 들고 마셨다.

여러분은 이렇게 물어보겠죠. 그다음엔, 베니치카, 그다음엔 또 뭘 마신 거야? 글쎄, 나도 잘 모르겠네, 뭘 마셨더라…… 아, 기억난다, 그건 확실히 기억난다. 체호프 거리*에서 오호트니치야* 두 잔을 마셨었지. 사도보예 순환도로를 건너면서 술 한 잔 안 걸칠 순 없잖아. 암, 그럴 순 없지. 그래서 뭘 더 마실 수밖에 없었던 거다.

그다음에 시내로 갔다. 왜냐하면 크렘린을 찾을라치면 난 언제나 쿠르스크 역에 도달하곤 했기 때문이다. 이번에도 원래 시내가 아니라 쿠르스크 역으로 가야 했던 건데 시내로 간 거다. 한 번만이라도 크렘린을 보려고 말이다. 그러면서도 난, 크렘린 비슷한 것은 보지도 못한 채 쿠르스크 역으로 곧장 가게 될 거라고 생각했다.

울화가 치밀어서 눈물이 다 날 지경이다. 어제도 쿠르스크 역에 못 갔던 것 때문에 화를 내는 건 아니다. (쓸데없는 소리다. 어제는 못 갔지만 오늘은 갈 거니까.) 아침에 누군가의 낯선 아파트 입구에서 잠을 깼기 때문은 더더욱 아니다. (나중에 알고 보니, 어제 나는 아파트 입구의 좁은 계단에 앉아서, 세어 보니 밑에서부터

14

40번째 계단에 앉아서, 여행 가방을 가슴에 꼭 끌어안고 잠이 든 것이었다.) 아니다, 울화가 치미는 건 이 때문이 아니다. 방금 계산해 보니 체호프 거리에서 이 아파트 입구까지 오면서 6루블어치나 계속 마셨고 바로 이것 때문에 울화가 치미는 거다. 그런데, 어디서 뭘 마셨던 거지? 어떤 순서로 마신 거야? 내게 평화가 되게 마셨던 걸까, 아니면 재앙이 되게 마셨던 걸까?* 이건 정말 아무도 모르고, 앞으로 그 누구도 결코 알지 못할 것이다. 보리스 황제가 황태자 드미트리를 죽였는지, 아니면 그 반대인지 우리는 여전히 모르고 있지 않은가.*

지금도 그게 어떤 아파트 입구였는지 당최 기억이 나질 않는다. 그러나 그래야만 한다. 모든 게 다 그러니 말이다. 세상만사라는 건 원래 천천히 그리고 부당하게 이루어져야 한다. 그래야 사람이 마냥 거만해지지 않고, 우울하거나 당황스러워 할 테니.

밖으로 나오니 이미 날이 밝아 있었다. 그들은 모두 안다. 인사불성으로 아파트 입구에 처박혀 있다가 새벽녘에 거기서 빠져나오는 사람들 모두가 안다. 마음속 어떤 고통을 내가 낯선 아파트 입구의 40번째 계단에 옮겨다 놓았는지, 그리고 어떤 고통을 이 대기 속으로 내뿜어 버렸는지를.

'괜찮아, 괜찮아.' 나는 내 자신에게 말했다. '괜찮아. 저기 약국이 있잖아, 보이지? 그리고 저기, 갈색 재킷 입은 저 호모가 보도를 치우고 있군. 저것도 보이지. 음, 그러니까 안심해. 모든 것이 정상적으로 돌아가고 있어. 왼쪽으로 가고 싶으면, 베니치카, 왼쪽으로 가, 억지로 가라고 하지는 않을게. 만약 오른쪽으로 가

고 싶거든, 그렇게 해.'

나는 오른쪽으로 갔다. 배도 고프고 추워서 조금씩 비틀거렸다. 맞다, 추위와 슬픔 때문이야. 오, 가슴속에 있는 이 아침의 짐! 오, 커다란 재앙의 환영! 오, 치유할 수 없는 것이여! 그 가운데 가장 거대한 것은 무엇일까, 그 누구도 이름 부르지 못했던 그 짐들 가운데, 무엇이 가장 거대한 것일까, 마비? 아니면 구역질? 신경쇠약? 아니면 심장에서 그다지 멀지 않은 어딘가에 있는 죽음의 우수일까? 만약 이 모든 것들이 전부 비슷비슷한 것이라면, 그래도 이것들 중에서, 이 모든 것들 중에서 가장 거대한 건 무엇일까, 파상풍에 걸리는 것? 아니면 열병에 걸리는 것?

'괜찮아, 괜찮아,' 나는 혼잣말했다. '서두르지 말고 바람을 피해서 걸어 봐. 그리고 아주 가끔씩, 가끔씩 숨을 내쉬도록 해. 그렇게 숨을 쉬어, 한쪽 무릎이 다른 쪽 다리에 걸려 부딪치지 않게. 어디로든 좀 걸어 봐. 어디로든 상관없어. 왼쪽으로 가도 쿠르스크 역이고, 똑바로 가도 마찬가지로 쿠르스크 역이야. 그러니까 오른쪽으로 가, 역시 쿠르스크로 가게 될 테니.'*

오, 헛되도다! 덧없도다! 오, 내 민족의 삶에서 가장 무력하고 부끄러운 시간, 동틀 무렵부터 상점들이 문을 열 때까지의 시간이여!* 그것은 얼마나 많은 잉여의 백발을 우리들 모두에게, 집 없이 노숙하며 우수에 젖어 사는 갈색 머리의 우리들에게 섞어 놓았는가!* 가라, 베니치카, 가거라.*

모스크바. 쿠르스크 역 광장

자, 왔다. 내가 이렇게 말했던 것을 알고 있다. 오른쪽으로 가면 반드시 쿠르스크 역에 다다르게 될 거라고. 너는 이 뒷골목들이 지겹다고 했잖아, 베니치카, 시끌벅적한 게 좋다고 했잖아, 그러니, 자, 여기 이렇게 시끌벅적한 곳이 있네……

'너, 그만 해,' 나는 손을 내저었다. '너 정말 시끌벅적한 게 좋아? 정말 사람들이 필요한 거야? 사실 구속주인 예수도 자신을 낳아 주신 성모님한테까지, 내가 당신과 무슨 상관이 있습니까, 라고 말했었잖아.* 그러니 하물며 시끌벅적하고 짜증나는 이 사람들을 내가 알게 뭐란 말이야?'

속이 메슥거리지 않도록 기둥에 기대어 눈을 꽉 감으니 훨씬 나았다.

"그럼, 그럼, 베니치카." 누군가 높은 곳에서 매우 조용하게, 매우 부드럽고 부드럽게 읊조리듯 노래했다. **"눈을 꽉 감아라, 속이 메스껍지 않으려면."**

오! 알겠다! 이건 다시 그분들이야! 주의 천사님들! 다시 당신들인가요?

"그래, 우리야." 다시 너무나도 상냥하게 읊조리듯 노래했다!……

"있잖아요…… 천사님들……" 나 역시 조용조용하게 말했다.

"왜?" 천사들이 대답했다.

"저 지금 너무 힘들어요……"

"우리도 네가 힘들어한다는 걸 잘 알아." 천사들이 노래했다. "그러니 걸어서 돌아다니렴, 한결 나아질 거야. 30분 후면 상점이 열릴 거고, 9시부터는 보드카도 있을 거야, 진짜라고, 포도주는 곧장 끝없이 내줄 거고……"

"적포도주라고요?"

"응, 적포도주." 주의 천사들은 노래를 부르듯이 말을 길게 늘여 되풀이했다.

"차가운 건가요?

"물론 차가운 거지……"

오, 나는 얼마나 흥분했던지!……

"천사님들은 돌아다녀라, 돌아다녀라, 그러면 한결 나아질 거야라고 말씀하십니다만, 그런데 실은 난 걷고 싶지가 않아요…… 천사님들도 잘 아시잖아요, 이 상태로 돌아다닌다는 게 어떤 건지!……"

이 말에 천사들은 잠시 침묵했다. 그러고는 다시 읊조리듯 노래하기 시작했다.

"그러면 역내 식당에 한번 들러 봐. 거기 아마 뭔가가 있을걸. 어제 저녁에 셰리주*가 있었다던데. 하루 저녁에 그 많던 셰리주를 다 마셔 버리기야 했겠어? 그러니까 아무래도 좀……"

"예, 예, 알겠습니다. 갈게요. 내 지금 당장 가서 알아봐야겠어요. 고마워요, 천사님들."

그러자 그들은 매우 조용조용히 노래했다.

"맛있게 마시게나, 베냐……"*

그러고는 매우 부드럽고 부드럽게 덧붙였다.

"뭘, 이런 별것도 아닌 걸 가지고……"

정말 사랑스러운 천사들이야!…… 좋아…… 가야 한다면 가는 거지. 어제 선물들을 미리 사둔 건 참 잘한 일 같아. 선물 없이 페투슈키에 가지 않게 돼서 말이야. 선물도 없이 페투슈키에 가는 건 절대 안 돼. 내게 선물에 대해서 기억나게 해준 건 천사들이었는데, 왜냐하면 내가 산 이 선물을 받게 될 이들이 바로 천사들을 떠올리게 하기 때문이다. 잘 샀어, 아주 잘 샀어…… 그런데 네가 그걸 어제 언제 샀지? 기억해 봐…… 가면서 기억을 되살려 봐……

나는 광장을 가로질러 걸었다. 보다 정확히 말하면, 그냥 걸어간 게 아니라 발을 질질 끌면서 간 거다. 그 와중에 나는 두세 번 멈추어 서서 구역질을 가라앉히려고 그 자리에 꼼짝 않고 서 있었다. 사실 사람에게는 육체라는 한 가지 면만 있는 것이 아니다. 사람에게는 정신적인 면도 있고, 그렇지, 게다가 신비적인, 초정신적인 측면이 있다. 그렇게, 나는 광장의 한가운데에서 분(分)마다

세 가지 모든 측면으로부터 속이 메슥거리기 시작하는 것을 기다
렸다. 그리고 다시 멈추어 서서는 꼼짝 않고 있곤 했다.

　'그런데 도대체 네가 어제 언제 선물을 산 거지? 오호트니치야
를 마신 후인가? 아니야, 오호트니치야를 마신 후엔 선물들을 살
겨를이 없었어. 첫 잔과 두 번째 잔 사이일까? 아닐 거야. 두 잔
사이에 30초 정도 시간이 있긴 하지만 내가 30초 동안 뭔가를 해
낼 수 있는 초인*은 아니잖아. 설령 초인이라 해도 오호트니치야
첫 잔을 마신 후에는 쓰러져 버릴지도 몰라. 두 번째 잔엔 손도 못
대보고 말이야, 그렇다면 도대체 언제지? 자비로우신 주여 세상
은 왜 이리도 비밀투성이인지요!* 꿰뚫을 수 없는 비밀의 장막!
코리안드로바야를 마시기 전이었을까, 아니면 맥주랑 디저트용
백포도주 사이였던가?'

모스크바. 쿠르스크 역 구내 식당

아냐, 맥주랑 디저트용 백포도주 사이는 진짜 아닌 것 같은
데…… 그땐 정말 짬이 없었잖아. 그렇다면 코리안드로바야를 마
시기 전일까. 이건 가능성이 있어. 그랬던 것 같기도 해. 내가 호
두를 산 게 코리안드로바야를 마시기 전이었고, 사탕은 좀 나중에
샀으니까. 아니, 사탕이 먼저였나? 코리안드로바야를 마시고 나
서 내가……

"술은 한 방울도 없소." 역 구내 식당의 경비원이 말했다. 그러
고는 죽은 새 새끼인 양 아니면 더러운 민들레인 양 나를 쭉 훑어
보았다.

'술이 없다니!!!'

나는 절망으로 온몸을 움찔하긴 했지만 내가 술 때문에 식당에
왔다고 생각하다니 당치도 않다며 어물대며 말할 수는 있었다. 내
가 여기 온 이유가 있었나? 아마, 페름으로 가는 나의 급행열차가
무슨 이유에선지 페름으로 안 가게 돼서, 바로 그래서 내가 이리로

온 것일 수도 있다. 베프스트로가노프*를 먹고 이반 코즐롭스키*를 듣거나 「세비야의 이발사」에 나오는 뭔가를 들으려고 말이다.

나는 그럼에도 얼마 전 누군가의 아파트 입구에서 그랬던 것처럼 여행 가방을 가슴에 끌어안고 주문을 기다렸다.

술이 없다니! 천상의 황후*여! 천사들의 말대로라면 세리주가 다 팔려 떨어지진 않았을 텐데. 왜 여긴 이따위 개 같은 조바꿈의 음악만 흐르고 있는 거지? 어, 이건 정말 이반 코즐롭스키 목소리구나. 나는 곧 이보다 더 역겨운 목소리는 없다는 것을 알게 되었다. 성악가들의 목소리는 모두 똑같이 역겹지만, 각각의 목소리는 혐오감을 일으키는 자신만의 방식을 가지고 있다. 그래서 그들의 목소리를 구별하는 것은 그리 어렵지 않다…… 음, 틀림없이, 이반 코즐롭스키야…… '오―오―오, 나의 선―조들의 큰 술잔……* 오―오―오, 밤의 별―빛 속에서 내 그대를 마음껏 보게 해주오'……* 그래, 분명해, 이반 코즐롭스키야…… '오―오―오, 무엇 때문에 나는 너에게 매―혹되었나……* 거절하지 마오'……*

"뭘 주문하시겠어요?"

"근데 여기는 음악만 있는 건가요?"

"'음악만' 이라뇨? 베프스트로가노프도 있고 과자도 있어요. 소 젖통 고기도……"

속이 다시 메슥거리기 시작했다.

"세리주는?"

"없어요."

"재밌는 얘기네. 소 젖통 고기는 있는데 세리주가 없다니!"

"퍽이나 재밌군요. 그래요, 셰리주는 없어요. 하지만 소 젖통 고기는 있지요."

혼자 남겨진 나는 토하지 않으려고 머리 위 샹들리에를 뚫어져라 쳐다보기 시작했다……

멋진 샹들리에다. 그렇지만 지나치게 무거워. 만약 저게 지금 우리들 머리 위로 떨어진다면 지독하게 아플 거야…… 아니지, 아마, 아플 수조차 없을 거야. 샹들리에가 떨어져 날아 내려오는 동안 넌 그저 아무 의심도 없이 앉아 있는 거야. 예를 들면, 셰리주를 마시고 있다고 쳐봐. 샹들리에가 떨어져 너한테 도달하면 넌 이미 살아 있지 않는 거야. 이건 너무 고통스러운 생각이군. 너는 앉아 있는데 위에서부터 너를 향해 샹들리에가 떨어지고 있다니. 무지하게 고통스러운 상상이야……

아냐, 뭐가 고통스럽다는 거야?…… 네가 만약 셰리주를 마시고 있다고 생각해 봐. 네가 벌써 해장술까지 마셨다면 이 상상은 그렇게 고통스런 것이 아닐 수도 있어…… 하지만 네가 과음을 한 채 앉아서 아직 해장술을 마시지 못했고, 셰리주도 내오지 않는데 여기다가 너의 머리 위로 샹들리에가 떨어진다는 거, 이게 바로 고통스러운 거지…… 이런 생각은 너무 괴로워. 생각은 아무나 하는 게 아니지. 특히나 과음한 채로는……

그런데 만일 이런 제안이 들어온다면 네가 동의할지도 모르지. 그러니까 말이야, 우리가 지금 너한테 8백 그램의 셰리주를 가져다주면서 그 대신에 네 머리 위에 샹들리에를 연결한 줄을 풀어버리겠다고 한다면 말이야……*

"어떻게, 정하셨어요? 뭔가 드시겠어요?"

"셰리주를 줘요, 제발. 8백 그램짜리로."

"벌써 한잔 걸치셨구먼, 뭐! 우리나라 말 못 알아들어요? 우리 가게엔 셰리주가 없다니깐!"

"그렇다면…… 기다리겠소……올 때까지……"

"기다리시려면 그러시든지……! ……평생 기다려 보슈!"

나는 다시 남겨졌다. 나는 뒤에서 이 여자를 불쾌한 눈으로 바라보았다. 특히 맵시줄 하나 없이 길고 밋밋한 하얀 스타킹이 밉살스러웠다. 맵시줄 하나만 있었어도 내 맘이 누그러지고 어쩌면 영혼과 양심의 짐이 가벼워졌을지도 모른다……

저 사람들은 왜 이렇게 무디고 거친 걸까? 어째서? 그것도 그래서는 안 되는 순간에, 그러니까 사람의 전 신경이 숙취로 풀려 버린 순간에, 그가 무기력하고 온순할 때, 바로 그런 순간에 특히 더 무디고 거칠게 구는 이유는 뭘까?* 왜 그럴까?! 오, 만약 온 세상이, 만약 세상에 있는 모든 사람이 내가 지금 그런 것처럼 조용히 겁에 질려 있다면, 또 자기 자신이나 이 세상의 자기 자리의 중대함을 포함한 그 어떤 것에 대해서도 확신을 갖지 않는다면 얼마나 좋을 것인가! 추종자도, 업적도, 괜한 사로잡힘도 없다면 얼마나 좋을까! 모두가 소심하기만 하면 얼마나 좋을까. 만약 소심함이 항상 깃들 수 있는 그런 구석을 보여 준다면, 나는 이 세상에서 영원히 살아도 좋다. "인류 보편의 소심함", 이것은 모든 불행으로부터의 구원이며 만병통치약이자 가장 위대한 완전함의 서술어가 아닌가! 이에 반해 활동적인 기질이란 말이지……

"셰리주를 주문한 게 누구요?!······"

내 앞에 여자 둘과 한 남자가 나타났다. 셋은 모두 흰 옷을 입고 있다. 나는 눈을 들어 그들을 보았다. 오, 틀림없이, 내 눈 속에 지금 얼마만큼의 온갖 꼴불견과 혼란스러움이 있을 것인가, 나는 이것을 그들로 해서, 그들의 눈을 통해서 알았다. 왜냐하면 그들의 눈 속에 이 혼란스러움과 이 꼴불견이 되비쳤기 때문이다····· 나는 어쩐지 풀이 죽고 당황스러웠다.

"나는 그러니까······ 떼를 쓴 건 아니오. 글쎄, 셰리주가 없더라도, 난 기다리겠소····· 난 이대로······"

"'이대로'라니!····· 당신 뭘 '기다리겠다'는 거요?······"

"별로, 뭐, 아무것도····· 난 실은 페투슈키에 가려는 거요, 사랑하는 그녀에게로 (하―하! '사랑하는 그녀에게로'!) 말이요, 선물도 샀는데······"

그들, 사형 집행인들은, 내가 계속 얘기하기를 기다렸다.

"실은 난····· 시베리아 출신이고 고아랍니다······* 그냥 메슥거리는 속을 가라앉히려고····· 셰리주를 원할 뿐입니다."

쓸데없이 난 다시 셰리주를 들먹거렸다, 쓸데없이! 그것은 그들을 곧바로 격노하게 했다. 셋이서 나의 두 팔을 붙잡고서 홀 전체를 가로질러 끌고 간다. 오, 이런 치욕의 고통이여! 그들은 홀 전체를 가로질러 나를 끌고 가더니 밖의 허공으로 내동댕이쳤다. 선물들이 담긴 내 여행 가방이 내 뒤를 따라왔다. 역시 내동댕이쳐졌다.

다시 허공으로. 오, 텅 비었도다! 오, 존재가 짐승같이 그 이빨을 드러내는도다!

모스크바. 상점을 거쳐 기차로

그 다음에 무슨 일이 있었던가. 식당에서 상점까지 그리고 상점에서 기차까지 말이다. 인간의 언어로는 표현할 수 없는 것이니 나 역시 표현하려고 노력하지 않겠다. 만약 천사들이 갑작스레 이것을 표현하려 한다면, 그들은 단지 한없이 눈물만 쏟아 놓을 뿐, 눈물 때문에 아무 말도 할 수 없으리라.

이렇게 하는 게 더 낫겠다. 이 죽음 같은 두 시간을 1분간 묵념함으로써 경의를 표하는 거다. 기억해, 베니치카, 이 시간들에 대해. 너의 삶의 가장 환희에 찬, 가장 빛나는 날에 이 시간들에 대해 기억해. 지극한 행복과 환희의 순간에도 이 시간들에 대해 잊지 마. 이런 건 되풀이되어서는 안 돼. 나는 모든 친척들과 가까운 사람들, 선한 모든 사람들에게, 심장이 시와 연민에 열려 있는 모든 이들에게 말하는 것이다.

당신들이 하던 일들을 그대로 두십시오. 나와 함께 멈추고, 표현할 수 없는 이것에 1분 동안 묵념으로써 경의를 표합시다. 만약 당신의 팔이 닿을 만한 곳에 어떤 나뒹구는 경적 같은 것이 있다면, 경적을 누르십시오.

그렇다. 나 역시 멈춘다. 정확하게 1분 동안, 역의 시계를 몽롱하게 바라보면서, 나는 쿠르스크 역 광장 한가운데에 기둥처럼 서 있다. 내 머리칼은 바람 속에서 때로는 흩날리고, 때로는 곤두서고, 때로는 다시 흩날린다. 택시들은 사방에서 내 주위로 몰려들고 지나간다. 사람들 또한 그런다. 그러다가 거칠게 바라본다. 아마도, 그들은 고대의 민중*에게 교훈을 주기 위해 이 사람을 이렇게 조상으로 만든 것일까 하고 생각하는 듯하다.

그리고 어디인지 모를 곳에서 울려 나오는 쉰 목소리의 여자 저음만이 이 고요함을 파괴한다.

"안내 말씀 드립니다! 8시 16분 4번 선로에서 페투슈키행 전차가 출발합니다. 정차할 역은 세르프 이 몰로트, 추흘린카, 레우토보, 젤레즈노도로즈나야, 그다음은 예시노를 제외한 모든 역입니다."

하지만 나는 계속 서 있다.

"반복합니다! 8시 16분 4번 선로에서 페투슈키행 전차가 출발합니다. 정차할 역은 세르프 이 몰로트, 추흘린카, 레우토보, 젤레즈노도로즈나야, 그다음은 예시노를 제외한 모든 역입니다."

그래, 다 됐다. 1분이 다 흘렀다. 물론, 이제 당신들은 계속해서 내게 질문을 던지리라. "그러니까 너 상점에서 나왔단 말이지, 베니치카?"

"그렇소, 상점에서 나온 거요." 나는 당신들에게 말한다. 그러면서도 머리를 왼쪽으로 기울인 채 나 자신은 플랫폼 방향으로 계속 걸어간다.

"이제 네 여행 가방이 무겁겠구나? 그렇지? 그래도 가슴에서는 피리가 노래하지? 정말 그렇지?"

"글쎄, 이걸 어떻게 말한담!" 머리를 오른쪽으로 기울이고서 나는 말한다. "여행 가방은 확실히 무척 무겁소. 그런데 피리에 대해 말하기는 아직 일러……"

"그런데, 베니치카, 도대체 뭘 산 거야? 무지하게 궁금한데……"

"당연히 궁금하시겠죠. 지금, 지금 하나하나 세볼게요. 첫 번째로, 쿠반스카야 두 병이 각각 2루블 62코페이카씩이니 총 5루블 24코페이카지요. 또 있어요. 로시스카야 0.25리터짜리 두 병은 1루블 64코페이카 줬으니, 총 5루블 24코페이카 더하기 3루블 28코페이카입니다. 8루블 52코페이카군요. 그리고 어떤 적포도주가 더 있는데요. 지금, 생각납니다. 그래요. 로조보예 크렙코예는 1루블 37코페이카에 샀지요."*

"그래, 그래, 그래. 그러면 총액은 얼마지?" 당신들은 말한다. "이 모든 게 지독히 재미있단 말이지……"

지금 나는 당신들에게 총액을 말할 것이다.

"총액은 9루블 89코페이카예요." 나는 플랫폼으로 들어간 후에 말한다. 그러나 이것이 완전히 총액은 아니다. 실은 나는 게우지 않으려고 샌드위치 두 개를 더 샀었다.

"넌 '구토하지 않으려고'라고 말하고 싶었던 거지, 베니치카?"

"아니요. 내가 뭐라고 말했든, 말한 것은 말한 겁니다. 나는 첫 번째 잔은 안주 없이 못 마셔요. 왜냐하면 게울 수 있으니까요. 그렇지만 바로 두 번째, 세 번째 잔은 깡술로도 마실 수 있습니다. 왜냐하면 구토가 날 수 있고, 헛구역질도 하겠지만, 결코 어떤 경우에도 게우지는 않기 때문이죠. 아홉 잔까지는 내내 그럴 걸요. 하지만 그때는 다시 샌드위치가 필요할 거예요."

"무엇 때문에? 다시 구토가 나서?"

"아니요. 결코 구토를 하지 않고, 게우는 것이라니까요, 저는 게운답니다."

당신들 모두는 물론 이것에 고개를 젓는다. 심지어 나는 여기 젖은 플랫폼으로부터, 내 앞의 땅 여기저기 널려 흩어져 있는 당신들 모두가 머리를 저으며 비꼬아 말하기 시작하는 것을 본다.

"정말 복잡하군, 베니치카! 섬세하군!"

"물론이죠!"

"생각을 아주 섬세하게 하는군그래! 그런데 이게 전부인가? 이것이 행복해지기 위해 네게 필요한 모든 거야? 더 이상은 아무것도 필요 없는 거야?"

"음, 어떻게 아무것도 더 필요 없을 수가 있겠어요?" 기차 칸으로 들어가며 나는 말한다. "내게 좀 더 많은 돈이 있었다면 맥주와 포트와인 두 병을 더 가져왔을 텐데, 그렇지만 사실……"

이때 당신들은 완전히 신음하기 시작한다.

"오—오—오, 베니치카! 오—오—오, 미개인!"

"글쎄, 뭐가 그렇단 말이지? 미개인이라고 해둡시다." 나는 말한다. 여기서 당신들과 이야기하기를 그만두겠소. 미개인이라고 하라지! 당신들의 질문에 난 더 이상 대답하지 않겠소. 나는 가슴에 여행 가방을 꽉 눌러 껴안고, 창문을 바라보며 앉아 있는 편이 더 낫겠다. 바로 이렇게 말이지. 미개인이라고 해!

그렇지만 당신들은 계속 귀찮게 따라다닌다.

"자네 왜 그래, 모욕감에 화가 났나?"

"무슨 소리, 아니요." 나는 대답한다.

"화내지 말게. 우리는 자네가 잘되길 바란다네. 근데 무엇 때문에 자네는, 이 바보, 계속 가슴에 여행 가방을 끌어안고만 있나? 거기에 보드카가 있기 때문인가, 그런가?"

여기서 나는 모욕당한 것 같아 완전히 화가 난다. 도대체 왜 여기서 보드카 이야기가 나오는가? 내가 보기에 당신들은 보드카를 빼고는 도대체 말할 수 있는 것이 아무것도 없는 듯하다.

"승객 여러분, 우리 전차는 페투슈키 역까지 운행합니다. 정차할 역은 세르프 이 몰로트, 추흘린카, 레우토보, 젤레즈노도로즈나야, 그 다음은 예시노를 제외한 모든 역입니다."

정말로, 도대체 여기에 왜 보드카를 들먹이는 거요? 당신들에겐 이 보드카만 관심거리니 그렇겠죠! 그렇게 알고 싶다면 말씀드리지, 난 식당에서부터 가방을 가슴에 꽉 끌어안고 있었는데, 그때에는 보드카가 아직 없었소. 전차 승강장에 갔을 때도 없었지, 기억나쇼? 역시 가방을 껴안고 있었지만 거기서도 보드카는 냄새조차 나지 않았소!…… 당신들이 계속해서 알고 싶다면, 모든 걸 말해 줄 테니, 기다려 보시오. 세르프 이 몰로트 역에서 내 해장술을 마시기만 하면, 그러면

모스크바 — 세르프 이 몰로트 역

그러면 그때 모든 것을, 모든 것을 말해 주겠소. 잠깐만들 참아요. 나도 참고 있단 말이오!

글쎄, 물론 그들은 나를 나쁜 사람으로 생각하고 있다. 매일 아침이면 술에 절어 나 자신도 나에 대해서 그런 생각을 한다. 그러나 아직 해장술도 마시지 못한 사람의 견해를 믿을 순 없는 것이다! 그 대신 저녁이면, 내게는 어떤 심연이 있게 되는지! 물론 만약 낮에 한잔 잘 걸친다면 말이지, 저녁이면 내게는 어떤 심연이 있게 되는가 말이다!

그렇지만 그렇게들 생각하라지. 내가 나쁜 사람이라고 해두자. 나는 대략적으로 다음과 같이 말할 테다. 만약 어떤 사람이 아침이면 추악한 모습으로 있다가 저녁에는 계획들로, 몽상들로, 그리고 노력으로 충만해 있다면, 이 사람은 무척 나쁜 사람이다. 아침에는 나쁜 상태였는데 저녁에는 좋아 보인다는 것은 나쁜 사람의 확실한 특징이다. 만약 반대로, 아침이면 원기 왕성하고 희망에 차 있다가 저녁 무렵이면 기진맥진해서 쓰러진다면 이건 틀림없이 쓰레기요, 장사꾼이며, 평범한 사람인 것이다. 내게 이런 사람은 혐오스럽다. 당신에게는 어떤지 모르겠지만 내게는 혐오스럽다.

물론 아침에도 저녁에도 똑같이 즐겁고, 해 뜨는 것도 기쁘고 해 지는 것도 역시 기쁜 그런 사람들도 있는데, 이들은 그저 파렴치한들이라서 그들에 대해선 이야기하는 것도 역겹다. 음, 그런데 만약 아침에도 저녁에도 똑같이 추악하다면, 그것에 대해서는 무엇이라 말해야 할지도 모르겠는데, 이들은 이미 끝장난 폐물이자 ×× 같은 놈이다. 왜냐하면 우리의 상점들은 9시까지 열고, 옐리세예프 상점은 심지어 11시까지도 열기 때문에, 만약 네가 폐물이 아니라면 저녁 무렵에는 언제든지 어느 정도까지는, 별 볼일 없는 수준이어도 어느 정도의 심연까지는 고양될 수 있을 것이기 때문이다……

그나저나, 내가 도대체 뭘 갖고 있냐고?

나는 여행 가방에서 가지고 있는 모든 걸 꺼내서는 샌드위치에서 1루블 37코페이카에 산 로조보예 크렙코예 술에 이르기까지 모든 것을 만져 본다. 만져 보면서 갑자기 몹시 지친다. 한 번 더 만지면서 기운이 쑥 빠졌다…… 주여, 여기, 당신은 내가 무엇을 갖고 있는지 보고 계시죠. 그러나 정말 **이것**이 내게 필요한 것들입니까? 진정 내 영혼이 **이것**을 사모한단 말입니까? 이것은 내 영혼이 사모하는 것 대신에 사람들이 내게 준 것들입니다! 그런데 만약 그들이 내게 **그것**을 준다면, 정말 나는 **이런 것들**이 필요하기나 할까요? 보세요, 주님, 여기 1루블 37코페이카짜리 로조보예 크렙코예 술이 있고……

그러자 온통 푸른 번개 속에서, 주는 내게 대답했다.*

"성녀 테레사*에게 성흔(聖痕)이 필요할 것 같으냐? 성녀는 성흔을 필요로 했던 게 아니라 그저 소망했던 거야."

"바로 그겁니다!" 나는 환희에 차서 대답했다. "바로 저도, 저도 역시, 그걸 조금 소망하는 것일 뿐입니다. 필요한 건 절대 아닙니다!"

'그게 네 소망이라면, 베니치카, 그냥 마시렴.' 조용히 나는 잠시 생각했지만, 계속 시간을 끌었다. 주님은 내게 계속 뭔가를 말할 것인가 아니면 말하지 않을 것인가?

주님은 침묵했다.

그래, 좋아. 나는 0.25리터짜리 보드카를 가지고는 차 칸의 승강구로 나갔다. 그렇다. 내 정신은 네 시간 반 동안 감금되어 괴로움을 겪었지만, 이제 난 그것을 잠시 돌아다니도록 풀어 줄 테다. 술 한 잔이 있고, **구토가 나지 않도록 하기 위한** 샌드위치가 있다. 그리고 존재의 감동을 위해 아직은 여전히 조금 열려 있는 영혼이 있다. **주님, 저와 식사나 함께 하시죠!**

세르프 이 몰로트 — 카라차로보

그러고는 단숨에 마셔 버렸다.

카라차로보 ─ 추흘린카

그렇지만 다 들이키고 나서는 말씀이죠, 아시잖아요, 정말로 얼마나 오래 얼굴을 찌푸리고 구역질을 참고, 얼마나 욕을 해대고 쌍스러운 말들을 퍼부었던가. 5분이었는지, 7분이었는지, 영원 동안이었는지 모르지만 사방 벽 안에서 그렇게 몸부림치면서 목을 움켜잡고* 날 괴롭히지 말라고 신에게 간절히 부탁했다.

그러나 바로 카라차로보까지, 세르프 이 몰로트에서 카라차로보까지 신은 나의 애원을 알아듣지 못했다.* 마셔 버린 잔은 배와 식도 사이 어딘가에서 소용돌이치기도 하고, 위로 솟구치기도 하고, 다시 추락하기도 했다. 이건 마치 베수비오 화산, 헤르쿨라네움, 폼페이 같기도 했고, 우리나라 수도에서 쏘아 올리는 노동절 축포 같기도 했다. 나는 고통스러웠고, 그래서 신에게 빌었다.

그러자 겨우 카라차로보에 도착해서야 나의 신은 내 기도를 알아듣고 귀를 기울였다. 모든 증상이 가라앉고 잠잠해졌다. 나는 일단 속이 잠잠해지고 나면 그다음부터는 괜찮으니 안심들 하시길. 난 자연을 존중한다, 자연의 선물을 다시 자연에게 되돌려 보내는 건 그리 아름다운 일이 아니다……* 정말 그렇다.

나는 머리칼을 대충 매만지고는 차 칸으로 돌아왔다. 승객들은 거의 냉담하게 나를 바라보았다. 심드렁한 동그란 눈으로……

난 이게 참 마음에 든다. 나는 우리나라 사람들의 눈이 텅 비어 튀어나와 있는 것이 마음에 든다. 이것은 내게 당당한 긍지의 감정을 불어넣는다…… 모든 것이 사고 팔리는 저기 **먼 곳**, 거기에 있는 눈들이 어떤 것인지는 상상할 수 있을 것이다. 깊이 숨겨진, 은폐된, 교활하고, 겁에 질린 눈들…… 화폐 가치 하락, 실업, 빈곤…… 사람들은 의심쩍은 듯이 끊이지 않는 걱정과 괴로움을 지닌 채 바라본다. 이것이 쩐의 세상에 있는 바로 그런 눈들이다……*

이와는 반대로 우리 민족은 어떤 눈을 가지고 있는가! 그들은 언제까지나 퉁방울눈이지만 거기서는 어떠한 긴장감도 찾아 볼 수 없다. 의미라고는 전혀 찾아 볼 수 없는 눈들이다. 하지만 그 대신에 어마어마한 위력이 있다! (이 어떠한 정신적인 위력이란 말인가!) 이 눈들은 배신을 모른다. 이 눈들은 어떠한 것도 사고 팔지 않을 것이다. 내 나라에 무슨 일이 일어나든지 간에, 의심의 시절에도, 힘겨운 묵상의 시절에도,* 모든 시련과 재난의 시기에도, 이 눈들은 껌벅이지 않을 것이다. 그들에게는 모든 것이 신의 이슬이고……*

나는 우리 민족이 마음에 든다. 나는 이 눈들의 시선 아래서 태어나고 어른이 된 것이 행복하다. 다만 이것 하나는 걱정이다. 그 눈들이 내가 승강구에서 어떤 짓을 했는지 본 건 아닐까…… 내가 아까 참에 위대한 비극 배우 표도르 샬랴핀처럼 손으로 목을 감싸고 마치 숨통이 눌린 것처럼 구석에서 구석으로 굴러다녔던 것을 눈치 챈 건 아닐까?*

글쎄, 그렇기는 하지만, 눈치 채라고 하지 뭐. 누군가 봤다면, 그러라고 해. 아마도, 내가 그곳에서 무엇을 시연했던 것은 아닐까? 그래…… 실제로 말이지. 아마도 나는 불멸의 희곡「오셀로, 베네치아의 모로코인」을 연기했던 것은 아닐까? 혼자서 연기를 하고 있었지만, 곧 모든 배역을 연기하고 있었던 것은 아닐까? 나는 예를 들면 자신을 기만하고, 자신의 신념을 배반했다. 더 정확히 말하면, 바로 자신을 기만하고 자신의 신념을 배반하는 나 자신을 의심하기 시작했던 것이지. 나는 자신에게 자신에 대해 귓속말로 속삭였다. 오, 그런 것들을 속삭였다! 그리고 거기서 나는 괴로움에 빠진 자신이 마치 자기 자신인 양 사랑에 빠졌던 것이다. 그리하여 나는 자신을 질식시키기 시작했던 것이다. 자신의 목을 붙잡아 질식시키려 했다.* 그런데 내가 그곳에서 한 것이 그들에게 무슨 상관이란 말인가?

저기 오른편, 창문가에 두 사람이 앉아 있다. 솜을 누빈 재킷을 입은 한 사람은 정말이지 멍청하디멍청해 보이는데 모직 외투를 입은 다른 한 사람은 그야말로 똑똑하디똑똑해 보인다. 그러나 저걸 좀 봐라, 저 사람들 모두 전혀 수치심 없이 술을 가득 따르고 마셔 대고 있다. 안주를 조금 먹고는 다시 술을 가득 따른다. 승강구로 뛰쳐나오지도 않고, 팔을 구부리는 절망스런 동작도 하지 않는다. 멍청하디멍청해 보이는 쪽이 술을 다 마시고, 만족해서는 웅얼웅얼 거리더니, "아! 좋다, 쌍!"이라고 말한다. 그러자 똑똑하디똑똑해 보이는 쪽 역시 다 마시고는 말한다. "선―험―적―이 야!"* 그리고 그것도 떠들썩한 목소리로! 멍청하디멍청한 자는 안주를 조금 먹고 말한다. "오늘 우리 아안―주는 정말 맛있군! 안주가 정말 끝내 줘." 그러면 똑똑하디똑똑한 쪽이 안주를 씹어대면서 말한다. "그―그―그래…… 선―험―적―이야!……"

놀라운 일이다! 나는 차 칸으로 들어가서 앉아, 그들이 나를 누구라고 생각했을까, 모로코인이라고 생각했을까 모로코인이 아니라고 생각했을까. 그들이 나를 나쁘게 생각한 것일까, 아니면 좋게 생각한 것일까라는 상념들로 괴로워한다. 그런데 이 두 사람은 열렬히 노골적으로 마시고, 피조물의 왕관들이나 된 듯이 자신들이 세계보다 더 우월하다는 의식을 갖고 마시고 있다…… "안주가 정말 끝내 주는군!"이라니…… 이들과는 반대로 나는 아침 해장술을 마시면서, 이런 행동이 어떤 내밀함보다 더 내밀한 것이기 때문에 하늘과 땅으로부터 숨어 행동한다!…… 나는 하루 일을 시작하기 전에 마시지만, 숨어서 마신다. 일하면서도 마시지만, 그 역시 숨어서 마신다…… 그런데 이들은!! "선―험―적―이다!"라니.

나의 예민함은 내게 무척 해를 끼치고, 나의 청춘을 못 쓰게 만들었다. 나의 어린 시절과 소년 시절을…… 더 정확하게는, 그렇다, 나를 망친 것은 예민함이 아니라, 오히려 내가 끝없이 내밀함의 범위를 확장했던 것 때문이다. 그리하여 몇 번씩이나 이것은 나를 파멸시켰다……

바로 지금 당신들에게 이야기해 주겠다. 내 기억으로 10년쯤 전에, 오레호보주예보로 이주하게 되었다. 그 무렵, 방에는 이미 네 사람이 살고 있었는데, 나는 그들에게 다섯 번째 사람이 되었다. 우리는 사이좋게 살았고 어떠한 다툼도 없었다. 만약 누군가 포트와인을 마시길 원하면, 그는 일어나 말했다. "얘들아, 포트와인이 마시고 싶어." 그러면 모두가 "좋아, 포트와인을 마셔. 우리도 너랑 포트와인을 마실게"라고 말했다. 만약 누군가가 맥주가 마시고 싶으면, 역시 모두가 맥주에 마음이 끌렸다.

멋진 생활이었다. 그러나 갑자기 나는 이 네 명이 왠지 나를 자신들로부터 **멀리하고**, 나를 바라보며 어쩐지 서로 **수군거리고**, 내가 어디로 나가려 하면 왠지 내 뒤를 **바라본다**는 것을 눈치 채기 시작했다. 나는 이것이 이상했고, 또한 조금 불안한 마음이 들었다…… 그리고 그들의 표정에서도 나는 똑같은 근심과 심지어 공포와도 같은 것을 읽었다…… '무슨 일이지?' 나는 괴로워했다. '무엇 때문에 그럴까?'

그러다 마침내, 어느 날 밤, 나는 무슨 일인지 그리고 무엇 때문에 그런지를 알게 되었다. 기억나는데, 그날 역시 침대에서 일어나지도 않았었다. 나는 이미 맥주를 마셨고 슬픔에 잠겨 버렸다. 그저, 누워서 슬픔에 잠겨 있었다.

그런데 나는 네 명이 모두 조용히 나를 에워싸는 것을 보았다. 둘은 머리맡의 의자에 앉고, 둘은 다리 쪽에 앉았다. 그리고 내 눈을 바라보는데, 그 눈에 비난 어린 눈초리가 가득하고, 내 안에 감추어 있는 어떤 비밀을 이해하지 못하는 사람들의 냉혹함을 지니고 바라보았다…… 마치 뭔가가 일어났던 것처럼……

"잠깐 들어 봐." 그들이 말했다. "너 이런 짓거리 **그만둬**."

"뭘 '그만둬'?" 나는 놀라서 약간 몸을 일으켰다.

"네가 다른 사람들보다 더 낫다고…… 우리는 변변치 못한 화상들이고, 너는 카인이고 만프레드라고 생각하는 짓거리를 그만두란 말이야……"*

"너희들 뭘 보고 그러는 거야!……"

"바로 이걸로 알게 된 거야. 너 오늘 맥주 마셨지?"

추흘린카 — 쿠스코보

"마셨어."

"많이 마셨지?"

"많이 마셨어."

"그렇다면 일어나서 가."

"'가라'니, 어디로??"

"모른다는 듯이 말하네! 우린 보잘 것 없는 인간에 비열한 놈들인데, 넌 카인이고 또 만프레드잖아……"

"잠깐, 난 그렇다고 말한 적 없어."

"아니, 그랬었어. 네가 우리한테 와서 살게 된 때부터 너는 매일 이걸 주장하고 있잖아. 말이 아니라 행동으로 말이야.* 심지어는 행동으로가 아니라, 어떤 일을 하지 않음으로써 그러기도 하지. 넌 **부정**을 통해 이걸 주장하고 있는 거야……"

"도대체 어떤 '행동'을 말하는 거야? 내가 대체 어떤 일을 '하지 않음으로써' 주장을 했다는 거야?" 나는 경악해서 눈을 있는 대로 크게 떴다……

"그래 어떤 행동인지는 다 아는 바지. 넌 볼일을 보러 화장실에 가질 않잖아, 바로 그거야. 우리는 곧 뭔가 이상하다는 걸 느꼈어. 네가 와서 살기 시작했던 때부터, 우리는 누구도 단 한 번도 네가 화장실에 가는 것을 보지 못했어. 그래, 좋아, 큰 볼일이라면 뭐 그럴 수도 있지! 근데 넌 작은 볼일 한 번도…… 작은 볼일도 안 보러 가잖아!"

그는 한 점 미소도 짓지 않은 채, 죽고 싶을 정도로 모욕적인 어조로 이야기했다.

"아니야, 너희가 날 잘 몰라서 그래, 얘들아…… 난 그저……"

"아니, 우리는 널 잘 알아……"

"아냐, 너희는 날 이해 못했어. 나는 너희들처럼, 침대에서 일어나서는 누구에게나 다 들리게 '자, 얘들아, 나 ……하러 간다!' 라거나 '자, 얘들아, 나 ……하러 간다!' 라고 말하는 걸 할 수가 없어. 나는 그렇게 못해……"

"도대체 왜 너는 못한다는 거야! 우리는 하는데, 너는 못한다니! 그러니까, 네가 우리보다 더 잘났다 이 말이지! 우리는 더러운 동물들인데 너는 백합* 같다는 거로구나!……"

"정말이지 그런 뜻은 없어…… 이걸 어떻게 너희들에게 설명할까……"

"우리에게 설명할 거 없어…… 우리도 그게 무슨 말인 줄 알아!"

"있잖아…… 이해해 줘…… 이 세상에는 이런 게 있어……"

"어떤 게 있고 어떤 게 없는지 우리도 너만큼 잘 알아……"

그래서 나는 어떻게 해서도, 또 무엇으로도 그들을 납득시킬 수가 없었다. 그들은 자신들의 음울한 시선으로 나의 영혼을 꿰뚫었고…… 나는 항복하기 시작했다……

"음, 물론, 나 역시 할 수 있어…… 나도 할 수 있을는지도 몰라……"

"저런, 저런. 그러니까, 너는 우리처럼 할 수 있다는 말이구나. 그런데 우리는 너처럼 하지 못해. 너는 물론 모든 걸 할 수 있지만 우리는 아무것도 못해. 너는 만프레드에다가 카인이지만 우리는 네 발밑의 가래침 같은 꼴이니까……"

"아냐, 아냐, 그런 게 아니라고." 이 대목에서 나는 완전히 혼란스러워졌다. "이 세상에는 이런 게 있어…… 어떤 다른 세계들이 있어…… 그렇게 간단히 자리에서 일어나 가는 것이 불가능한 그런 세계들이 있는 거야. 왜냐하면 자기 절제 때문이라고나 할까?…… 부끄러움의 계율 같은 것인데, 이반 투르게네프 시절부터 있어 온…… 그리고 그 후에 보로비요프 언덕의 서약*이 있었지…… 그리고 이런 사실 이후에는, 일어나서 '자, 애들아……' 라고 말한다는 것은, 어쩐지 모욕적이야…… 만약 지나치게 심약한 심장을 가진 누군가라면 말이지……"

그들 네 명 모두는 나를 경멸스럽게 바라보았다. 나는 어깨를 으쓱하고는 의기소침하여 입을 다물었다.

"이반 투르게네프에 대한 그런 말들은 집어치워. 더 말하다가는 그 주둥아리 더 못 놀리게 될 줄 알아. 우리도 읽어 봤거든.* 다른 질문을 할게. 너 오늘 맥주 마셨지?"

"마셨어."

"몇 컵이나?"

"큰 거 두 잔하고 작은 컵 한 잔."*

"그렇다면 일어나서 가. 네가 떠났다는 것을 우리 모두가 볼 수 있도록 말이야. 우리를 깔보지 말고 괴롭히지 마. 당장 일어나서 꺼져 버려."

어쩌겠는가, 나는 일어나서 떠났다. 자신을 편하게 하자고 한 것이 아니었다. **그들**을 편하게 해주기 위해서였다. 그런데 내가 되돌아왔을 때, 그들 중의 하나가 내게 말했다. "그런 경멸하는 눈초리를 갖고서는 너는 영원히 고독하고 불행할 거야."

그렇다. 그는 전적으로 옳다. 나는 신의 많은 계획들을 알지만,* 대체 그분은 무엇을 위해 내게 이런 무구성을 불어넣어 줬는지, 나는 지금까지도 이해하지 못했다. 그런데 이 무구성이란 것은 진짜 우스꽝스러운 것이다! 이 무구성은 정반대로 해석되어서, 내가 심지어 가장 기본적인 교양조차 없는 사람이 되어 버린 일도 있었다……

파블로보포사드에서 있었던 일을 예로 들어 보자. 부인들에게로 안내된 나는 다음과 같이 소개되었다.

"바로 이 사람이 그분, 저명한 베니치카 예로페예프입니다. 이분은 여러 방면에서 무척 유명합니다. 그러나 무엇보다도, 일생 동안 한 번도 방귀를 뀌지 않은 것으로 가장 유명하지요……"

"어쩜 그럴 수가 있어요!! 단 한 번도 안 뀌었다고요?!" 부인들은 휘둥그레 놀란 눈으로 나를 뚫어져라 쳐다봤다. "**한 번도** 안 뀌었다니!!"

나는 물론 당황하기 시작한다. 부인들이 자리한 곳에서 당황하지 않을 도리가 없다. 나는 말한다.

"뭐, 어떻게 한 번도 없겠습니까! 이따금은⋯⋯ 그래도⋯⋯"

"세상에 어쩜!!" 부인들은 더더욱 크게 놀란다. "예로페예프 ─ 그런데⋯⋯ 생각해도 참 이상하군!⋯⋯ '이따금은 그래도!' 라니."

나는 이 말 때문에 결정적으로 어찌할 바를 모르고, 예를 들면 다음과 같이 말한다.

"글쎄⋯⋯ 그런데 이런 일에는 **그런 것**이 있습니다만, 나는 그러니까⋯⋯ 이건 말이지요, **방귀를 뀐다는 것**, 이것은 본체적인 거란 말입니다⋯⋯ 이건 아주 당연한 일이라 뭐 현상적이랄 것도 없다니깐요.* 방귀를 뀌는 것은⋯⋯"

"아니, 저런, 저걸 봐!" 부인들은 어찌할 바를 모른다.

그런데 이런 일이 있은 후에 모든 페투슈키의 철도선을 따라 다음과 같은 소문이 퍼진다. "그 사람은 방귀를 다 들리도록 뀌면서, 그것을 **못하는 편이 아니라고** 말한대. 그것을 **잘**한다고 말한다나 봐."

자, 아시겠지요. 평생 동안 그 모양이다. 평생 이 악몽이 나를 지배한다. 이 악몽은 너를* **왜곡되게** 이해한다는 것에 있는 것이 아니다. **왜곡**쯤이야 문제될 게 없다. 문제는 바로 꼭 **거꾸로**, 그러니까 천박하게, 즉 **이율배반적으로*** 이해한다는 것에 있다.

나는 이 문제에 대해 많은 것을 이야기할 수도 있지만, 만약 내가 모든 것을 이야기하려 한다면, 페투슈키에 닿을 때까지 이야기를 계속하게 될 것이다. 그래서 아무 이야기도 안 하는 편이 차라리 낫지만, 딱 한 가지 경우만 이야기하겠다. 왜냐하면 그것이 가장 최근의 일이기 때문이다. 이것은 1주일 전에 그들이 어떻게 나를 '개인별 그래프라는 결함적 시스템 토착화'라는 명목으로 작업반장의 자리에서 해고시켰는가에 대한 것이다. 우리 모스크바의 모든 행정가들은 이 그래프들에 대해 회상하는 것만으로도 **두려워** 벌벌 떤다. 그런데 도대체 거기에 어떤 **무시무시한** 것이 있단 말인가!

어라, 우리는 지금 어느 곳을 지나가고 있는 거지?……

쿠스코보! 우리는 멈추지 않고 쿠스코보를 지나가고 있다! 이런 경우에 나는 한 번 더 마셔야 할는지도 모르지만, 그렇지만 우선 당신에게 이야기하는 게 나을 테고,

쿠스코보 — 노보기레예보

그런 다음에 나가서 한잔 들이킬 것이다.

그러니까, 1주일 전에 나는 작업반장 자리에서 쫓겨났다. 그런데 이 자리에 임명된 것은 5주 전이었다. 아시겠지만, 4주 동안에 급격한 변화들을 도입할 수는 없는 법이다. 그리고 나도 그 어떤 급격한 변화들을 도입하지 않았다. 그런데 만약 누군가에겐 내가 이 급격한 변화들을 도입한 것으로 보였다 해도 그렇게 나를 내쫓은 것은 이것 때문은 아니었을 것이다.

상황은 더 단순하게 시작되었다. 내 전까지 우리의 생산 작업 과정은 다음과 같은 모양을 하고 있었다. 즉 아침부터 우리는 자리 잡고 앉아서 돈내기 시카*를 했다. (당신들은 시카를 할 줄 아는가?) 그랬다. 그런 다음 일어나서 케이블이 감긴 고륜을 풀고 케이블을 땅 아래 매설했다. 그 후에는 앉아서, 각자가 자기 나름 대로 한가한 시간을 때우는 빤한 일들이 이어졌지만, 그럼에도 각자에게는 자신만의 꿈과 자신만의 개성이 있었던 것이다. 한 사람은 베르무트 포도주를 마셨고, 좀 더 소박한 다른 사람은 향수 '스베제스트'*를, 좀 젠체하는 사람은 셰레메티예보 국제공항에서 코냑을 마셨다. 그러고는 드러누워 자곤 했다.

그리고 이튿날 아침이면 모두들 다시 앉아서 베르무트를 마셨다. 그다음 일어나서 땅속으로부터 어제 묻은 케이블을 끄집어내서 내던져 버렸는데, 물론, 그것이 이미 온통 젖어 있었기 때문이었다. 그런 다음엔 뭘 했느냐고? 그 후엔 돈을 걸고 시카를 하려고 모여 앉았다가 결국은 카드놀이를 마치지도 못하고 잠들어 눕곤 했다.

이른 아침에는 서로 서로를 깨우곤 했다. "레하!* 시카 한 판 하게 일어나!" "스타시크,* 어젯밤 하던 시카를 끝내야지, 일어나라고!" 그들은 잠자리에서 일어나 시카를 마무리 짓곤 했다. 그러고 난 다음에 훤해지기 전에, 동트기 전에, '스베제스트'도, 베르무트도 마시지 않고 케이블이 감긴 고륜을 붙들고 그것을 풀기 시작했다. 내일까지 습기가 차서 쓸모없이 되도록 말이다. 그다음 각자는, 각자에게 자신들의 이상이 있었기에 자신만의 한가한 짬을 누렸다. 그렇게 모든 것이 처음부터 다시 시작되곤 했다.

작업반장이 되고 나서, 나는 이 과정을 가능한 한 최대로 단순화시켰다. 이제 우리는 바로 이렇게 했다. 하루는 시카를 하고, 그다음 날은 베르무트를 마시고, 셋째 날은 다시 시카를 하고, 넷째 날은 다시 베르무트를 마시는 것이다. 그런데 그 사람, 지성을 갖춘 그 사람도 역시 셰레메티예보 공항에서 완전히 사라져 버렸다. 그는 거기서 그저 앉아 계속 코냑만 마셔 댔다. 물론, 우리는 고륜은 손가락도 대지 않았다. 그런데, 만약 내가 고름을 만질 것을 제안했다면, 그들은 계속 신들처럼 크게 웃어 댔을 것이고, 그런 다음 주먹으로 내 얼굴을 후려쳤을 거고, 글쎄 그런 후엔 뿔뿔이 흩어졌을는지도 모른다. 누구는 돈 내기 시카를 하러 가고, 누구는 베르무트를 마시러 가고, 그리고 누구는 '스베제스트'를 마시러 갔을 것이다.

그리고 그때까지는 모든 것이 훌륭하게 진행되었다. 우리는 그들이 있는 곳으로 한 달에 한 번 스스로 설정한 작업 근무 목표를 보냈고, 그들은 우리에게 한 달에 두 번 급료를 지급해 주었다. 우리는 예를 들면, 임박해 있는 레닌 탄생 1백 주년 기념 축전까지 산업 재해를 의무적으로 반드시 근절하겠노라고 쓴다. 또는 영광스러운 그 1백 주년 기념 축전까지 대학 교육 기관에서 독학 교육을 이수하는 노동자의 비율을 여섯 명 가운데 한 명 꼴이 되게 할 것이라고도 썼다. 그런데 만약 우리가 시카 때문에 밝은 세상은 보지도 못하고, 게다가 우리는 전부 합해 다섯 명뿐이라면, 무슨 말라비틀어질 놈의 산업 재해와 학교란 말인가!

오, 자유와 평등이여! 오, 형제애와 실업 상태의 삶이여! 오, 보고서를 쓸 필요가 없는 삶의 달콤함이여! 오, 내 민족의 삶에서 가장 행복한 시간인, 상점들*이 열려서 닫힐 때까지의 시간이여!

수치심과 먼 앞날의 걱정을 떨쳐 버리고, 우리는 배타적으로 정신적인 삶을 살았다. 나는 힘이 미치는 한 그들의 시야를 넓혀 주었고, 그들은 내가 그들의 시야를 확장시켜 주었을 때 무척 좋아했다. 특히 이스라엘과 아랍인들에 관련한 모든 것들에 있어서 말이다. 그때 그들은 완전히 환희에 차곤 했는데, 이스라엘로 인해 환희에 차고, 아랍인들로 인해 환희에 찼으며, 그리고 특히 골란 고원으로 인해 환희에 차곤 했다. 그래서 압바 에반*과 모세 다얀*이 그들의 말끝마다 빠지지 않고 늘 이야기되곤 했다. 예를 들면, 그들은 아침에 창녀촌에서 돌아오곤 했다. 그러면 한 사람이 다른 사람에게 "어떻게 됐어? 13호실의 닌카*는 다얀 에반이던가?"라고 묻는다. 그러면 그 사람은 만족해하는 웃음을 띠고 "그년, 갈보가 제 버릇 남 주겠나? 당연히 다얀이지!"*라고 대답한다.

그리고 나중에(들어보세요), 나중에, 무엇 때문에 푸슈킨이 죽었는가를 그들이 알게 됐을 때, 나는 그들에게 알렉산드르 블로크의 서사시 「꾀꼬리의 정원」*을 읽으라고 주었다. 거기 서사시의 중심에, 물론, 만약 모든 이 향기로운 냄새의 어깨와 빛이 통과할 수 없는 안개와 연기(煙氣)의 제복(祭服)을 입은 장밋빛 탑들을 옆으로 던져 치워 버린다면, 거기 서사시의 중심에 서정적인 주인공이 있다. 술주정과 매춘과 장기 결근 때문에 해고된 주인공이. 나는 그들에게 말했다. "이런 때 딱 알맞은 책이에요. 당신들은 이 책에서 자신에게 쓸모 있는 많은 것들을 읽을 수 있을 것이오."* 그래, 어떻게 되었냐고요? 그들은 다 읽었다. 그러나 이 모든 것에도 불구하고, 책은 그들의 마음을 무겁게 했다. 모든 상점에서 모든 '스베제스트'가 일거에 사라진 것이다. 어째서인지는 알 수 없지만 시카가 잊혀졌고, 베르무트가 잊혀졌고, 셰레메티예보 국제공항이 잊혀졌다. 그리고 '스베제스트'가 승리를 거두어, 모두가 '스베제스트'만 마셨다.

오, 근심 걱정 없어라! 오, 곡식 창고로 모여들지 않는 하늘의 새들이여! 오, 솔로몬보다 더 아름답게 치장한 들판의 백합들이여!* 그들은 돌고프루드나야 역에서 세레메티예보 국제공항에 이르기 때까지 '스베제스트'를 모두 마셔 버렸다!

그리고 바로 그때 한 줄기 빛이 나를 비추었다. 그래 너는 그저 벽창호야, 베니치카, 너는 완벽한 바보야. 기억해 봐, 너는 어떤 현자의 글에서, 주님께서는 왕자들의 운명만 돌보시고, 민중들의 운명은 왕자들이 돌보도록 맡겨 놓으셨다*는 것을 읽은 적 있지. 그런데 너는 작업반장이잖아, 그러니까 '어린 왕자'인 셈이지.* 그런데 너의 민중들의 운명에 대한 너의 근심은 어디에 있지? 그래 너는 이 기생충들의 영혼을 살펴보고, 이 기생충들의 영혼의 어두운 부분들을 살펴보았던 것인가? 이 네 명의 쓰레기 같은 놈들의 마음의 변증법을 너는 잘 알고 있단 말인가? 만약 알고 있다면, 너는 「꾀꼬리의 정원」과 '스베제스트'의 공통점을, 그리고 왜 「꾀꼬리의 정원」은 시카와도 베르무트와도 친하게 지낼 수 없었는지를 좀더 잘 이해할는지도 모른다. 모셰 다얀과 압바 에반은 그것들과 멋지게 잘 어울렸는데 말이다!……

그래서 바로 그때쯤, 나는 결국엔 나를 쫓아낼 이유가 될 그…… 악명 높은 '개인별 그래프'라는 것을 도입했다.

노보기레예보 — 레우토보

이 그래프들이란 게 도대체 무엇이었는지 궁금할 것이다. 사실, 아주 간단하다. 송아지 피지에 검은 먹으로 두 개의 축을 그리는데, 한 축은 수평축이고 다른 하나는 수직축이다. 수평축에는 지난달의 모든 근로 일수를 차례로 매겨 쓰고, 수직축에는 마신 술의 그램 수에서 계산해 낸 순수 알코올 양이 표시되는 것이다. 물론 여기에는 근무 전과 근무 중에 마신 양만 포함된다. 왜냐하면 저녁에는 모두들 많으나 적으나 매번 일정한 양을 꾸준히 마시고 있어서 이때 마신 술의 양은 진지한 연구를 하고자 하는 이의 흥미를 끌 수 없으니까.

이렇게 한 달이 지나면 노동자는 어떤 날에 무엇을 얼마만큼 마셨으며, 다른 날에는 얼마만큼 마셨는지 등이 적힌 보고서를 가지고 내게 온다. 그러면 나는 송아지 피지에 검은 먹으로 이것을 멋진 도표로 표현하는 것이다. 자, 한번 음미해 보시라. 예를 들면 이것은 콤소몰 맹원인 빅토르 토토시킨의 그래프이다.

그리고 아래는 1936년부터 소련 공산당원*이자 닳아빠진 늙다리인 알렉세이 블린댜예프의 것이다.*

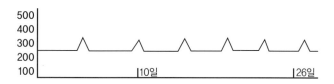

그리고 바로 이것이 당신들의 충실한 종이자 통신 산업 기술 관리국 기계 설치공들의 전임 작업반장인, 서사시 『모스크바발 페투슈키행 열차』의 작가의 것이다.

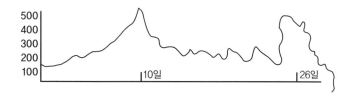

정말이지 무지하게 흥미로운 그래프들이 아닌가? 흘끗 지나쳐 보기만 해도 충분히 흥미로운 그래프들인 것이다. 한 그래프에는

히말라야 산맥, 오스트리아의 티롤 지방, 바쿠 지역의 유정(油井) 탑들,* 혹은 내가 한 번도 본 적이 없긴 하지만 크렘린 성벽의 윗 부분까지 그려져 있다. 다른 그래프에는 날이 밝기 전 카마 강에 부는 미풍, 조용한 물의 찰랑임과 손전등에 반짝이는 잔물결을 이루는 물방울들*이 있다. 또 다른 그래프에는 오만한 심장의 박동, 폭풍우를 알리는 바다제비에 대한 노래,* 그리고 아홉 번째 파도*가 나타나 있다. 선의 외적인 형태만을 본다면 이것이 전부일 것이다.

그런데 뭐든 알고 싶어하는 사람(예를 들면, 바로 나 같은)에게, 이 선들은 모든 것을 말해 주었다. 한 인간 그리고 그 인간의 마음에 대해 말할 수 있는 모든 것을 말이다. 성(性)적인 면에서 업무적인 면에 이르기까지 그의 자질의 모든 것을, 그가 가지고 있는 업무적인 결함들과 성적인 결함들을 말해 주었다. 그의 냉정함의 정도도, 배반의 능력도, 그리고 잠재의식 속에 있을지도 모르는 그 모든 비밀도 들려주었다.

나는 이 너저분한 녀석들의 영혼을 주의 깊게 살펴보곤 했다. 그러나 그렇게 오래 관찰했던 건 아니었다. 빌어먹을 어느 날, 내 책상에 놓여 있던 그래프들이 모두 사라져 버린 것이다. 알고 보니 바로 그날, 1936년부터 소련 공산당원이었던, 늙다리 침목* 알렉세이 블린댜예프가 관리국에 새 근무 목표에 대한 서류들을 보냈던 것이었다. 그 서류는 우리가 레닌 탄생 1백 주년 축전을 맞아 우리의 생활 모든 분야에 작업장에서와 같은 태도를 취하겠다는 서약서를 포함하고 있었는데, 바보라 그랬던지 아니면 술에 취해서 그랬던지, 그가 그 서류 봉투에 나의 개인별 그래프들까지 넣어 버렸던 것이었다.

나는 그래프들이 분실된 것을 깨닫자마자 술을 퍼마시고 머리를 움켜잡았다. 근데 관리국 녀석들도 역시, 봉투 꾸러미를 받고서는, 머리를 움켜들 잡고, 술을 마시고는, 바로 그날 모스크비치*를 잡아타고 우리 구역으로 왔다. 그들이 우리 사무소에서 찾아낸 게 무엇이었냐고? 그들이 찾아낼 수 있었던 건 레하와 스타시크뿐이었다. 레하는 등을 둥그렇게 하고는 바닥에서 졸고 있었고, 스타시크는 토하고 있었다. 15분 동안 모든 것이 결판났다. 4주 동안 타오르던 나의 별은 지고 말았다. 십자가의 형벌이 집행되었다. 그리스도의 하늘 보좌에 오른 지 정확하게 30일 후의 일이다. 나의 툴롱에서 나의 세인트헬레나까지는 오직 한 달이었다.* 좀 요약해서 말하자면, 그들은 나를 강등시켰고, 1936년부터 소련 공산당원인 늙어 빠진 멍청이 알렉세이 블린댜예프가 내 자리에 임명되었다. 알렉세이 블린댜예프는 마침 자신이 내 자리에 임명된 직후에 자기 선반에서 잠이 깨어서는 그들에게 1루블짜리 지폐 한 장만 달라고 부탁했지만 거절당했다. 토하기를 멈춘 스타시크도 그들에게 1루블짜리 지폐 한 장을 요구했다…… 그들은 역시 주지 않았다. 붉은 포도주를 조금 마시고 난 뒤, 그들은 자신들의 모스크비치를 타고 온 길로 되돌아갔다.

여기서 나는 엄숙히 선서하는 바이다. 나는 고양된 슬픈 경험이 되풀이될 수 있는 그 어떤 것도 다시는 하지 않겠다. 나는 밑에, 이 아래에 머물 것이고, 밑에서 당신들의 모든 사회적 사다리를 멸시

할 것이다. 그렇다. 난 사다리의 계단 하나하나에 침을 뱉을 것이다. 사다리를 오르기 위해서는 겁도 없고 결점도 없는* 유대인의 낯짝을 갖고 있어야만 하고, 머리에서 발끝까지 순수한 강철로부터 단련된* 호모여야 한다. 그렇지만 나는 그런 사람이 아니다.

어쨌든 그들은 나를 내쫓았다. 자기 사람들의 영혼을 애정을 갖고 조사했던, 사려 깊은 왕자이자 분석가인 나를 말이다. 아래에서는 나를 파업의 배신자이자 적의 협력자로 간주했고, 위에서는 정신적으로 불안정한 심리를 가진 게으름뱅이로 생각했다. 아래 계급은 나를 보길 원치 않았고, 위 계급은 웃지 않고는 나에 대해 이야기할 수가 없었다. '위 계급은 할 수 없었고, 아래 계급은 원하지 않았다.'* 진정한 역사 철학의 정통자들이여, 이것이 예고하는 것은 무엇인가? 그렇다. 선과 미의 법칙에 따라 바로 가장 가까운 선불 지급일에 내가 작살나게 맞을 것이라는 것을 의미하는 것이다. 그런데 가장 가까운 선불 지급일은 모레이니, 모레 내가 ×나게 맞을 것이라는 것을 의미하는 것이다.

"어휴!"

"누가 '어휴'라고 했지! 당신들인가요, 천사님들, '어휴'라고 말한 게?"

"그래, 우리들이 말한 거야. 어휴, 베냐, 너는 어떻게 그렇게 욕설을 할 수가 있느냔 말이다!!"

"생각해 보세요, 도대체 어떻게, 어떻게 욕을 퍼붓지 않을 수가 있겠어요! 이 세상의 온갖 말도 되지 않는 것들이 그렇게 나를 망가뜨렸고, 바로 그날 이후로 난 말짱하게 말라 있는 날이 없지요.

전에는 내가 매우 말짱하게 말라 있었다고 말할 수는 없지만, 어쨌든 나는 내가 마신 것과 어떤 순서로 마셨는지쯤은 기억하곤 했습니다만, 이제는 이것마저도 기억할 수가 없다고요…… 내게는 모든 것이 오르락내리락 합니다. 삶의 모든 것이 어쩐지 오르락내리락 합니다. 때로는 1주일을 연달아 마시지 않기도 하고, 그런 다음엔 40일 동안 마시기도 하고, 그 후에 다시 4일간 마시지 않고, 그런 다음에 다시 여섯 달 동안 한 번도 쉬지 않고 마시고…… 이제는……"

"우린 널 이해해, 모든 걸 이해한다고. 그 사람들은 널 모욕했고, 너의 그 훌륭한 마음도 모욕했어……"

그래, 그래. 그날 나의 마음은 30분 동안 내내 이성과 싸웠다. 계관 시인인 피에르 코르네유의 비극에서처럼 의무는 마음의 갈망과 싸운다. 다만 내게는 반대의 일이 벌어진다. 마음의 갈망이 이성과 의무와 싸우는 것이다. 마음은 내게 말했다. '너는 모욕당했어, 그들은 너를 똥같이 취급했다고. 가라, 베니치카, 그리고 실컷 마셔 버려. 일어나, 가서 암캐처럼 마음껏 마셔 버려.' 나의 훌륭한 마음은 그렇게 말했다. 그런데 나의 이성은 어땠나? 그것은 시종 투덜대며 완강히 버텼다. '안 갈 거지? 예로페예프, 아무 데도 안 가고 한 방울도 마시지 않는 거지?' 그러자 마음은 이를 되받아친다. '좋아, 베니치카, 좋아. 많이 마셔서는 안 되지, 암캐처럼 곤드레만드레 취해서는 안 되고말고. 그러면 더도 덜도 말고 딱 4백 그램만 마시면 되겠네.' '단 몇 그램도 절대 안 돼!' 이성은 딱 잘라 말했다. '만약 술 없이 불가능하다면, 나가서 맥주 세

잔을 마시든가. 그렇지만 예로페예프, 독한 술 생각은 하지도 마, 택도 없어.' 하지만 마음은 계속해서 푸념했다. '2백 그램쯤은 괜찮지 않을까. 아……

레우토보 ─ 니콜스코예

그럼 1백 50그램만이라도……' 그러자 이성이 '그래, 좋아, 베냐' 하고 말했다. '좋아, 1백 50그램을 마셔, 다만 어디로 가지는 말고, 집에 눌러 앉아 마셔……'

당신들은 어떻게 생각하는가. 내가 1백 50그램을 마시고 집에 눌러 앉아 있었다고? 하─하. 나는 그날부터 집에 가만히 앉아 있으려고 매일 1천 5백 그램씩을 마셨고, 그럼에도 불구하고 결국 집에 붙어 있지도 않았다. 왜냐하면 6일째 되는 날에 이미 이성과 마음의 경계가 사라질 만큼 술에 절었기 때문이다. 그러자 이성과 마음은 큰 소리로 내게 다음과 같이 소리쳤다. '가라, 페투슈키로 가라! 너의 구원과 너의 기쁨이 있는 페투슈키로 떠나라.'

페투슈키, 이곳은 낮에도 밤에도 새들이 쉬지 않고 지저귀고,* 이곳은 겨울에도 여름에도 재스민이 꽃피어 시들지 않는 곳이다.* 원죄라는 건 아마 존재하겠지만 그곳에서는 어느 누구에게도 짐스럽지 않다. 그곳에서는 몇 주일씩 술에 젖어 있는 사람들의 시선조차 깊이를 알 수 없을 만큼 그윽하고 맑다.

그곳에서는 금요일마다 정확히 11시에, 희끄무레하게 되어 가고 있는 흰색 눈의 **이 아가씨가** 역 플랫폼에서 나를 마중 나오곤 한다. 바람둥이들 중에서 가장 사랑스러운, 이 연한 흰 머리칼의 악마가 말이다. 그런데 오늘은 금요일이다.* 두 시간이 채 지나지 않아 정확히 11시가 될 것이고, 그녀가 나올 것이고, 역의 플랫폼이 있을 것이고, 양심도 부끄러움도 없는 이 희끄무레한 시선도 있을 것이다. 나와 함께 떠나면 이 모든 것을 볼 수 있을 거라니까요!……

그리고 나는 떠나온 그곳에 무엇을 남겼던가? 썩은 각반 한 켤레와 작업 바지, 집게와 무딘 줄칼, 선불금과 잡비. 바로 이것이 내가 남겨 놓은 것들이다! 그런데 그 앞에는 무엇이 있지? 페투슈키 플랫폼엔 뭐가 있지? 플랫폼에는 아래로 내리깐 붉은 속눈썹이, 흔들리는 형체가, 목덜미에서 엉덩이까지 늘어뜨린 많은 머리가 있다. 그런데 플랫폼 다음엔, 즈베로보이*과 포트와인, 지극한 행복과 몸부림, 환희와 경련이 있지 않은가. 천상의 황후여, 페투슈키까지는 아직도 얼마나 먼지요!

그리고 페투슈키 너머에는, 하늘과 땅이 하나로 합해지고 암늑대는 별을 향해 울부짖는다. 그곳에는 전혀 다른, 그러면서도 똑같은 것이 있다. 그곳 연기가 피어오르고 이가 들끓는 목조 가옥에는, 그 희끄무레한 여인이 모르는 나의 아기가 풀어놓아져 길러지고 있다. 모든 아기들 중에서 가장 포동포동하고 온순한 내 아기가 말이다.* 알파벳 철자 '유(IO)'를 알고 있어 나에게 칭찬을 받곤 했던 아이는 그 상으로 호두를 받기 위해 기다리고 있다. 당신들 중의 누가 세 살에 '유(Ю)' 자를 알았는가? 아무도 몰랐을 것이다. 당신들은 지금도 그 글자가 뭘 의미하는지 모른다. 하지만 이 아이는 알고 있다. 그러면서도 다른 건 바라지도 않고 단지 호두 한 컵을 달라고 했을 뿐이다.*

나를 위해 기도해 주세요, 천사님들. 그러면 나의 길이 밝을 것이고, 돌부리에 걸리지도 않을 것이며, 그렇게도 생각하며 애태우던 도시를 볼 수도 있을 것입니다. 하지만 잠깐만, 죄송하지만 제 여행 가방을 잠시만 지켜봐 주세요, 제가 10분간 잠시 자리를 비우겠습니다. 나는 이 충동이 사라지지 않도록 쿠반스카야를 마실 필요가 있습니다.

그래서 바로, 나는 다시 일어서서 차 칸의 반을 통과하여 승강구로 나갔다.

그리고 마셨지만, 이제는 카라차로프에서 마셨던 것처럼 그렇게 마시진 않았다. 아니다, 이제 나는 구역질도 하지 않고, 샌드위치도 필요 없이, 피아니스트처럼 머리를 뒤로 젖히고서 병째로 마셨다. 방금 시작된 것과 앞으로 다가올 일의 위대함을 의식하면서 마셨다.

니콜스코예 — 살티콥스카야

'지금껏 마신 열세 모금이 너한테 기쁨이 되진 않을 거야.' 나는 열세 번째 모금을 마시면서 생각했다.

'너는 스스로도 알고 있잖아, 만약 아침 해장술을 병째로 마신다면, 계산상 두 번째인 그 술이 너의 영혼을 우울하게 만들 거라는 것을 말이야. 잔으로 마시는 세 번째 술까지는 비록 오랫동안은 아니겠지만, 어쨌든 그게 너의 영혼을 우울하게 만든다는 걸 알고 있잖아. 알잖아, 그렇지?

그래, 좋아, 좋아. 빛나는 오늘도 좋고, 더 빛나는 내일도 좋지.* 근데 네가 페투슈키 플랫폼에 다다르고 나서부턴 쭉 좋은 일들이 있을 거라고 얘기하려니까 천사들이 좀 당황해하는 것 같은데?

왜 그러지? 페투슈키 도착해도 아무도 날 마중 나오지 않을 것 같아서? 아니면 기차가 비탈 아래로 떨어질까 봐 그러나? 쿠파브네에서 검표원들이 강제로 내리라고 할까 봐? 아니면 플랫폼 105킬로미터 즈음에서 내가 포도주 때문에 잠깐 졸면, 잠든 내가 꼬마처럼 목 졸려 죽기라도 할까 봐 그러는 건가? 아니면 여자애들이 당하는 것처럼 그렇게 죽기라도 할까 봐? 어라, 천사들이 말도 안 하고 왜 저렇게 당황스러워 하는 거지? 나의 내일은 밝다. 아무렴. 우리의 내일은 우리의 어제나 우리의 오늘보다 더 밝다. 그러나 누가 우리의 모레가 우리의 그저께보다 더 형편없지 않을 거라고 보증하겠는가?

그래, 그래! 굉장한데, 베니치카, 우리의 내일 어쩌고저쩌고 하는 거. 너 정말 똑똑하게 술술 말하고 있잖아. 네가 이렇게 말하는 걸 듣는 게 쉬운 일은 아닌데 말이야.

대체로, 네 머리가 그렇게 좋지는 않아. 너도 알지? 적어도 네 영혼이 너의 이성보다 더 용량이 크다는 것 정도는 알잖아, 베니치카. 만약 너한테 양심도 있고 또 거기다가 미적 취향까지 있다면, 대체 왜 너한테 이성이 있는 거지? 양심과 미적 취미가 이렇게 크니깐 뇌가 쓸모없는 게 되어 버리는 거라고.

근데 넌 언제 처음으로 네가 바보란 걸 알게 된 거지, 베니치카?

그러니까, 그게 바로 그때지. 내가 동시에 바로 두 개의 극단적인 비난을 들었을 때. 따분하다는 거랑, 경박하다는 거. 왜냐면 만약 인간이 현명하고 따분하면, 경박할 정도가 되진 않는다는 거지. 그런데 만약 그가 경박하고 현명하다면, 그는 따분해지진 않을 거라고. 근데 바보인 나는 어쩐 일인지 두 가지를 잘 엮어 냈던 거지.

왜 그러냐? 그건 내가 영혼이 아파도 선뜻 내색하지 않기 때문이야. 내가 내 자신을 기억하기 시작하면서부터, 난 건강한 영혼을 가진 것처럼 행동하기 위해 매순간 모든 (남김없이 모든) 정신적이거나 육체적인 또 그 밖의 모든 힘까지도 다 써버리기 때문이지. 내가 따분한 건 바로 그것 때문이야. 당신네들이 말하는 모든 것, 매일 당신들이 재미있어 하는 그 모든 것에 난 관심 없다니깐. 전혀. 그리고 **바로 나의** 흥미를 끄는 것에 대해선, 이것에 대해선 결코 아무한테도 입도 뻥긋하지 않을 거야. 미친놈이라고 소문날까 봐 무서워서 그런 걸 수도 있고, 다른 어떤 것일 수도 있지만, 어쨌든 **단 한 마디도** 안 할 거라니깐.

아주 오래전 일인데, 사람들이 뭔가에 대한 엉터리 같은 말을 하려고 하거나 논쟁이 시작되려고 하면 난 이렇게 말하곤 했다. '아니! 당신들은 이 엉터리 같은 문제에 대해 따져 보려는 거요?' 그러면 놀란 그들은 내게 이렇게 말했다. '이게 어떻게 엉터리란 말이요? 만약 이게 엉터리라면, 엉터리가 아닌 건 대체 뭐요?' 그러면 난 이렇게 말하곤 했다. '아, 모릅니다, 몰라요! 하지만 그런 게 있다고요.'

나는 이제 내가 진실을 안다거나 진실에 아주 가까이 와 있다고 단언하진 않는다. 그런 건 전혀 아니다. 그저 진실에 이르는 그 길 어디 즈음, 그 진실을 좀 편하게 볼 수 있는 정도까지 가까워져 있을 뿐이다.

난 쳐다보면 보게 된다. 그래서 슬프다. 그래도 난 당신들 중의 누군가가 자신 속에서 이 고통스러운 진창을 끌어냈을 거라고 믿진 않는다. 이 진창이 무엇으로 이루어져 있는지는 말하기 곤란하다. 역시, 당신들도 이해하지 못하겠지만. 무엇보다도 그 안엔 '괴로움'과 '불안'이 들어 있다.* 그렇게 부르기로 하자. 무엇보다도 '괴로움'과 '불안'이, 그리고 침묵이 있다. 매일, 아침부터 '나의 아름다운 마음'은 이 즙을 짜내서는, 그것 안에서 밤까지 목욕하곤 한다. 난 알고 있다. 다른 사람들에게 이런 일은 만약 누군가가 갑작스레 죽거나 세상에서 가장 필요한 존재가 갑자기 죽어 버리게 되면 일어난다는 것을. 그러나 적어도 내게 이것은 일시적인 것이 아니라 영원한 것이다! 당신들은 최소한 이것만이라도 이해해 보시길.

이러니 내가 어떻게 따분해 하지 않을 수 있고, 쿠반스카야를 마시지 않을 수가 있겠는가? 나에겐 권리가 있다. 나는 '세계의 괴로움'이 나이 든 문학가들에 의해 유포된 허구가 아님을 당신들보다 더 잘 알고 있다. 왜냐하면 내 자신이 괴로움을 지니고 있으며, 이것이 어떠한 것인지를 알고 이것을 숨기길 원치 않기 때문이다. 사람들 앞에서 자신의 가치에 대해서 대담하게 말하는 것에 익숙해져야만 한다. 도대체 우리 스스로 우리가 훌륭하다는 것을 알지 못한다면 다른 그 누가 이 사실을 알겠는가?

예를 들면, 당신은 크람스코이의 그림 「위로할 수 없는 슬픔」*을 보았는가? 물론 보았을 것이다. 바로 그렇게, 만약 그녀의 집에서, 굳은 채로 있는 이 공작부인 혹은 귀족 부인의 집에서 어떤 고양이가 그 순간 마룻바닥에 어떤 뭔가를 떨어뜨린다면, 그러니까 세브르 산(産) 도자기 술잔을 말이다, 아니면 상상할 수 없이 비싼 어떤 부인복을 조각조각 찢었다고 가정해 보자. 그녀는 무엇을 할까? 정신이 나가 날뛰게 되거나 손을 내젓게 될까? 결코 그렇게 되지 않을 것이다. 왜냐하면 그녀에게 이 모든 것은 무의미한 것이기 때문이며, 하루 혹은 3일 동안이지만, 이제 그녀는 어떤 부인복과 고양이와 어떤 세브르 도자기보다도 더 고양되어 있기 때문이다!

글쎄, 어떻게 그러하냐고? 이 공작부인은 따분한가? 그녀는 참을 수 없을 만큼 따분하고, 게다가 따분하지 않을 수 없다. 그녀는 경박한가? 최고의 등급으로 경박한 것이다!

바로 나도 그렇다. 이제 당신들은 왜 내가 가장 슬픈 주정뱅이인지를 이해했는가? 왜 내가 모든 백치들보다 더 가볍고, 그렇지만 모든 똥싸개 놈들보다 더 음울한가를? 왜 내가 바보이기도 하고, 악마이기도 하고, 허풍쟁이이기도 한가를?

당신들 모두가 이해했다는 것이 멋지다. 이해를 기념하여 마십시다. 이 남아 있는 쿠반스카야 전부를 병째로 지체 없이 마셔 버립시다.

이것이 어떻게 되는지 지켜보시라!……

살티콥스카야 ─ 쿠치노

마셔 버린 쿠반스카야 술이 목구멍 바로 밑에서 계속해서 꾸역 꾸역 올라왔다. 그래서 그 순간, 하늘에서 이런 말이 들려온 그 순간,

"뭐 하려고 몽땅 다 마셔 버린 거야, 베냐? 그건 너무 많잖아……"

나는 숨을 쉴 수가 없어 간신히 그들에게 이렇게 대답할 수 있었다.

"지구 전체에…… 바로 모스크바 이 끝에서 페투슈키 저 끝까지, 지구 전체에서 나한테 너무 많은 것이란 없어요…… 아, 그런데, 천사님들, 도대체 날 왜 그렇게 걱정하시는 겁니까?"

"우리가 걱정하는 건, 네가 또……"

"내가 또 욕지거리를 내뱉을까 봐서요? 오, 아뇨, 아뇨. 천사님들이 항상 나와 함께한다는 것을 몰라서 그랬던 거예요. 그것만 알았더라면 저번에도 그렇게 하진 않았을 거예요…… 나는 매 순간 순간 더 행복해지고 있어요…… 그래서 만약 내가 이제부터

걸쩍지근하게 욕지거리를 퍼붓기 시작한다면, 그건 내가 어떻든 행복하기 때문이랍니다…… 독일 시인들의 시에서처럼 말이죠. '내 무지개로 본때를 보여 주지!' 라거나 '진주들에게로나 꺼져 버려!' 라고.* 그런 거죠…… 당신들은 정말 바보들이로군요, 바보들이에요!……"

"**아니야, 우리는 바보가 아니야. 우린 그냥 네가 이번에도 거기까지 못할까 봐 걱정스러워 그러는 거야……**"

"어디요?! 그 사람들한테요, 페투슈키까지 내가 도착하지 못할 거라고요? 지금 내가 그녀에게 못 갈 거라고 하시는 거예요? 구름 같은 눈을 가진 나의 부끄럼 모르는 황후에게 못 갈 거라는 말씀인가요?…… 웃기는 소리 하시네……"

"**아니야, 우리는 농담이나 하고 그러진 않아. 우리는 네가 그 아이한테 가지 못하게 될까 봐 걱정하는 거라고, 그렇게 되면 그 애가 호두 선물을 받지 못하게 되니까……**"

"무슨 말씀을 하시는 거예요, 무슨 말씀을 하시는 거냐고요! 내가 살아 있는 한은…… 아니 무슨 말씀이세요! 지난 금요일에는, 맞아요. 지난 금요일에는 그녀가 나를 그 애한테 가도록 놓아주지 않았다고요…… 천사님들, 나는 지난 금요일에 몸이 축 늘어졌었어요. 나는 하늘과 땅처럼 둥그스름한 그녀의 하얀 배를 넋을 잃고 바라보았어요…… 그렇지만 오늘은 운명에 의해 살해되어 뒈지지지만 않는다면 갈 거라고요…… 더 정확하게는, 아니죠, 오늘난 도착하지 못할 거예요. 오늘은 그녀의 집에 머물 거예요. 나는 아침까지 백합꽃들 사이에서 목초를 뜯어먹으며 노닐 겁니다. 하지만 내일은!⋯⋯"

"**불쌍한 아이로군**⋯⋯" 천사들은 탄식했다.

"'불쌍한 아이'이라고요? 왜 '불쌍하다'는 거죠? 그런데 천사님들, 당신들은 페투슈키까지 나와 함께 가실 건가요, 말씀해 주세요? 그런가요? 당신들은 날아가 버리는 건 아니시겠죠."

"**이런, 아니야. 우리는 페투슈키까지 너와 함께 타고 갈 수가 없어**⋯⋯ **우리는 네가 웃음 짓자마자 그때 곧 날아갈 거야**⋯⋯ **너는 오늘 아직 한 번도 웃지 않았지. 네가 처음으로 미소 짓자마자 우리는 곧 날아갈 거야**⋯⋯ **그러면 네 걱정을 하지 않게 될 테니 말이야**⋯⋯"

"그렇다면 거기 플랫폼에서 나를 마중해 주실 거죠, 그렇죠?"

"**그래. 그곳에서 우리가 너를 마중해 주지**⋯⋯"

이 천사들은 정말 매혹적인 존재들이야! 그런데, 다만, 왜 '불쌍한 아이'라는 걸까? 그 애는 조금도 불쌍하지 않아! 자기 손바닥의 손금 보듯 '유(IO)'를 잘 알고 있는 아이, 자기 자신처럼 아빠를 사랑하는 아이에게 도대체 무슨 동정이 필요하겠는가?

글쎄, 예를 들어 보자, 지지난 금요일에 그 애가 아팠고, 그곳에 있던 모두가 그 애 때문에 불안해하고 있었지⋯⋯ 하지만 그 애는 나를 보자마자, 바로 회복되지 않았던가!⋯⋯ 그랬었지, 그랬었어⋯⋯ 자비로우신 하나님, 아이에게 아무 일도 일어나지 않게, 앞으로도 아무 일도 없게 해주소서!⋯⋯

주님, 그 애가 심지어 현관 계단에서나 벽난로* 위에서 떨어진다 해도, 그 애의 팔이나 다리가 부러지지 않도록 해주소서! 만약 칼이나 면도날이 그 애의 눈에 띈다면, 그 애가 그것들을 가지고 놀지 않게 해주시고, 다른 장난감을 찾아 주소서,* 주님. 만약 그 애 엄마가 벽난로에 불을 땐다면, — 그 애는 자기 엄마가 벽난로에 불을 땔 때, 무척 좋아합니다 — 가능하다면, 그 애를 옆으로 떼어 놓아 주십시오. 나는 그 애가 불에 데는 것을 생각만 해도 괴롭습니다…… 그런데 만약 갑자기 병이 나기라도 한다면, 나를 보자마자 곧 병이 낫게 하여 주소서……

그래, 맞아, 지난번 내가 갔을 때, 그 애는 자고 있다고 했다. 나는 그 애가 아프고, 열이 나 누워 있다는 소리를 들었다. 나는 아이의 조그만 침대 곁에서 작은 술잔에 레몬 보드카를 마시면서, 혼자 남아 있었다.* 아이는 정말로 열이 심하게 나고 있었고, 심지어는 뺨의 보조개까지도 온통 열에 들떠 있었다. 바로 그런 아무것도 아닌 미약한 존재에게도 열이 날 수 있다는 것이 이상했다……

아이가 깨어난 것은 내가 레몬 보드카를 세 잔 마신 뒤였다. 그 아이는 깨어나서 나와 내 손에 들려 있던 레몬 보드카의 네 번째 잔을 바라보고 있었다…… 나는 그때 오랫동안 그 아이와 이야기를 나누고서 말했다.

"너…… 그러니까 있잖아, 애야? 죽으면 안 돼……* 생각해 봐. (너는 벌써 글씨도 쓸 수 있잖아. 그러니까, 너는 스스로 생각할 수 있다는 말이지.) 겨우 '유(Ю)' 자 한 글자만을 알고 더 이상은 아무것도 모른 채 죽는다는 것은 무척 바보 같은 짓이란다…… 너도 그게 바보 같다는 걸 알겠지?"

"알아요, 아빠……"

어떻게 그 애는 이런 말을 했던 걸까! 그들이 ─ 영원히 사는 천사들과 죽어 가는 아이들 말이다 ─ 말하는 모든 것은 너무나 의미심장해서 나는 그들의 말을 고딕체로 쓴다. 반면에 우리가 말하는 모든 것은 작은 글자로 쓴다. 왜냐하면 이것은 많으나 적으나 실없는 소리이기 때문이다. '알아요, 아빠!' 라니……

"넌 다시 일어날 거야, 애야. 그리고 다시 아빠가 「새끼돼지의 파랑돌」*을 부르면 춤을 추는 거야. 기억하지? 두 살일 때, 너는 아빠 노래에 맞춰 춤추곤 했지. 음악도 아빠가 만든 거고, 가사도 아빠가 만든 거였지. '그곳에서 그─으─런 사랑스럽고 우스꽝스러운 아─악─마─들이 내 배─를 할퀴고─긁고─깨물었다네……' 그러면 너는 한 손을 허리에 대고, 다른 손으로는 손수건을 흔들면서 꼬마 바보처럼 깡충깡충 뛰며 춤을 추었지…… '2─월─부터 8월까지 나는 흐느껴 울고 구슬피 울다가, 8─월─이 끝나─갈 무렵 뻗어 버─렸다네……' * 너는 아빠를 사랑하니, 애야?"

"무척 사랑해요……"

"그러니까 죽으면 안 된다…… 죽지 않고 병이 나으면, 너는 내게 다시 어떤 춤이든지 보여 줄 수 있을 거야…… 단지, 아니야, 우리 파랑돌은 추지 말자. 가사가 별로 적당치 않구나…… '8─월─이 끝나─갈 무렵 뻗어 버─렸다네.' 이건 쓸모가 없어. 이게 더 훨씬 근사해. '하나─둘─신발을─신─으럼─너는─어쩜─자는 것이─부끄럽지도 않니?' ……* 내게는 이 보잘 것 없는 말들을 사랑할 특별한 이유가 있다……"*

나는 네 번째 잔까지 다 마셨다. 그러고 나자 완전히 흥분했다.

"네가 없으면, 애야, 나는 완전히 혼자란다…… 알겠니? 너는 올 여름에 숲에서 뛰어다니며 놀았지, 그렇지?…… 그래서 넌 그 곳에 소나무들이 어땠었는지 아마 기억하겠구나? 그게 바로 나란 다, 소나무처럼 아빠도…… 소나무는 그렇게 길기도 길었고, 외 롭고도 외로웠지, 나 역시 그렇단다…… 소나무는, 마치 나처럼, 오직 하늘만을 바라보고 있지. 그러고는 자기 발밑에 무엇이 있는 지 쳐다보지도 않고 또 쳐다보는 것을 원하지도 않아…… 소나무 는 그토록 짙푸르고, 쓰러지지 않는 한 영원히 푸를 거란다. 쓰러 지지 않는 한 나도 영원히 푸를 거야……"

"**푸를 거야.**" 아이가 되받았다.

"아니면, 또 예를 들어 민들레가 있다고 하자. 민들레는 계속 흔 들리다 바람을 타고 주위로 흩뿌려지지. 그걸 바라보면 슬퍼지잖 아…… 아빠도 그렇단다. 아빠는 떠돌아다니지 않니? 아빠가 허 구한 날 떠돌아다니기만 하면 정말로 싫지 않겠니?……"

"**싫어.**" 아이는 나를 따라서 반복하고 행복하게 미소 지었 다……

지금 나는 그의 '**싫어**'라는 말을 기억해 내고 행복하게 웃음 짓 는다. 그리고 멀리서 천사들이 내게 머리를 끄덕이고서, 약속했던 대로 나를 떠나 날아간다.

쿠치노 — 젤레즈노도로즈나야

그러나 우선은 어쨌든 **그녀에게로** 간다. 우선은 **그녀에게로** 말이다! 플랫폼에서 목덜미에서 엉덩이까지 땋은 머리를 한 그녀를 보고, 흥분으로 얼굴이 붉어지고, 활활 타다가, 누워 뒹굴며 실컷 마시기 위해서 말이다. 그리고 백합꽃들 사이에서 노닐기 위해서 말이다. 사랑에 겨워 죽도록 앓을 만큼!*

팔찌, 목걸이, 견사, 벨벳,
진주, 보석을 가져오라,
나의 왕이 귀환했으니
왕비의 옷차림을 하리라.

이 아가씨는 전혀 아가씨라 할 수 없다! 이 유혹자는 아가씨가 아니라, A 플랫 장조의 발라드다! 이 여자, 이 붉은 짐승은 여자가 아니라 마녀다! 당신은 묻겠지. "근데 베니치카, 이런 여잘 어

디서 낚아챈 거야. 도대체 어디서 느닷없이 이 붉은 암캐가 나타
난 거야? 페투슈키에 쓸 만한 게 있었단 말이야?"

"있지!"라고 나는 당신들에게 말하겠다. 그리고 모스크바도 페
투슈키도 움찔할 만큼 그렇게 큰 소리로 말하겠다. 모스크바에는
없다, 모스크바에는 있을 수가 없다, 그러나 페투슈키에는 있을
수 있다! 그리고 그 '암캐'가 뭐냐? 그냥 암캐가 아니라 잘빠진
암캐다! 만일 내가 어디서 그녀를 낚아챘는지 궁금하다면 말이
지, 들어보시지. 낯짝 두꺼운 인간들아, 내 당신들에게 모두 말해
주지.

내가 이미 말했듯이, 페투슈키에는 재스민이 피어 시들지 않고
새들은 그 지저귐을 그치지 않는다. 그러니까 정확히 12주 전 오
늘이었다. 그날도 새들이 지저귀고 재스민이 피어 있었다. 그리고
누군지는 모르지만 누군가의 생일이었지. 온갖 종류의 술이 끝도
없을 정도로 엄청나게 많았다. 10병 아니면 12병, 아니면 25병.
술을 진탕 마신 놈이 바랄 만한 것은 다 있었지. 결정적으로 모든
것들이 다 있었어, 생맥주에서부터 병맥주까지. "그리고 또 뭐?"
당신은 묻겠지. "그리고 또 뭐가 있었는데?"

두 명의 촌놈과 세 명의 풀베기 일하는 여자들이 있었는데, 그
중 한 여자는 다른 사람들보다 더 취했어. 그리고 난장판이 벌어
지고 헛소리들을 지껄이며 주정을 부렸다. 더 이상은 아무 일도
없었던 듯해.

나는 술을 섞어 마셨다. 로시스카야에 지굴리 맥주를 타며 이
'3인방'을 주시했다. 그리고 그들한테서 무엇인가를 눈치 챘다.

도대체 내가 무엇을 눈치 챘는지는 말 못하겠다. 그래서 맥주 섞은 보드카를 마셨다. 그들로부터 이 '무엇인가'를 눈치 채면 챌수록, 자꾸만 더 맥주를 탄 보드카를 마셨고, 그러면 한층 더 예민하게 그것을 눈치 챌 수 있었다.

그러나 나의 눈치에 대해 대답하는 이는 그들 중 단 한 명의 여자였다. 단 한 여자에게서! 오, 붉은 속눈썹, 당신의 머리카락보다 더 길다! 오, 순진한 눈동자의 하얀 흰자위! 오, 하얗기도 해라! 오, 사람을 홀리는 암비둘기 같은 날개!

"당신이 예로페예프?" 그녀는 내게 살짝 몸을 기울여 속눈썹을 감았다 뜬다…… "당연하지! 내가 예로페예프지!" (오, 직관력이 대단한 여인이군! 어떻게 알았지?)

"나 당신 책 하나를 읽었어요. 있잖아요, 어떻게 사람이 50페이지에 걸쳐 그런 말도 안 되는 소리를 지껄일 수 있죠? 보통 사람은 도저히 할 수 없는 일이에요!"

"그렇지, 보통 사람은 안 되지!" 나는 아첨을 받고 기분이 좋아져서 술을 섞어 또 마셨다. "아가씨가 원한다면 그런 말도 안 되는 소리는 더 많이 쓸 수도 있지! 그 이상도 쓰고말고!"

자, 모든 건 이렇게 시작된 거다. 그러니까 인사불성으로 시작되었다. 3시간이 기억에서 끊겨 버렸다. 내가 무엇을 마셨나? 무슨 이야기를 했나? 어떤 비율로 술을 섞어 마셨나? 아마도, 만일 내가 섞어 마시지 않았더라면 기억이 끊기는 일은 없었을 것이다. 여하튼, 나는 3시간 후에 제정신으로 돌아왔다. 정신을 차리고 보니, 내가 여전히 식탁에 앉아서 술을 섞어 마시고 있었던 것이다.

우리 둘 외에는 아무도 없었고 그녀는 옆에서 천진한 아이처럼 나를 놀리고 있었다. 나는 생각했다. '전대미문의 여자야! 오늘까지 이 여자의 가슴을 품어 본 것이라면 오직 미래에 대한 육감 같은 것뿐이야. 나 이전에는 아무도 이 여자의 심장 박동 소리 같은 것은 느껴 보지도 못한 거야. 아아, 가슴이, 온몸이 행복으로 근질거리는구나!'

그리고 그녀는 일어서더니 1백 그램의 술을 더 마셨다. 선 채로 피아니스트처럼 머리를 뒤로 젖힌 채 마셨다. 마시고 난 뒤 그녀는 자신의 모든 것을 숨으로 내쉬었다. 그녀의 내부에 있던 거룩한 것들 모두를, 모든 것을 내쉬었다. 그런 다음 암캐처럼 아치 모양으로 몸을 굽히고 엉덩이를 파도치듯 움직이기 시작했다. 그런데 이것이 너무도 유연해서 나는 전율 없이는 그녀를 바라볼 수 없었다……

당신들은 당연히 물으시겠지. 낯 두꺼운 당신들은 물을 거야. "그래서, 베니치카? 그녀가……………………………………………………………………………………했나?" 그래, 당신께 뭐라고 대답할까? 물론 그녀는…… 했다! 게다가 그녀는 ………

였던 것이다! 그녀는 내게 대놓고 말했다. "당신이 나를 오른팔로 꽉 끌어안아 줬으면 좋겠어요!"* 하하. '꽉' 그리고 '오른팔로'! 그런데 나는 이미 이렇게 대담해져서는 힘 있게 꽉 안는 것뿐만 아니라 그녀의 몸을 만져도 보고 싶었다. 그런데 계속 그녀의 몸을 빗나가는 바람에 그럴 수가 없었다.

'오, 이런! 허리를 흔들어 봐라!' 나는 술을 섞어 마시며 생각했다. '흔들어 봐, 요망한 년! 흔들어라, 클레오파트라! 흔들어라, 시인의 심장을 괴롭히는 풍만한 창녀여!* 내게 있는 모든 것, 내게 있을지도 모르는 그 모든 것을 나는 오늘 아프로디테의 하얀 제단에 모두 바치리라!'

나는 그렇게 생각하고 있었다. 그런데 그녀는 웃더니만, 식탁으로 다가가서는 또 1백 50그램을 단숨에 마셔 버렸다. 왜냐하면 그녀는 완전했고, 완전함은 한없이 넓은 법이니까……*

젤레즈노도로즈나야 — 초르노예

그녀는 술을 쭉 들이키더니 뭔가 쓸데없는 겉옷을 벗어 버렸다. '만일 그녀가 벗어 버린다면,' 나는 생각했다. '만일 그녀가 이 겉옷을 벗은 뒤 계속해서 속옷마저 벗어 버린다면, 땅이라도 전율할 것이고 목석이라도 가만히 있지 못할 거야.'

그런데 그녀가 말했다. "자, 베니치카, 어때요, 나의 …………… 멋진가요?" 욕정에 압도된 나는 숨을 헐떡이며, 죄를 기다렸다. 그녀에게 말했다. "내 30년을 살아오면서 지금껏 이렇게 훌륭한 ……………은 한 번도 본 적이 없소!"

이제 내가 어떻게 할 거냐고? 나긋나긋 환심을 사듯 부드럽게 다룰 것이냐고? 아니면, 포로를 사로잡듯이 거칠게 다룰 것이냐고? 제기랄, 악마나 알 일이지, 난 술 취한 여자를 어느 순간에 어떻게 대해야 하는지 모른단 말이야. 여태까지, 이것도 당신에게 말해야만 하나? 여태까지 나는 여자를 알지 못했다. 취한 여자이건, 정신 말짱한 여자이건 간에 말이다. 나는 머릿속으로 그들을 뒤쫓으려 해보았지만, 집중하는 순간 심장이 겁에 질려 멈추곤 했다. 생각이 멈추면, 하고픈 의사가 없었다. 하고픈 의사가 생기면 생각이 사라져 버리고, 그들을 가슴으로 집중해서 쫓아가려 해도 생각이 겁에 질려 멈추곤 했다.

나는 모순된 상태에 빠졌다. 한편으론 여자들에게 잘록한 허리가 있다는 것이 참 마음에 들었다. 우리에게는 허리의 잘록한 부분이란 게 없으니까. 그 사실이 내게 그 무엇인가를 불러일으켰다. 그러니까…… '부드러운 마음', 뭐, 그런 것인가? 음, 그렇다, 이것이 내게 부드러운 마음을 불러일으켰다. 그러나 다른 한편으로 생각해 보면 마라를 펜나이프로 찔렀던 것도 그들이었다.* 마라는 청렴했기 때문에 그를 살해해서는 안 되었다.* 이런 생각이 이미 그 모든 부드러운 마음을 죽여 버렸다. 한편으로는 나도 카를 마르크스처럼 그들의 약점이 마음에 들었다.* 즉, 그들은 쪼그리고 앉아 오줌을 싸야만 한다는 것, 그것이 내 마음에 들었다. 그리고 그것이 나를 충만하게 했다. 그것이 무엇으로 나를 충만하게 했느냐고? 부드러운 마음이지 뭐겠는가? 그렇다. 그것은 나를 부드러운 마음으로 충만케 했다. 그러나 다른 한편, 그들 가운데 하나가 I*를 연발탄 총으로 쏘지 않았던가? 이것이 또다시 부드러운 마음을 죽인다. 웅크리고 앉아서, 그러나 왜 I를 연발탄 총으로 쏘았단 말인가? 이런 이야기를 하고 나서 부드러움에 대해 이야기하는 것이 좀 우습긴 하다…… 이야기가 잠시 딴 곳으로 벗어나 버렸다.

그래서 대체 이제 내가 어떻게 할 것이냐고? 위협적으로 거칠게 다룰 것이냐고? 아니면, 매혹해 사로잡을 것이냐고?

그녀가 스스로 나를 위해 선택을 했다. 그녀는 머리를 뒤로 젖히고 내 뺨을 자신의 복사뼈로 쓰다듬었다. 이 행위에는 격려, 놀이, 가벼운 능욕 같은 뭔가가 있었다. 그리고 가벼운 입맞춤과도 같은 것 역시 있었다. 그 후에는 그녀의 동공의 그 진하고, 암캐의 것과 같은 그 흰자위가 잠꼬대보다도 천국의 가장 높은 곳보다도 더 희게 보였다! 그리고 하늘과 땅 같은 그녀의 배. 그것을 보자마자 나는 영감으로 인해 흐느껴 울 지경이었고, 내 몸은 온통 연기를 내면서 활활 타오르기 시작했다. 그리고 모든 게 뒤죽박죽이 되었다. 장미가, 백합이, 가는 덩굴손들 속에 있는 에덴으로 들어가는 온통 축축하고 떨리는 입구가, 무아지경이, 붉은 속눈썹이. 오, 이 깊숙한 곳의 흐느낌! 오, 부끄러움을 모르는 눈자위여! 오, 구름 같은 눈을 가진 탕녀! 오, 달콤한 배꼽이여!

또다시 시작되기 위해, 금요일마다 반복되기 위해, 가슴과 머리에서 잊혀지지 않기 위해 이 모든 것은 뒤섞여 버렸다. 나는 알고 있다. 오늘도 같은 일이 되풀이되고, 숙취와 파멸도 되풀이될 것이라는 것을……

당신이 내게 말하겠지. "베니치카, 너 설마? 그 여자를 지분대는 녀석이 너 혼자일 거라고 생각하는 거야?"

나한테 그게 무슨 상관이야! 더구나 당신한텐 무슨 상관이지?! 바람 좀 피우면 어때? 나이 먹는 거랑 정조를 지키는 건 상판에 주름이나 만드는 법이야. 난 그녀 상판에 주름살이 생기는 건 싫다고. 바람 좀 펴도 내버려둬, 뭐 물론 마구 내버려두라는 것은 아니지만 어쨌든 그래도 역시 '내버려 둬.' 대신 그녀의 온 존재는 애무와 향기로 짜여 있지 않은가. 그녀를 함부로 다루어도, 폭력적으로 다루어도 안 된다. 그녀를 숨으로 들이마셔야 한다. 나는 그녀의 모든 내밀한 굴곡들을 어떻게든 세어 보려 했지만, 셀 수가 없었다. 27까지 세자 지쳐서 어질어질했고, 그래서 주브롭카 보드카를 마시고는 더 이상 세지 않고 집어치워 버렸다.

그러나 그녀의 몸에서 가장 아름다운 부분은 물론 팔뚝 부위이다. 특히 그녀가 나를 팔로 쓰다듬으며 환희에 가득 차 웃으며, "아휴, 예로페예프, 자기 나빠!"라고 말할 때, 특히 예쁘다. 오, 악마여! 이런 여자를 어떻게 들이마시지 않을 수가 있겠는가?

물론 그녀가 화를 내는 일도 있었다. 그러나 그 모든 것은 대단치 않은 일이었고, 그 모든 일은 자기 방어를 위한 것이었고, 거기에는 여자다운 무엇인가가 있었다. 그런데 나는 이런 일들을 잘 이해하지 못한다. 어떤 경우든 내가 그녀를 끝까지 알고 보았을 때는 거기에는 악의란 전혀 없었고, 거기에 있는 것은 크림을 얹은 산딸기였다. 예를 들면, 어느 금요일에 내가 주브롭카를 마시고 거나하게 훈훈해져서는 그녀에게 말했다.

"우리 같이 살자! 내가 널 로브냐*로 데려갈게. 네게 홍포랑 세마포 옷을 입힐 거야. 그리고 나는 전화 부스의 일을 해서 돈을 벌어 올게. 그 사이에 너는 집에 있으면서 꽃들, 그러니까, 백합 같은 것이든 무엇이든 향기를 맡으며 지내는 거야. 우리 떠나자!"

그러나 그녀는 아무 말 없이 내게 손가락 욕을 했다.* 나는 축 늘어져서 그녀의 그 손가락을 내 콧구멍에 가까이 대고 숨을 들이 쉬고는 울기 시작했다.

"왜 그래…… 왜?"

그녀는 내게 두 번째로 손가락 욕을 했다. 나는 그녀의 손가락을 가져와 얼굴을 찌푸리고는 다시 울기 시작했다.

"왜……?" 나는 울부짖듯 애원을 한다. "대답을 해! 왜냐고???"

바로 그 순간 그녀는 통곡하기 시작했고 내 목으로 털썩 쓰러졌다.

"미친 새끼! 왜인지는 너도 알잖아! 너도 알고 있잖아, 미친 새끼!"

그리고 그 후로부터 거의 모든 금요일마다 똑같은 일이 반복되었다. 이 눈물과 손가락 욕이. 그러나 오늘은 무엇인가 끝장을 보리라. 왜냐하면 오늘은 계산에 의하면 13번째 금요일이기 때문이다. 점점 더 페투슈키에 가까워진다. 천상의 황후여!

초르노예 — 쿠파브나

나는 흥분에 휩싸여 차 칸 바깥 승강구를 들락거리며 계속 담배를 피우고 또 피웠다.

'그래 놓고서 넌 네가 외롭고 사람들이 널 이해 못한다고 말하겠지? 맘속에 담은 게 그렇게 많은 것도 모자라서 가진 것도 많은 네가?* 페투슈키에도 여자가 있는 네가? 페투슈키에 그 애도 있잖아. 그러고서도 외롭단 말이 나오느냐?'

아니, 아니야, 난 이제 외롭지 않아. 이미 12주 전에 날 이해하는 사람이 나타났거든. 모든 내 과거가 지나갔다고. 난 내가 스무 살이 되던 때를 기억해. 이미 나는 절망적으로 외로웠어. 생일날도 음울했다. 그날은 유리 페트로비치*와 니나 바실리예브나*가 찾아왔는데 손엔 스톨리치나야* 한 병이랑 야채랑 다진 고기가 들어 있는 단지 통조림이 들려 있었다. 나 스스로에게조차 그토록 외롭고, 구제불능일 정도로 고독해 보였던 나는 그 고기와 야채를 다진 통조림 때문에, 스톨리치나야 보드카 때문에 울지 않으려 했지만 울음을 터뜨렸다.

서른 살이 되던 지난 가을이었던가? 서른 살이 되었을 때도, 스무 살 때처럼 음울한 날이었다. 보랴*가 반쯤 미친 어떤 여류 시인과 함께 나를 찾아왔다. 바댜*와 리댜,* 레데크*와 볼로댜*도 왔었다. 내게 무엇인가를 가져왔다. 무엇을 가져왔냐고? 스톨리치나야 두 병과 토마토 통조림 두 개. 그 토마토 때문에 나는 울고 싶을 정도로 절망과 괴로움에 사로잡혔지만, 이미 울 수가 없었다……

그렇다고 이것이 지난 10년간 내가 덜 외롭게 되었다는 것을 의미하는 걸까? 아니, 그렇지는 않다. 그러면 이것이 10년 동안 나의 영혼이 딱딱하게 굳어졌다는 것을 의미하는 것인가? 그리고 가슴도 냉혹해졌다는 것인가? 역시 아니다. 오히려 그 반대다. 그러나 우는 것은, 어쨌든 우는 것은 할 수가 없었다.

왜냐고? 당신에게 이걸 설명해 줄 수 있을 것도 같다. 만약 **이 아름다움**의 세상에서 이것을 설명할 수 있는 어떤 유사한 것을 찾아낸다면 말이다. 이렇게 가정해 보자. 만일 조용한 사람이 보드카 7백 50그램을 마신다면, 그는 활달해지고 즐겁게 될 것이다. 그런데 만일 그가 7백 그램을 더 마신다면 어떻게 될까? 그가 더 활달해지고 더 즐거워질까? 아니다. 그는 다시 조용해질 것이다. 옆에서 보면 심지어 그가 술이 깬 것처럼 보일 것이다. 그러나 이것이 그가 술이 깼다는 것을 의미하는 것인가? 전혀 아니다. 그는 이미 돼지처럼 완전히 취했고, 그래서 조용한 것이다.

바로 나도 그렇다. 내가 서른 살에 덜 고독하게 된 것도 아니고, 심장이 무감각하게 된 것도 아니다. 오히려 완전히 그 반대다. 그런데 옆에서 본다면 물론……

아니, **이제** 우리에겐 살아갈 날들만이 남았어.* 사는 건 전혀 지루하지 않아! 사는 게 지루했던 사람은 단지 니콜라이 고골이나 솔로몬 왕이었을 뿐이라고. 만일 우리가 이미 30년을 살았다면 30년을 더 살아 보아야만 한다. 그래, 그래야지. '인간은 죽게 되어 있다.' 이게 내 생각이야. 그러나 우리가 일단 태어난 이상 어찌할 도리가 없다. 얼마 동안은 살아야 하는 것이다. '인생은 아름답다.' 이게 내 생각이야.

혹시 알아? 세상에는 아직도 얼마나 많은 비밀이 있는지. 얼마나 많은 알려지지 않은 심연이 있는지, 이 비밀에 마음이 끌리는 사람들에게는 얼마나 세계가 광활한지! 자, 여기 가장 단순한 예를 들겠다. 만일 네가 저녁부터 7백 50그램의 보드카를 마셨는데, 아침에 해장술을 마실 기회가 없었다고 하자. 뭐 근무를 해야 된다거나 그래서 말이지. 그래서 정오를 훨씬 지나, 예닐곱 시간을 부대끼다가 마침내 영혼을 가볍게 하기 위해 술을 마셨다고 하자. (자, 얼마나 마셨지? 자, 뭐 1백 50그램이라고 해두자.) 그런데 왜 네 영혼은 더 가벼워지지 않지? 아침부터 따라다녔던 메스꺼움이 다시 마신 이 1백 50그램의 술 때문에 다른 범주의 메스꺼움, 수치스러운 메스꺼움으로 바뀌고, 뺨은 마치 창녀의 뺨처럼 시뻘게지고, 눈 밑에는 전날 밤에 보드카 7백 50그램을 마신 것이 아니라, 그 대신 면상을 밤새도록 두들겨 맞은 것처럼 시퍼렇게 되지. 왜 그렇지?

내가 왜 그런지 말해 주겠다. 왜냐하면 이 사람이 예닐곱 시간 동안 자신의 근무의 제물이 되었기 때문이다. 자신의 직업을 고를 줄 알아야 한다. 나쁜 일이란 없다. 좋지 않은 직업이란 없다. 사람은 모든 소명을 존중해야만 한다. 잠을 깨자마자 무엇이든지 재빨리 마셔야 한다. 아니다, 난 거짓말을 했다. '무엇이든지'는 아니다. 바로 네가 어제 마신 것이어야만 한다. 40분에서 45분의 간격을 두고 마시는 거다. 그래서 저녁까지 전날보다 2백 50그램을 더 마시는 거다. 그러면 구역질이 나지 않게 되고, 부끄러움도 없을 것이다. 또 너는 마치 반년 동안 면상을 맞은 일이라곤 없었던 것처럼 흰 얼굴을 하게 될 것이다.

자, 보라. 자연에 얼마나 많은 숙명적이면서 즐거운 수수께끼가 있는지. 도처에 탐험을 기다리는 새로운 땅이 얼마나 많은지!

그런데 우리 세대를 교체해 이어 나갈 이 머리가 텅 빈 젊은이들은 이 존재의 비밀을 알아차리지 못한 것 같다. 젊은이들은 활동성과 주도력이 모자란다. 그리고 나는 그들 모두의 머리에 무엇인가가 들어 있기는 한지 심히 의심스럽기까지 하다. 예를 들면, 자신에게 실험을 하는 것보다 더 고상한 것이 뭐가 있겠는가. 그들 나이에 나는 이랬다. 목요일 저녁에 보드카와 맥주를 섞어 3리터 반을 단숨에 마시고는 옷을 벗지 않고 잠자리에 들었다. 오로지 한 가지 생각만을 가지고. 내가 금요일 아침에 깨어날까 아니면 깨어나지 않을까 생각하면서 말이다.

어쨌든 금요일 아침에는 깨어나지 못했다. 내가 깨어난 건 토요일 아침이었고, 그것은 모스크바가 아니고 나로포민스크 지역의 철도의 노반에서였다. 그 후에 나는 집중해서 기억을 더듬어서 사실들을 모았고, 모은 다음에는 조립해 보았다. 조립한 다음에는 기억을 긴장시키고 샅샅이 분석하여 다시 복원하기 시작했다. 그러자 나의 생각은 사변에서 추상으로 넘어갔다. 다시 말해, 생각에 잠겨 해장술을 마시고, 마침내는 금요일이 어디로 사라졌는지 알아내곤 했다.

어렸을 적부터 거의, 손톱 발톱이 조그마했을 적부터, 내가 좋아하는 단어는 '대담함'이었다. 내가 얼마나 대담하게 행동했는지는 하느님이 증인이다…… 만일 당신이 그렇게 대담하게 행동한다면 당신은 뇌졸중으로 쓰러지거나 불구가 될 것이다. 설령 그렇게까지 되지는 않더라도, 만일 내가 당신 나이에 했던 것처럼 당신이 대담하게 행동한다면 당신은 어느 아름다운 아침에 갑자기 깨어나지 못할 것이다. 그러나 나는 깨어났다. 거의 매일 아침 깨어났다. 그리고 다시 대담하게 행동하기 시작했다.

예를 들면 이렇다. 열여덟 살이 될 무렵, 아니면 거의 그 즈음에 나는 깨달았다. 첫 번째 잔부터 다섯 번째 잔까지는 나는 어른이 되어 간다는 것을, 그렇게 거침없이 어른이 되어 간다는 것을. 그리고 이제 여섯 번째 잔부터

쿠파브나 — 플랫폼 33킬로미터

아홉 번째 잔까지는 부드러워지곤 한다. 열 번째 잔부터는 눈을 감을 만큼 부드러워지는데, 정말이지 이겨 내기 어렵다. 그리고 순진하게도 나는 무엇을 생각했던가? 나는 생각했다. '의지를 강제로 써서 스스로 졸음을 이겨 내도록 해야만 한다. 그리고 열한 번째 잔을 마셔야만 한다. 그러면, 아마도 강한 힘이 회복되기 시작할 거야.' 하지만 아니, 이때는 아니었다. 다시 힘이 살아나는 일이라곤 없었다. 나는 몇 차례 시도해 보았다.

나는 3년을 연속해서 이 수수께끼를 풀려고 애썼고, 매일같이 노력해 보았다. 하지만 그럼에도 불구하고 매일 열 번째 잔을 마신 후에는 잠들곤 했다.

그렇지만 사실 모든 것은 그렇게도 간단히 밝혀지지 않았던가! 만약 당신이 이미 다섯 번째 잔을 마셔 버렸다면, 당신은 여섯 번째, 일곱 번째, 여덟 번째, 아홉 번째 잔도 **곧장, 단숨에 마셔 버려야 한다**는 것이 판명되었다. 그러나 **관념적으로** 마셔야만 하는데,

즉 오직 상상 속에서 마셔야 하는 것이다. 바꾸어 말하면, 당신은 의지적인 노력 하나로만, 단숨에 여섯 번째, 일곱 번째, 여덟 번째, 아홉 번째 잔을 마셔서는 안 되는 것이다.

그런데 잠깐의 간격을 두고, 본격적으로 열 번째 잔의 술을 마시기 시작하는 것을 안토닌 드보르작의 9번 교향곡, 실제로 9번인 이 교향곡을 조건부로 5번이라고 부르듯이,* 당신도 그렇게 해보시라. 자신의 여섯 번째 잔을 조건부로 열 번째 잔으로 부르고 그렇게 믿으시라. 이제 여섯 번째(열 번째) 잔부터 바로 스물여덟 번째(서른두 번째) 잔까지 당신은 방해받지 않고 더 강해지고 더 강해질 것이다. 다시 말해 용감해지는 것은 거기까지이고, 그 뒤에는 광기와 맹목이 따라오게 된다.

아니다, 솔직히 말해 나는 우리 뒤의 세대를 경멸한다. 그들은 내게 혐오와 공포를 불러일으킨다. 막심 고리키마저도 그들에 대해선 노래 부르지 않을 것이다.* 생각할 것도 없다. 우리가 그들 나이에 성물(聖物) 더미만 끌고 다녔다고 말하는 건 아니다. 우리가 그들과 다른 건 바로 우리가 가진 성물은 아주 적었어도, 우리가 침을 뱉지 않는 많은 것들도 존재했다는 점이다. 그렇지만 그들은 모든 것에다 침을 뱉지 않는가.

왜 그들은 바로 이런 것에 관심을 기울이지 않을까. 나는 그들의 나이에 긴 간격을 두어 가며 마셨다. 마시고 마시다가 멈추고, 마시고 마시다가 다시 멈춘다. 나는 그러므로 만약 이것이 매일의 습관이 된다면, 그러니까 만약 16살부터 매일 4백 50그램의 술을 오후 7시에 마신다면, 아침의 무기력함으로부터 활기를 되찾을 것인지 어떨지 판단할 권리가 없다. 물론, 만약 내가 세월을 되돌려 삶을 다시 시작한다면, 그래서 삶을 처음부터 다시 시작한다면, 나는 물론 시도할 것이다. 그러나 **그들이란! 그들은!**……

이것만이 아니다! 인간의 삶의 다른 영역들은 얼마나 많은 불확실함을 숨기고 있는가! 상상해 보시라. 예를 들면, 하루는 아침부터 밤까지 당신은 오직 흰 보드카만을 마시고 더 이상은 아무것도 마시지 않고, 다른 날에는 오직 적포도주를 마신다고 해보자. 첫날 당신은 한밤중쯤에 홀린 사람처럼 된다. 그러면 당신은 한밤중쯤에 불꽃처럼 타오르고, 아가씨들은 당신을 이반 쿠팔라의 밤*의 모닥불처럼 뛰어넘는 놀이를 할 것이다. 또 분명한 것은 당신이 아침부터 밤까지 백포도주를 마신다 해도 아가씨들은 여전히 지치도록 당신을 뛰어넘어 다닐 것이라는 사실이다.

그런데 만약 당신이 아침부터 밤까지 오직 독한 적포도주만 마신다면 어떨까? 아가씨들은 이반 쿠팔라의 밤에 뛰어넘기 하는 것을 그만둘 것이다. 오히려 그 반대로, 이반 쿠팔라의 밤에 아가씨가 앉아 있다 해도, 당신은 그녀를 뛰어넘지 못할뿐더러, 다른 어떤 것도 할 수 없을 것이다. 물론, 당신이 아침부터 밤까지 단지 적포도주만 마신다는 조건 하에서 말이다!……

그래, 그래! 협소한 전문 영역에서의 실험들은 얼마나 흥미진진한 것들을 약속하는지! 자, 예를 들면, 딸꾹질이 있다. 내 고향 사람인 멍청한 솔로우힌*은 소금에 절인 버섯*을 따자고 당신을 숲으로 불러낼 것이다. 그러면 당신은 그의 짠 맛 나는 버섯에다가 침이나 뱉어라! 차라리 딸꾹질에 관심을 갖는 것이 훨씬 더 낫다. 즉 수학적 관점에서의 취중 딸꾹질에 대한 연구 말이다……

"무슨 그런 말을!" 사방에서 내게 소리친다. "그렇다면 설마, 세상에 할 만한 일이 이것밖에는 아무것도 없단 말이오……"

"바로 그렇소. 없단 말이오!" 나는 사방을 향해 소리친다. "이걸 제외하곤 아무것도 없소! 할 수 있는 그런 일이라곤 아무것도 없소! 나는 바보가 아니오, 그러니까 세상에는 정신 병리학이 있다는 것도, 외(外)은하계에 대한 천문학이 있다는 것도 물론 알고 있소. 그건 모두 그렇지!"

그러나 이런 모든 것들은 우리의 것이 아니지 않은가. 표트르 대제*와 니콜라이 키발치치*는 이런 모든 것들을 우리에게 강요했다. 그런데 사실 우리의 천직은 전혀 여기에 있지 않다. 우리의 천직은 완전히 다른 저편에 있단 말이다! 만약 당신이 버티지 않는다면, 내가 당신을 데려갈 바로 그쪽에 말이다. 당신은 말하리라. "이 천직은 추악한 데다가 가짜예요." 그러면 나는 당신에게 말할 것이다. 나는 당신에게 다시 이렇게 반복할 것이다. "거짓된 천직이란 없소. 모든 천직을 존중해야 하오."

당신은 결국 염병할 놈이로구먼! 외은하계에 관한 천문학일랑 양키들에게 맡기는 것이 더 낫겠고, 독일인들에겐 정신 병리학을 맡기는 게 좋겠다. 스페인 놈들 같은 모든 껄렁한 놈들은 투우나 보러 가라 하고, 비열한 아프리카 놈은 자신들의 아수안 댐*을 지어 보라지, 뻔뻔한 놈들, 어차피 댐은 바람에 날려 갈 텐데 뭐. 이탈리아 놈들은 자신들의 멍청한 벨칸토 창법*으로 숨이나 막혀 버리라고 하지 뭐, 그러라지, 뭐!……

어쨌든 우리는, 되풀이해서 말하건대, 딸꾹질을 연구합시다.

플랫폼 33킬로미터 — 엘렉트로우글리

딸꾹질에 대한 연구를 시작하기 위해서는 말할 것도 없이 딸꾹질을 불러내야만 한다. (임마누엘 칸트의 용어로) *an sich* (즉자), 즉 그 자체로서 딸꾹질을 불러내거나, 혹은 다른 것 안에 있는, 그러나 자신의 관심사 안에 있는 그것을 불러내야만 한다. 즉 *für sich* (대자)로서 불러내야 한다. 임마누엘 칸트의 용어이다. 물론 무엇보다 좋은 것은 *an sich* (즉자)와 *für sich* (대자)를 다 갖는 것이다. 바로 이렇게 하는 것이다. 두 시간을 연속해서 뭔가 독한 것, 그러니까 스타르카, 아니면 즈베로보이, 아니면 오호트니치야 보드카를 마셔 보시라. 커다란 잔으로, 한 잔마다 30분 간격으로, 그리고 가능한 한 안주 거리는 먹지 않고 말이다. 이것이 어려운 사람은 최소한의, 간소한 안주는 먹어도 된다. 그다지 신선하지 않은 빵, 강하게 절인 청어리, 보통으로 절인 청어리, 토마토 속에 넣은 청어리를 말이다.

그런 다음, 한 시간의 쉬는 시간을 가지시라. 아무것도 먹지 말고 아무것도 마시지 말고. 근육을 이완시키고 긴장하지 마시라.

그리고서 당신 스스로 확신하라. 한 시간이 지나갈 즈음 **딸꾹질**이 시작될 것이다. 처음 딸꾹질이 나올 때, 당신은 그 갑작스런 시작에 놀랄 것이다. 그다음에는 두 번째, 세 번째 *et cetera* (등등)을 피할 수 없음이 당신을 놀라게 할 것이다. 그러나 만약 당신이 바보가 아니라면, 오히려 그만 놀라고 다음의 일에 열중하시라. 얼마만큼의 간격으로 딸꾹질이 당신이 당신일 수 있게 호의를 베풀며 일어나는지, 물론 초 간격으로, 종이에 적어 두라.

여덟 ─ 열셋 ─ 일곱 ─ 셋 ─ 열여덟

물론, 여기서 어떤 주기 같은 것이라도 찾아보라. 가장 근접한 것이라도 말이다. 비록 당신이 여하간 바보라고 할지라도, 이어지는 간격을 어떻게든 예측하기 위해서 어떤 터무니없는 공식이라도 끄집어내려 시도해 보라. 해보시오. 삶은 어떻든 당신의 모든 터무니없는 체계를 뒤집어엎을 것이다.

열일곱 ─ 셋 ─ 넷 ─ 열일곱 ─ 하나 ─ 스물셋 ─ 넷 ─ 일곱 ─ 일곱 ─ 일곱 ─ 열여덟 ─

세계 프롤레타리아트의 지도자 카를 마르크스와 프리드리히 엥겔스는 사회 법칙들의 교체를 면밀히 연구했고, 이를 근거로 **많은 것**을 예견할 수 있었다고 한다. 그러나 여기서 그들은 아주 작은 것을 예견하기에는 무력했으리라. 당신은 자신의 변덕에 따라 운명적인 것의 영역으로 진입했다. 진정하고 참으라. 삶은 당신의 초등 수학도, 당신의 고등 수학도 치욕스럽게 만들 것이다.

열셋 ─ 열다섯 ─ 넷 ─ 열둘 ─ 넷 ─ 다섯 ─ 스물여덟 각각의 개별적인 인간의 발전과 영락, 환희와 불행의 교체에서는 규칙성을 암시하는 것이라곤 어떤 작은 암시도 찾아볼 수 없지 않은가? 인류의 삶에서 파국은 무질서하게 교체되는 것이 아닐까? 법칙, 그것은 우리 모두 위에 있다. 딸꾹질은 모든 법칙 위에 있다. 최근 딸꾹질의 돌연한 시작이 당신을 깜짝 놀라게 했던 것처럼, 죽음처럼 당신이 예언할 수 없고 미리 피할 수 없는 딸꾹질의 끝이 당신을 놀라게 할 것이다.

스물둘 — 열넷 — 끝이다. 그리고 정적.

이 고요함 속에서 당신의 마음은 당신에게 말한다. **그것**은 규명할 수 없고, 우리는 무력하다. 우리는 모든 자유 의지를 완전히 빼앗겼고, 우리는 이름도 없고 또한 그것으로부터 구원받을 수도 없는 전횡의 권력의 손아귀에 안에 있다.

우리는 떨고 있는 피조물이지만, **딸꾹질**은 전능하다. **그것**은, 바로 신의 손이다. 그것은 우리 모두의 위에 놓여 있으며, 오직 바보와 사기꾼들만이 그 앞에 머리를 숙이려 하지 않을 뿐이다. **그분**은 이성으로 이해할 수 없고, 따라서 **그분**은 존재한다.

그러므로 당신의 하늘의 아버지께서 완전하신 것처럼, 당신도 완전하라.

엘렉트로우글리 — 플랫폼 43킬로미터

그렇다. 술은 더 마시고, 안주는 줄이시라. 이것은 자만과 피상적인 무신론에 아주 좋은 약이다. 딸꾹질하는 무신론자를 보시라. 그는 제정신이 아니고, 얼굴도 거무스레하고, 괴로워하고 있다. 또 그는 보기도 흉하다. 그에게서 고개를 돌리고, 침을 내뱉으라. 그리고 내가 딸꾹질하기 시작할 때 나를 쳐다보라. 예정된 것을 믿으며, 반항이라는 것은 어떠한 것도 생각하지 않는 나는 그분이 복되시다는 것을 믿는다. 그러므로 나도 복되며 빛난다.

그분은 복되시다. 그분은 나를 고통에서 빛으로 이끈다. 모스크바에서 페투슈키로. 쿠르스크 역에서의 괴로움을 지나, 쿠치노에서의 정화를 거쳐, 쿠파브나에서의 헛소리를 거쳐 빛으로, 그리고 페투슈키로 말이다. *Durch Leiden — Licht* (고통을 지나 빛으로)!*

나는 한층 더 지독한 흥분으로 승강구로 잠깐 나왔다. 그리고 계속 담배를 피우고, 또 피웠다. 그런데 그때 밝은 생각이 번개처럼 내 머리를 쳤다.

"이 충동을 억누르지 않기 위해 뭘 더 마실까? 당신의 이름으로 나는 무엇을 마셔야 할까?……"

재앙이다! 내게는 당신만 한 가치를 지닌 그런 것이 아무것도 없다. 쿠반스카야 보드카, 이것은 그야말로 쓰레기지! 그런데 로시스카야 보드카는? 당신 앞에서 로시스카야 보드카를 이야기한다는 것은 우습기 그지없으리라. 그리고 1루블 37코페이카짜리 진한 적포도주라니! 아뿔싸!……

아니다, 만약 내가 오늘 페투슈키에 도착한다면, 무사히 말이다, 나는 신과 사람들 앞에서 부끄러움 없이 마실 수 있는 **칵테일**을 만들 것이다. 사람들이 있는 데서 신의 이름으로 말이다. 나는 그것을 '요단강의 물줄기' 아니면 '베들레헴의 별'*이라 부르겠다. 만약 페투슈키에서 내가 이것에 대해 잊어버린다면, 제발 내게 상기시켜 주시오.

비웃지 마라. 내게는 칵테일 제조의 경험이 풍부하다. 모스크바에서 페투슈키까지 전 지구에서 지금까지 이 칵테일들을 제조자의 이름도 알지 못한 채 마셔 왔다. '가나안의 향유'*를 마시고, '콤소몰카*의 눈물'을 마신다. 그리고 그들이 그렇게 마시는 것은 옳은 것이다. 우리는 자연의 은총을 기다릴 수가 없다. 자연에서 은총을 얻어내기 위해서는 당연히 그것들의 정확한 제조법을 알아야 한다. 만약 당신이 원한다면, 나는 당신에게 제조법을 제공할 것이다. 들어보시라.

단지 보드카를 마시는 것, 심지어 병째로 마시는 것, 이런 일에는 정신의 피로와 공허 외에는 아무것도 없다. 보드카에 오데콜론을 타는 것, 이것에는 어느 정도의 변덕스러운 것은 있지만, 어떠한 감격도 없다. 그런데 바로 '가나안의 향유' 한 잔을 마시는 것, 이것에는 변덕과 이데아, 감격, 게다가 형이상학적인 암시까지 있다.

'가나안의 향유'에서 우리가 가장 높이 평가하는 것은 어떤 성분인가? 물론 메틸알코올이다. 그러나 실은 메틸알코올은 단지 **영감의 대상**일 뿐, 그 자체는 영감을 완전히 결여하고 있다. 그런 경우에 우리는 메틸알코올에서 도대체 무엇을 가장 높이 평가하는가? 물론 순수한 맛의 느낌이다. 그런데 더욱 뛰어난 것은 그것이 내뿜는 냄새이다. 이 냄새를 돋보이게 하기 위해서는 아주 조금의 방향이 필요하다. 이런 이유로 메틸알코올에 벨벳처럼 부드러운 맥주, 그중 가장 좋은 것이 오스탄키옙스코나 세나토르인데, 이 맥주와 정제된 광택제를 1:2:1의 비율로 부어 넣는다.

어떻게 광택제가 정제되는가는 당신에게 상기시키지 않을 것이다. 어린애들도 아는 일이니까. 웬일인지 러시아에서는 푸슈킨이 왜 죽었는지는 아무도 모르지만, 광택제가 어떻게 정제되는지는 모든 사람이 안다.

요컨대, '가나안의 향유'의 제조법을 적어 두시라. 삶은 인간에게 단 한 번 주어지므로, 제조법에서 실수하지 않게 그렇게 삶을 살아야만 한다.

메틸알코올 ── 100그램.

벨벳같이 순한 맥주 — 200그램.

정제된 광택제 — 100그램.

　자, 당신들 앞에 '가나안의 향유' (속어로는 '은여우'라 부른다)
가 있다. 이것은 농도가 약화된 향이 오래가는, 실제로는 암갈색
의 액체이다. 이것은 심지어 향이 아니라 찬가이다. 민주적인 젊
은이들의 찬가 말이다. 왜냐하면 이 칵테일을 마신 이에게서는 저
속함과 어둠의 힘들이 숙성해 나오기 때문이다. 나는 이것을 몇
번이나 관찰했던가!……

　그런데 이 어둠의 힘들의 숙성을 어떻게든 예방하기 위해서는
두 가지 방법이 있다. 첫째는, '가나안의 향유'를 마시지 않는 것
이고, 그런데, 두 번째는 그 대신 칵테일 '제네바의 향기'를 마시
는 것이다.

　그것에는, 이 '제네바의 정신' 칵테일에는 고귀함이라곤 조금
도 없지만, 향기는 있다. 당신은 내게 물으리라. 이 향기의 수수께
끼는 무엇인가?라고. 나는 당신에게 답하리라. 이 향기의 수수께
끼가 무엇인지 모른다고. 그러면 당신들은 잠시 생각하고서 다시
물을 것이다. 그렇다면 무엇에 수수께끼의 해답이 있는가? 해답
인즉 '제네바의 정신'의 성분인 '하얀 라일락'을 재스민이나, 들
장미나, 은방울꽃이나, 그 어떤 것으로도 대체하지 않는 것이다.
옛날 연금술사들은 '성분들의 세계에는 등가물은 없다'라고 했
다. 그들은 그들이 무엇을 말하는지 알고 있었다. 즉 '은빛의 은방
울꽃', 이것은 향기에 대해서 말하지 않더라도 이미 도덕적인 측

면에서 당신에게 '하얀 라일락'이 될 수 없다.

예를 들면, '은방울꽃'은 이성을 당황시키고, 양심을 불안하게 하며, 법의식을 강화시킨다. 그런데 '하얀 라일락'은 그와 반대로, 양심을 편하게 하고 삶의 상처와 인간을 화해시킨다……

내 경우는 그랬다. 나는 '은빛의 은방울꽃'을 병째 다 마시면 앉아서 운다. 왜 우는가? 엄마가 생각나기 때문이다. 즉 엄마를 생각해 내면 잊을 수가 없기 때문이다. '엄마'하고 말해 본다. 그러고는 운다. 조금 있다가 다시 '엄마'하고 말하고, 다시 운다. 더 어리석은 사람이라면 그렇게 앉아서 계속 울었을 것이다. 그러면 나는 어땠냐고? '라일락'병을 들고 다 마셔 버렸다. 당신은 어떻게 되었을 거라고 생각하는가? 눈물은 말랐고 바보 같은 웃음이 터져 주체할 수 없었지만, 이제 엄마라곤 이름과 부칭이 무엇인지도 잊어버렸다.

그러므로 내게는 '제네바의 정신'을 준비하면서, 다리의 다한증 약에 '은빛의 은방울꽃'을 추가하는 사람이 얼마나 우스꽝스러운지! 정확한 제조법을 들어보시라.

하얀 라일락 ― 50그램.
다리 다한증 약 ― 50그램.
지굴리 맥주 ― 200그램.
주정용 광택제 ― 150그램.

그러나 만약 인간이 세계를 함부로 짓밟기를 원하지 않는다면,

그가 '가나안의 향유'도, '제네바의 정신'도 돼지 새끼들에게 보내 버리도록 하라. 차라리 그가 탁자에 앉아 자신에게 '콤소몰카의 눈물'을 준비하도록 하는 것이 더 좋다. 이 칵테일은 향이 진하고 진기하다. 왜 진한 향이 나는지 당신은 나중에 알게 될 것이다. 우선 그것이 왜 진기한지만 설명하겠다.

보드카만 마시는 사람은 건전한 이성과 굳건한 기억력을 보존하거나, 혹은 반대로 이도저도 한 번에 잃는다. 그런데 '콤소몰카의 눈물'을 마시는 경우에는 정말 우습기 그지없다. 이 칵테일 눈물 1백 그램을 마셔 보라, 그러면 기억력은 확실한데 건전한 이성이란 있었는지도 모르게 사라진다. 1백 그램을 더 마시면, 스스로에게 놀라리라. 어디로부터 그렇게 건전한 이성이 생겼는지? 그런데 그 모든 확실하던 기억력은 어디로 사라졌는지?

심지어는 '눈물'의 제조법 자체가 좋은 향을 뿜어낸다. 만들어진 칵테일 때문에, 그것의 강한 방향으로 인해, 잠깐 동안 감각과 의식을 잃을 수 있다. 내 경우엔 그런 일이 있었다.

라벤더 — 15그램.

마편초 — 15그램.

오데콜론 '숲의 물' — 30그램.

매니큐어 — 2그램.

치아 특효약 — 150그램.

레몬수 — 150그램.

이렇게 준비된 혼합물을 20분간 인동덩굴 나뭇가지로 휘저어야 한다. 사실 다른 사람들은 필요한 경우엔 인동덩굴을 메꽃으로 대신할 수 있다고 주장한다. 이 말은 틀린 것이고, 범죄적인 것이다. 차라리 내 목을 칠지언정 당신은 '콤소몰카의 눈물'을 메꽃 가지로 저으라고 강요하지는 말라. 나는 그것을 인동덩굴로 저을 것이란 말이다. 누가 내 앞에서 '눈물'을 인동덩굴이 아니라 메꽃으로 휘젓는다면, 나는 정말로 우스워서 죽을 지경이 될 것이다……

그러나 이제 '눈물' 이야기는 그만 하자. 이제부터 나는 당신에게 마지막으로 남은 제일 좋은 것을 제안한다. 시인이 말했듯이 '어떤 상보다도 더 귀한 노동의 왕관'*이라 할 수 있는 것이다. 간단히 말해, 나는 나머지 모든 것을 무색하게 하는 칵테일 '암캐의 창자'를 제안한다. 이것은 이미 음료가 아니다. 이것은 세상의 음악이다. 세상에서 무엇이 가장 아름다운가? 인류의 해방을 위한 투쟁이다. 그런데 그것보다 훨씬 더 아름다운 것이 바로 이것이다. (적어 두라.)

지굴리 맥주 — 100그램.

샴푸 '사드코*—부유한 상인' — 30그램.

머리 비듬 세정제 — 70그램.

아교 BF — 15그램.

제동 오일 — 30그램.

작은 벌레 박멸을 위한 방충제 — 30그램.

이 모든 것에 시가 류의 담배를 1주일 동안 담가 두었다가 탁자에 내놓는 것이다……

내게 편지들이 왔다. 그런데 때마침 편지에서 한가한 독자들이 바로 이런 것을 추천했다. 그렇게 만들어진 술을 체로 거르라는 것이다. 즉 체로 거르게 해놓고 누워 한잠 자라는 것…… 제기랄, 이거야 이미 다 아는 일이란 말이다. 이 모든 보충 사항과 수정 사항들이란 상상력의 고갈 때문이고, 생각의 비약이 부족하기 때문이다. 이 터무니없는 수정 사항들이 나오는 것은 바로 이런 이유에서다……

자, 드디어 '암캐의 창자'가 탁자에 준비되었다. 첫 번째 별이 떠오를 때 꿀꺽꿀꺽 그것을 마시라.* 이 칵테일 두 잔을 마시면 벌써 그 사람은 다른 사람에게 1.5미터의 거리까지 다가가서 온전히 30분 동안 그의 상판에다 대고 침을 뱉을 수 있을 정도로 고무될 것이다. 그러면 그는 당신에게 아무 말도 하지 않으리라.

플랫폼 43킬로미터 — 흐라푸노보

어째 좀 받아 적으셨는지 모르겠다. 일단 이 정도면 충분할 것이다…… 그렇지만 페투슈키에 가면, 만약 신이 자비로우셔서, 만약 살아서 도착한다면, 페투슈키에서는 '요단강의 물줄기'의 비밀을 당신과 나누어 가질 것을 약속하겠다.

그러면 이제 당신과 함께 생각해 봅시다. 내가 지금 뭘 마실 것인지를 말이오. 내 여행 가방 속에 남아 있는 것들을 갖고 내가 어떤 배합물을 만들어 낼 수 있을까? '클라바 아줌마의 키스'?*아마 그럴 것이다. 내 가방에 들어 있는 것들에서 짜낼 수 있는 키스란 '첫 키스'와 '클라바 아줌마의 키스'를 빼면 아무것도 없다. '키스'가 무엇을 의미하는지 당신에게 설명해야 하는가? '키스'는 종류에 상관없이 적포도주와 보드카를 반반의 비율로 섞은 것을 말한다. 가령 달지 않은 포도주에 고추 보드카*나 쿠반스카야 보드카를 합하면, 이것이 '첫 키스'이다. 집에서 만든 술과 포트와인 33번의 혼합물, 이것은 '강제 키스'이다. 아니면, 더 간단히

'사랑 없는 키스', 아니면, 더 간단히 '이네사 아르만드'*이다. 다른 '키스들'도 적지 않다! 이 모든 '키스들' 때문에 그렇게 구역질나지 않으려면 어렸을 때부터 익숙해져야 한다.

내 여행 가방에는 쿠반스카야가 있다. 그러나 달지 않은 포도주는 없다. 요컨대, 나는 '첫 키스'를 만들 수 없으므로 나는 단지 그것에 대해 꿈만 꿀 수 있을 뿐이다. 그러나 내 여행 가방에는 0.25리터짜리 로시스카야 보드카 한 병 반과 1루블 37코페이카에 산 독한 로조보예 포도주가 있다. 그런데 그것들 전부를 합하면 '클라바 아줌마의 키스'가 나온다. 당신 생각과 같다. 맞다, '클라바 아줌마의 키스'가 맛의 질로 따지자면 형편없고, 제일 잘 만들어진다 해도 구역질을 일으키고, 목구멍에서 그것을 삼키느니 차라리 무화과나무에 주는 것이 낫다. 동의한다. 그런데, 만약 달지 않은 포도주도 없고, 무화과나무마저 없다면 어떻게 할까? '클라바 아줌마의 키스'를 마시지 않으면 안 되는 것이다.

나는 허섭스레기를 부어 '키스'를 만들려고 차 칸으로 들어갔다. 오, 얼마나 오랫동안 나는 여기를 떠나 있었던가! 니콜스코예에서 나온 후로……

지난번처럼, 안구에서 빠져나와 무슨 일이든 할 준비가 된 커다란 수십 개의 눈으로, 궤도로부터 이탈하여 무슨 일이든 할 준비가 된 나의 조국은 나를 바라보았다. 그때, 로시스카야 보드카 1백 50그램을 마신 뒤였던 그때, 나는 이 눈들이 마음에 들었다. 이제, 쿠반스카야 보드카 5백 그램을 마신 뒤인 지금 나는 이 눈들에 반했다. 미친 사람처럼 사랑에 빠졌다. 나는 차 칸으로 들어가면서 살짝살짝 비틀거렸다. 그러나 나는 완전히 내 힘으로 내 자리로 갔다. 만일의 경우에 대비해 슬쩍 미소 지으면서……

자리에 다가간 나는 아연실색하고 말았다. 내 0.25리터짜리 로시스카야는 어디에 있지? 내가 세르프 이 몰로트 역에서 단지 반을 마셨을 뿐인, 바로 그 0.25리터짜리 말이야? 세르프 이 몰로트에서부터 그것은 여행 가방 속에 있었고, 그 속에는 거의 1백 그램이나 남아 있었는데, 그게 지금 어디로 갔느냐는 말이다?

나는 주위를 둘러보았다. 그러나 어느 누구도 눈 하나 깜박이는 사람이 없었다. 아니다. 나는 완전히 사랑에 빠져 있는 미친 사람이다. 천사들은 언제 날아갔을까? 그들은 만약 내가 잠깐 자리를 비우면, 그래도 여행 가방을 지켜 주지 않았던가? 언제 그들은 내게서 날아간 것일까? 쿠치노 지역에서일까? 그렇다. 그렇다면 쿠치노와 플랫폼 43킬로미터 사이에서 **도둑맞았다**는 말이구나. 내가 당신들과 나의 환희에 찬 감정을 나누는 동안, 내가 당신들에게 존재의 비밀을 고백하는 동안, 그 시간에 내게서 '클라바 아줌마의 키스'를 빼앗아 간 것이다…… 순진한 영혼을 가진 나는 지금껏 한 번도 차 칸을 곁눈질해 보지 않았다. 그야말로 정말 희극이다…… 그러나 이제, 극작가 오스트롭스키가 말했던 것처럼 '순진함은 충분하다.' 그리고 *finita la commedia* (희극은 끝났다).*
순진함이 모두 신성한 것은 아니다. 그리고 희극이 모두 신곡(神曲)인 것도 아니다…… 탁한 물에서 물고기를 잡는 건 이제 충분하다. 이제는 사람을 낚을 차례다!……*

그러나 어떻게 낚을 것인가, 그리고 누구를 낚을 것인가?……

제기랄, 누가 알겠는가, 페투슈키에 이를 때 이 이야기가 어떤 장르의 것이 될 것인지 말이다…… 모스크바에서부터 모든 것이 철학적인 에세이와 회상기였고, 모든 것이 이반 투르게네프의 산문시 같은 것이었다…… 이제 시작되는 것은 탐정소설이다…… 나는 여행 가방 안을 훑어보았다. 모든 것이 제 자리에 있는가? 거기에는 모든 것이 제 자리에 있었다. 그러나 도대체 이 1백 그램은 어디에 있을까? 그리고 누구를 잡지?……

나는 오른편을 바라보았다. 그곳에는 지금까지 계속 이 두 사람, 멍청하디멍청한 자와 똑똑하디똑똑한 자가 앉아 있다. 솜 넣은 재킷을 입은 멍청한 자는 이미 오래전부터 술에 취해 자고 있다. 그런데 모직 외투를 입은 똑똑한 자는 멍청한 자의 맞은편에 앉아서 그를 깨우고 있다. 그리고 웬일인지 도살업자가 하는 식으로 깨운다. 그의 단추를 잡고는 줄을 팽팽하게 당기듯이 자기 쪽으로 바짝 끌어당긴다. 그런 다음 놓아 버리는 것이다. 그래서 솜 넣은 재킷을 입은 멍청하디멍청한 자는 좌석의 등받이에 꽂히면서 이전의 자리로 날아간다. 큐피드의 뭉툭한 화살이 가슴에 꽂히듯이……

'선—험—적—이야'…… 나는 생각했다. 오랫동안 그는 그를 이렇게 하고 있었을까?…… 아니다. 이 두 사람은 훔칠 수 없었다. 정말이지, 그들 중 한 명은 솜 넣은 재킷을 입고 있는데, 다른 한 명은 자지 않고 있다는 것은, 둘 다 원칙적으로는 훔칠 수 있었을 거라는 걸 의미한다. 그러나 한 명은 자고 있는데, 다른 한 명은 모직 외투를 입고 있다는 것은 두 사람 모두 훔칠 수 없었다는 것을 뜻하는 것이다……

나는 뒤를 돌아보았다. 아니다. 거기에도 역시 뭔가 의심스러운 생각이 들 만한 그런 것은 없었다…… 사실, 두 사람은 의심스런 어떤 생각을 불러일으키지만, 그러나 이 두 사람은 아니다. 이 두 사람, 이 두 남녀는 무척 이상한 사람들이다. 그들은 차 칸의 다른 쪽, 반대편 창문가에 앉아 있고, 명백히 서로 모르는 사이이다. 그러나 그럼에도 불구하고 이상할 정도로 닮아 있다. 그는 재킷을 입고 있고, 그녀도 재킷을 입고 있다. 그는 갈색 베레모를 쓰고 있고 코밑수염이 나 있는데, 그녀도 코밑수염에다가 갈색 베레모를 쓰고 있다……

나는 눈을 비비고 한 번 더 뒤를 바라보았다…… 놀랍게도 닮았다. 그리고 둘은 호기심과 적개심에 차서 끊임없이 서로를 주시하고 있다…… 그들이 훔칠 수 없었다는 것은 명백한 일이다.

그렇다면 앞은? 나는 앞쪽을 바라보았다.

앞에도 마찬가지로 이상한 사람은 단지 두 사람, 할아버지와 손자뿐이었다. 손자는 할아버지보다 머리 두 개만큼 크고, 태어날 때부터 모자란 듯하다. 할아버지는 머리 두 개만큼 작고, 그렇지만 역시 모자란 듯하다. 둘은 내 눈을 똑바로 바라보며 입맛을 다신다……

'이상한데,' 나는 생각했다. 무엇 때문에 그들은 입맛을 다신단 말인가? 모두가 역시 내 눈을 바라보았지만, 누구도 입맛을 다시지는 않지 않는가! 정말 수상하다…… 나는 그들이 나를 바라보는 것과 마찬가지로 뚫어져라 그들을 바라보기 시작했다.

아니다, 손자는 저능아이다. 그의 목은 다른 사람들처럼, 몸통으로 들어가는 것이 아니라, 쇄골과 함께 목덜미 쪽으로 치켜 올려져, 웬일인지 몸통으로부터 자라 나온 것처럼 보였다. 게다가 그는 처음에는 날숨, 나중에는 들숨, 하는 식으로 어쩐지 바보같이 숨을 쉰다. 모든 사람들은 반대로, 처음에 들숨, 나중에 날숨을 쉬는데 말이다. 그는 나를 바라본다. 눈을 크게 뜨고 입을 일그러뜨리고서 바라본다……

그런데 할아버지는 더 긴장해서 바라본다. 그는 나를 총구(銃口)를 보듯 바라본다. 두 눈이 너무도 시퍼렇고, 너무도 부어올라, 마치 두 익사자에게서 물이 흘러내리듯, 이 두 눈에서 물기가 곧장 그의 신발로 떨어질 정도였다. 그는 온통 사형 선고를 받은 사람 같았고, 그의 대머리는 해쓱하게 죽어 있었다. 그리고 그의 얼굴은 직접 사격을 당한 것처럼, 온 얼굴이 곰보였다. 그런데 직격탄을 맞은 얼굴 한가운데에 부어오르고 시퍼렇게 된 코가 교수형당한 늙은이처럼 매달려서 흔들리고 있었다……

'저어엉말 수상하다.' 나는 다시 한 번 생각했다. 그래서 자리에서 약간 일어서서 그들을 손짓하여 내 쪽으로 불렀다.

두 사람은 지체 없이 벌떡 일어나더니 입맛을 계속 다시면서 내게로 재빨리 왔다. '이것도 역시 이상하다.' 나는 생각했다. '이 사람들은 심지어 벌떡 일어나기까지 했어. 내 생각으로는, 내가 이 사람들을 손짓으로 부르기도 전인데 말이지……'

나는 그들에게 내 맞은편에 앉으라고 청했다.

두 사람은 앉았다. 그리고 시선은 내 여행 가방에 고정하고 있었다. 손자는 어쩐지 이상하게 앉았다. 우리는 모두 엉덩이로 앉는다. 그런데 이 애는 왠지 기묘하게 앉았다. 왼편 늑골 쪽으로 한쪽 허리를 내밀고 거기에 손을 얹은 채, 한쪽 다리를 내게 내놓고, 다른 쪽 다리는 할아버지께 내놓으려는 것처럼 말이다.

"이름이 뭡니까, 아저씨, 그리고 어디로 가십니까?"

흐라푸노보 — 예시노

"나는 미트리치라고 합니다. 애는 내 손자이고, 이 애의 이름 역
시 미트리치랍니다. 우리는 오레호보로 갑니다. 공원에…… 회전
목마를 타려고……"

손자가 덧붙였다. "이—이—이—이—이……"

이 소리가 예사롭지 않고 빌어먹게 기분 나빴기 때문에 어떻게
이 소리를 전달해야 할지 모르겠다. 그는 말을 하는 게 아니라 꽥
꽥거리는 외마디 소리를 했다. 그는 입으로 말하지 않았다. 왜냐
하면 그의 입은 항상 가늘게 벌려져 있었으며, 소리는 입 뒤쪽 어
디부터인가에서 시작되었기 때문이다. 그는 왼쪽 콧구멍으로 말
했는데, 그것도 왼쪽 콧구멍을 오른쪽 콧구멍으로 약간 높이 들어
올리고 있는 듯 힘을 들이고 있었다. "이—이—이—이, 우리는 진
짜 빠르게 페투슈키로 가고 있어요, 정말 멋있는 페투슈키로……
이—이—이, 정말이지 할아버지가 취했어요, 우리 좋은 할아버
지……"

"그으러어니이까, 회전목마를 탄다고?"

"회전목마."

"혹시, 회전목마가 아닐 수도 있고?……"

"회전목마"라고 미트리치는 다시 한 번 그 불행한 목소리로 확인을 했고, 그의 눈에서는 계속 눈물이 흘러내리고 있었다.

"말해 봐, 미트리치. 내가 승강구에 있었을 때 너는 여기서 무슨 짓을 한 거야? 내가 승강구에서 생각에 잠겨 있었을 때 말이야? 사랑하는 여인에 대한 감정에 대해 생각하고 있었을 때 말이야? 어? 말해 봐."

미트리치는 꼼짝도 않고, 웬일인지 안절부절못하기 시작했다.

"난…… 아무것도 안 했어요. 난 단지 과일 설탕 절임을 맛보고 싶었다고요…… 흰 빵이 든 과일 설탕 절임을……"

"흰 빵이 든 과일 설탕 절임?"

"흰 빵이 든 과일 설탕 절임."

"좋아, 그러니까, 이런 거지. 내가 승강구에 서서 내 감정에 대한 생각으로 골몰하고 있는 동안 너희들은 내 자리에서 흰 빵이 든 과일 설탕 절임이 없나 찾고 있었다는 거냐? 그런데 과일 설탕 절임은 못 찾고……"

할아버지가 참지 못하고 먼저 눈물을 터뜨렸다. 그러자 뒤이어 손자가 따라 울었다. 손자의 윗입술은 어디론가 사라지고, 아랫입술은 피아니스트의 머리카락처럼 배꼽까지 축 처졌다. 할아버지와 손자 둘 다 울었다……

"나는 당신들을 이해해요, 이해한답니다. 모두 이해할 수 있습니다, 용서하고 싶다면요…… 내게는 **많은 것**을 받아들일 수 있는 트로이 목마의 배만큼이나 큰 영혼이 있거든요.* 모든 것을 용서할 수 있어요, 이해하고 싶다면 말입니다. 당신들이 단지 과일 설탕 절임과 흰 빵을 원했을 뿐이라는 것을 이해해요. 그러나 당신은 내 자리에서 아무것도 얻지 못했고, 그래서 당신은 원하던 것 대신에 내 자리에서 찾아낸 것을 부득불 마신 거라 그런 이야기가 되겠지요……"

나는 증거들을 가지고 그들을 압박했다. 그들 둘 다 얼굴을 가리고서 내 비난의 말에 박자를 맞추듯이 자리에서 후회에 찬 몸을 흔들고 있었다.

"당신을 보니 페투슈키의 어느 노인이 생각납니다. 그 역시 남의 것을 훔쳐 마셨죠. 그는 슬쩍한 술만 마셨어요. 예를 들면 약국에서 알코올 함유도가 3배나 높은 오데콜론 병을 훔쳐서 역 화장실로 가져가서는 거기서 조용히 마셨죠. 그는 이것을 '우정을 위해 마시기'라고 불렀습니다. 그는 이것이 '우정을 위해 마시기'라는 확고한 신념에 차 있었습니다. 그리고 그는 그런 상상을 하면서 죽었습니다…… 당신도 그래, 어떻습니까? 그러니까, 당신도 우정을 위해 마시기로 결심한 겁니까?……"

그들은 계속 흔들거리며 울었다. 손자는 슬픔으로 심지어 눈을 깜박거리기까지 했다.

"그러나 눈물은 그만하면 충분합니다. 내가 만약 이해하기를 원한다면 모든 것을 받아들일 겁니다. 내게는 머리가 아니라 인내의 집이 있습니다.* 만약 당신이 원하면 나는 더 대접해 드릴 수도 있습니다.* 당신들은 이미 50그램을 마셨으니, 50그램을 더 따라 드리겠습니다……"

그 순간, 누군가가 우리 뒤에서 다가와 말했다. "나도 같이 마십시다."

모두 일제히 그를 바라보았다. 그는 검은 콧수염에 재킷을 입고 갈색 베레모를 쓰고 있었다.

"이—이—이—이," 어린 미트리치가 꽥꽥거리는 외마디 소리를 내기 시작했다. "이 아저씨 뭐야, 진짜 나쁜 아저씨야……"

검은 콧수염을 한 사람은 어린 미트리치의 말을 시선으로 가로막고 콧수염 밑에서부터 말했다. "난 전혀 나쁜 사람이 아닙니다. 나는 어떤 사람들처럼 훔치지 않습니다. 나는 모르는 사람들의 긴요한 물건들을 훔치지 않아요. 제 것을 가지고 왔습니다. 여기……"

그리고 그는 스톨리치나야 한 병을 내 자리에 내놓았다.

"제 술을 거절하진 않을 거죠?" 그가 내게 물었다.

나는 그에게 앉을 자리를 만들어 주기 위해 좁혀 앉았다.

"아니요. 그렇지만 당신이 가져온 것은 나중에 마시죠. 당장은 내 것을 마십시다. '클라바 아줌마의 키스'를 말입니다."

"클라바 아줌마?"

"클라바 아줌마."

우리는 각자 자신의 잔을 채웠다. 할아버지와 손자는 자기들의 그릇*을 내게 내밀었다. 이제 보니 내가 손짓을 하기 훨씬 이전부터 그들은 오랫동안 그릇을 손에 쥐고 준비 상태로 있었던 것이다. 노인은 0.25리터 들이 빈 술병을 꺼냈고, 나는 그 술병을 단번에 알아보았다. 그런데 손자는 명치랑 횡경막 사이 어디인가에서부터 커다란 양동이를 꺼내서 내밀었다.

내가 약속했던 만큼을 따라 주자 그들은 빙그레 웃었다.

"우정을 위하여, 친구들?"

"우정을 위하여."

모두 뒤로 머리를 젖히고서는 쭉 들이켰다. 피아니스트처럼…… "이 기차는 예시노 역에서 정차하지 않습니다. 예시노를 제외한 모든 역에서는 정차합니다."

예시노 — 프랴제보

 부스럭대며 쪽쪽 빠는 소리가 시작되었다. 그것은 마치 모든 것을 마셔 왔던 피아니스트가 이제 모조리 마시고 늘어뜨린 머리카락 속에 파묻혀 리스트의 C 샤프 단조 「숲의 소리」를 연주하는 것 같았다.

 재킷을 입은 검은 콧수염이 맨 처음으로 말을 시작했다. 그리고 무슨 까닭인지 유일하게 내게만 말을 걸었다.

 "내가 이반 부닌의 작품에서 읽었는데요, 머리털이 불그스레한 사람들이 술을 마시면 틀림없이 얼굴이 붉어진대요⋯⋯"*

 "그래서 도대체 뭐요?"

 "어떻게, 그러니까, '도대체 뭐요'라뇨? 쿠프린*과 막심 고리키는 도대체 술에서 깨지 않는 사람들이었다니까요."

 "좋아요. 그래서, 그다음은요?"

 "어떻게, 그러니까, '그다음은요'라는 것이죠? 안톤 체호프가 죽기 직전에 마지막으로 한 말이 무엇이었습니까? 그는 말했습니다. *Ich sterbe*, 즉, '나는 죽어 가고 있소'라고요. 그리고 나서 덧붙였죠. '샴페인을 따라 주시오.' 그리고 나서야 그는 죽었습니다."

"그래요?"

"프리드리히 실러, 그 사람은 샴페인 없이는 죽을 수도 없었고, 심지어는 살 수도 없었습니다. 그가 어떻게 글을 썼는지 알아요? 얼음이 든 목욕통에 다리를 담그고, 샴페인을 따라 놓고서 글을 썼어요. 샴페인을 한 잔 마시면 비극 한 막이 다 씌어졌답니다. 다섯 잔을 마시면 5막짜리 비극이 나왔고요."

"그래, 그래, 그래…… 음, 그리고……"

마치 개선장군이 금화들을 던지듯이 그는 나에게 생각들을 던져 주었다. 그리고 나는 그것들을 간신히 주워 모을 수 있었다. "음, 그리고……"

"음, 그리고, 니콜라이 고골……"

"뭐라고요, 니콜라이 고골이요?……"

"그는 항상 파나예프 집에 머물 때면 식탁에 자신을 위한 특별한 장밋빛 잔을 놓아 달라고 부탁했습니다……"

"장밋빛 잔으로 마셨다는 겁니까?"

"그렇다니까요. 장밋빛 잔으로 마셨답니다……"

"그래 무엇을 마셨죠?"

"누가 그것을 알겠습니까!…… 음, 장밋빛 잔으로 무엇을 마실 수 있을까! 그래, 당연히 보드카겠지요……"

그리고 나와 두 명의 미트리치는 흥미롭게 그의 이야기를 따라

갔다. 검은 콧수염, 그는 새로운 승리를 예견하고 웃었다.

"그리고 모데스트 무소르그스키! 맙소사, 모데스트 무소르그스키! 당신은 그가 불멸의 오페라 「호반시나」*를 어떻게 작곡했는지 아십니까? 그것은 우습기도 하고 슬프기도 하지요. 모데스트 무소르그스키는 술에 진탕 취해서는 시궁창에 누워 있고, 니콜라이 림스키코르사코프가 실내용 복장을 하고 대나무 지팡이를 들고 그 곁을 지나간단 말입니다. 니콜라이 림스키코르사코프는 멈춰서서 모데스트를 자신의 지팡이로 간질이며 말하지요. '일어나! 가서 세수하고 앉아서 자네의 훌륭한 오페라 「호반시나」를 끝까지 쓰란 말이야!'

그들은 이렇게 앉아 있습니다. 니콜라이 림스키코르사코프는 안락의자에 앉아 있습니다. 다리를 꼬고 원통형 모자를 손을 뻗쳐서 들고 말입니다. 그의 맞은편에는 모데스트 무소르그스키가 아주 괴로운 듯이 면도도 하지 않고 침대 겸용 벤치에 구부정하게 앉아서는 땀을 흘리며 악보를 그리지요! 벤치에 앉아 있는 모데스트는 해장술을 마시고 싶을 뿐이었어요. 그놈의 악보가 다 무슨 상관이람! 그러나 니콜라이 림스키코르사코프는 손을 뻗쳐서 원통형 모자를 들고서 그가 해장술을 마시는 것을 허락하지 않습니다……

그러나 림스키코르사코프 뒤로 문이 닫히자마자 모데스트는 자신의 불멸의 오페라 「호반시나」를 내던지고 나가 시궁창으로 풍덩! 그리고 일어나서 또다시 해장술을 마시고. 또다시? 풍덩!…… 그것은 그렇고, 사회 민주당원들이……"

"박식하십니다그려, 제기랄!" 미친 듯이 기뻐하며 늙은 미트리치는 그의 말을 중단시켰다. 어린 미트리치는 너무 집중한 나머지 머리카락을 쭈뼛 세우고 몸이 굳어 버렸다······

"그래, 그래! 나는 책 읽는 것을 무척이나 좋아합니다! 이 세상에 훌륭한 책이 얼마나 많습니까!" 재킷을 입은 사람이 계속 말했다. "예를 들어 나는 술을 한 달 마시고, 또 한 달을 마십니다. 그리고 무슨 책이든 간에 집어 들고 읽으면 그 책은 아주 좋은 책인 것 같고, 내 자신은 바보같이 보여서 완전히 실망하고 책을 읽을 수가 없어서 책을 내던지고 술을 마시기 시작합니다. 한 달을 마시고, 또 한 달을 마시고, 그리고 그 후에는······"

"이봐," 내가 그의 말을 가로막았다. "기다려, 그러니까 사회 민주당원이 어쨌단 말이야?"

"무슨 사회 민주당원? 사회 민주당원만이겠습니까? 러시아의 중요한 사람들은 모두, 러시아에 필요한 사람들은 모두 돼지처럼 술을 마셨습니다.* 그러나 쓸모없고 어리석은 이들은, 아닙니다. 마시지 않았습니다. 예브게니 오네긴이 라린 가(家)에 손님으로 가서 마신 거라곤 겨우 브루스니치나야 보다*가 전부인데, 그 때문에 그는 설사가 났습니다.* 그러나 '라피트와 클리코를 마셨던'('라피트와 클리코*라는 것을 명심해 두시오!) 오네긴의 정직한 동시대인들은 그 시대에 '반란의 학문'과 데카브리즘을 발생시켰습니다······ 마침내 그들이 게르첸*을 깨웠을 때······"*

"이를 어째! 그를 깨워, 당신의 게르첸을!" 오른쪽에서 누군가가 외쳤다. 우리는 모두 흠칫 놀라 우측으로 몸을 돌렸다. 소리를

지른 사람은 모직 외투를 입은 큐피드였다. ― 게르첸이라 불린
그 사람은 흐라푸노보에서 이미 내렸어야 했지만, 아직도 타고 가
고 있었던 것이다. 개자식……

웃을 수 있는 사람들은 모두 크게 웃었다. "그 새끼 내버려 둬,
××, ×같은 데카브리스트!" "귀를 잡아 당겨 좀 깨워 보라고!"
"무슨 차이가 있어, 흐라푸노보로 가건 페투슈키로 가건! 혹시 알
아, 페투슈키에 가고 싶은 놈을 흐라푸노보로 가라고 내몰고 있는
지도 모르지!" 갑자기 모두가 알아차리지 못할 정도로 비틀거렸
고, 알아차리지 못할 정도로 즐겁게 비틀거렸다. 알아차리지 못할
정도로 보기 싫게…… 그리고 나는, 그들과 함께했다…… 나는
재킷을 입은 검은 콧수염에게 몸을 돌렸다.

"자, 그들이 알렉산드르 게르첸을 깨웠다고 치고, 여기서 사회
민주당원들 그리고「호반시나」가 무슨 상관이 있습니까……"

"바로 그게 이렇게 되는 거예요! 모든 중요한 것이 여기서 시작
되었죠, 그러니까 클리코 대신에 값싼 화주(火酒)가 시작되면서 말
입니다! 잡계급 지식인*들이 출현하기 시작하였고, 무질서와 반란
이 시작되었죠! 이러한 모든 우스펜스키들과 포말롭스키들,* 그들
은 술 없이는 한 줄도 쓸 수 없었습니다! 나는 읽어서 알고 있습니
다! 그들은 절망적으로 술을 마셨던 겁니다! 러시아의 모든 정직
한 사람들이 말입니다! 그런데 어째서 그들은 술을 마신 걸까요?
절망 때문에 마신 겁니다. 그들은 정직했기 때문에, 민중의 짐을
덜어 줄 힘이 없었기 때문에 마신 겁니다! 민중은 가난과 몽매로
숨 막혀 하고 있었습니다. 드미트리 피사레프*를 읽어 보십시오!

그는 이렇게 썼어요. '민중은 쇠고기를 먹을 수 없다. 그런데 보드카는 쇠고기보다 값이 싸고, 이 때문에 러시아의 농부는 술을 마신다. 가난 때문에 마시는 것이다! 그는 책을 읽을 수 없다. 왜냐하면 시장에는 고골이나 벨린스키의 책은 없고, 있는 것이라곤 보드카뿐이기 때문이다. 정부 독점의 보드카, 그리고 각종 보드카, 그 자리에서 마시는 보드카, 그리고 사가서 마시는 보드카 등등! 그래서 그는 술을 마신다. 몽매로 인해 술을 마시는 것이다.'

그런데 여기서, 어떻게 절망하지 않을 수가 있겠으며, 어떻게 농부에 대해 쓰지 않을 수가 있겠으며, 어떻게 이 절망으로 취하지 않을 수가 있겠습니까! 사회 민주당원은 쓰고 마시고, 마시고 또 씁니다. 그리고 쓰면서 마십니다. 그러나 농부는 책은 읽지 않고 마시고 또 마십니다. 우스펜스키가 일어나서 목을 매달고 있을 때* 포말롭스키는 선술집 벤치 밑에 누워서 고통으로 헐떡이고,* 가르신은 일어나서 만취해 난간 너머로 떨어지는 겁니다……"*

검은 콧수염은 이미 벌떡 일어나 베레모를 벗고 미친 사람 같은 몸짓을 한다. 이제껏 마신 모든 것들이 그를 내몰고 머리를 때리고 또 때린다. 모직 외투를 입은 데카브리스트는 자신의 게르첸을 내던져 버리고 우리 쪽으로 다가와 앉아 탁하고 축축한 눈을 들어 연설가를 바라본다.

"어떻게 되어 가는지를 보십시오! 무지몽매의 어둠은 점점 짙어지고, 가난은 **절대적으로** 증가하고 있습니다. 당신은 마르크스를 읽었나요? **당연하겠지요!*** 다른 말로 하면, 모두가 술을 점점 더 많이 마시고 있어요! 그에 비례해서 사회 민주당원의 절망은 증가하고, 적포도주도, 클리코도 이제는 아무 소용이 없게 되었답니다. 그것들은 예전에는 어떻게든 게르첸을 깨울 수 있었지요. 그러나 지금은 러시아의 모든 지성이 농부에 대해 번민하며 술을 마셔 깨어나지를 못하고 있습니다! 종이란 종은 다 쳐서 온 런던에 알려라,* — 러시아에서는 그 누구도 고개를 쳐들지 못하고 구토물 속에 처박고 괴로워하고 있다고 말입니다!……

그것이 이렇게 오늘날까지 계속되고 있습니다! 오늘날까지 계속! 이런 순환이, 이런 존재의 악순환이, 그것이 내 목을 조르고 있습니다. 그래서 난 훌륭한 책을 읽어야만 합니다. 나는 누가, 왜 술을 마시는지 충분히 해명할 수 없습니다. 하류 사회는 위를 쳐다보고, 상류 사회는 밑을 쳐다봅니다. 그러면 나는 이미 어쩔 수 없이 책을 내던집니다. 한 달을 마시고, 또 한 달을 마시고, 그리고 그 후에는……"

"멈춰," 데카브리스트가 그의 말을 중단시켰다. "안 마시는 게 정말 불가능한 거야? 자신을 절제하고 안 마시는 것 말이야? 여기 추밀 고문관 괴테가 그 예지. 그는 전혀 술을 안 마셨어."

"안 마셨다고? 전혀?" 검은 콧수염 사내는 심지어 엉거주춤 일어서서 베레모를 썼다. "그건 있을 수 없는 일인데!"

"이봐 있을 수 있는 일이네 뭐. 사람은 자기를 억제할 능력이 있어. 1그램도 안 마셨어……"

"당신은 요한 폰 괴테를 말하시는 겁니까?"

"그래. 1그램도 안 마신 요한 폰 괴테를 염두에 둔 거야."

"이상하네…… 만일 프리드리히 실러가 샴페인 잔을 그에게 권하면요?……"

"어찌됐든 그는 안 마셨을 거야. 자제하고 안 마셨어. 이렇게 말했겠지, '나는 술을 1그램도 안 마셔요.'"

검은 콧수염을 한 사내는 고개를 떨어뜨리고 우울해졌다. 사람들의 눈에는 그의 모든 균형 잡힌 체계가 망가지는 것처럼 보였다. 활활 타고 번쩍이는 억지 이론으로 짜서 만들어진 그렇게도 균형 잡힌 체계가 말이다. '그를 도와줘, 예로페예프.' 나는 스스로에게 속삭였다. '사람을 도와주라고. 터무니없는 말이든, 비유 같은 말이든 간에 뭔가를 만들어 내보라고, 아니면……'

"당신은 추밀 고문관 괴테는 1그램도 안 마셨다고 말하는 거죠?" 나는 데카브리스트 쪽으로 몸을 돌렸다. "왜 그가 술을 안 마셨는지 당신은 아나요? 무엇이 그를 안 마시도록 강요했을까요? 모든 정직한 지성인들이 마셨는데 그는 안 마셨어요? 왜일까요? 우리는 지금 페투슈키로 가는데 어째서인지 가는 곳마다 섭니다. 예시노는 제외하고. 왜 예시노에는 정차를 하지 않죠? 서지 않고 통과하네요. 그게 다 예시노에서는 승객이 없기 때문이에요. 승객들은 흐라푸노보나 프랴제보에서 타거든요. 그래요, 그들은 예시노에서 흐라푸노보까지 혹은 프랴제보까지 가요. 그리고 거기서 탑승하죠. 그렇기 때문에 예시노에 정차하지 않아요. 늙다리 바보요한 폰 괴테가 바로 이렇게 행동한 거예요. 생각해 봐요, 그가 술 마시는 것을 원치 않았을까요? 물론 원했어요. 그래서 그는 죽지 않으려고 자기 대신 자신의 모든 등장인물들에게 술을 마시게 했죠. 『파우스트』를 한번 봅시다. 거기서 누가 술을 안 마시나요? 모두가 마셔요. 파우스트가 술을 마시고 젊어지죠, 지벨은 술을 마시고 파우스트에게 기어오릅니다. 메피스토펠레스가 하는 거라고는 술을 마시고 대학생들에게 향연을 베푸는 것뿐이랍니다. 그리고 그들에게 「벼룩의 노래」를 불러 주지요. 당신이 내게 묻겠지요. 추밀 고문관 괴테에게 이런 것이 왜 필요했겠느냐고. 당신에게 말해 주자면, 그는 왜 베르터로 하여금 이마에 총을 쏘게 했을까요? 증거가 있습니다. 그는 스스로 자살의 기로에 섰기 때문입니다. 그 유혹을 벗어나기 위해 베르터를 자기 대신 자살하게 한 거죠.* 이해하시겠습니까? 그는 살아남았지만 마치 자살한 것처럼 됐기에 완전히 만족한 거예요. 이것은 직접 자살하는 것보다 더 나빠요, 이것은 더 소심하고, 이기적인 것이고 또 비열한 창작의 행위랍니다.

자살을 했던 그 방식처럼 그는 바로 그렇게 술을 마셨어요. 당신의 그 추밀 고문관은. 메피스토펠레스는 술을 마실 겁니다. ─ 그에게는 그것이 좋지요, 늙다리 수캐. 파우스트는 덧붙입니다. ─ 그 늙다리는 이미 술에 취해 혀가 굳었어요. 나랑 함께 도로에서 일하던 콜랴도 그와 같았습니다. 그는 술을 안 마셨어요. 무서웠던 거죠. 조금 마시고 1주일이고 한 달이고 나가떨어져 끙끙댈까 봐. 그러나 우리들에게는 강제로 술을 따라 주고는 우리를 위해 목구멍을 울리고, 더없이 행복해해요! 그 악당은, 취한 것처럼 걸어다녀요.

당신의 훌륭하신 요한 폰 괴테 님께서도 이러하셨습니다! 실러는 그에게 잔을 권하고 그는 거절합니다. ─ 그렇고말고요! 그는 알코올 중독자, 주정뱅이였어요. 당신의 추밀 고문관 요한 폰 괴테는! 그는 손을 덜덜 떨었어요!……"

"바로 그랬던 거야……" 데카브리스트와 검은 콧수염은 환희에 차서 나를 자세히 쳐다보았다. 균형 잡힌 체계는 회복되었고, 그 체계와 함께 명랑함이 회복되었다. 데카브리스트는 커다란 제스처와 함께 모직 외투에서 고추 보드카를 꺼냈다. 그리고 그것을 검은 콧수염의 다리 쪽에 놓았다. 검은 콧수염은 자신의 스톨리치나야를 꺼냈다. 모든 이가 기묘한 흥분으로 손을 비벼 댔다……

나에게는 그 누구에게보다도 더 많이 부어 줬다. 늙은 미트리치에게도 부어 줬다. 어린 미트리치에게도 잔을 주었는데 그는 기쁨으로 자신의 왼쪽 젖꼭지를 오른쪽 허벅지로 압박했다. 그리고 그의 양쪽 콧구멍에서는 눈물이 마구 쏟아져 나왔다.

"자, 추밀 고문관 요한 폰 괴테의 건강을 위해서 어떻소?"

프랴제보 — 플랫폼 61 킬로미터

"그래요. 추밀 고문관 요한 폰 괴테의 건강을 위해."

나는 마시자마자 정도를 넘어 취한다고 느꼈고, 나머지 사람들도 역시 그러하다는 것을 느꼈다……

"그런데…… 당신에게 한 가지 시시한 질문을 던지는 걸 허락하십시오." 검은 콧수염의 남자는 수염 사이로, 그리고 수염 속의 샌드위치 사이로 말했다. 그는 다시 오직 내게만 말을 걸었다. "묻는 걸 허락하십시오. 무엇 때문에 당신의 눈에는 그토록 많은 슬픔이 있습니까?…… 정말 그런 지식을 갖고도 슬퍼할 수 있습니까!* 당신은 아침부터 아무것도 마시지 않았다는 생각이 드는군요!"

나는 심지어 모욕을 느꼈다.

"어떻게, 아무것도 안 마셨다는 거요! 이것이 슬픔이라고요? 이건 단지 눈이 흐려진 것일 뿐이오…… 그저 술을 좀 마셔서 그런 거라고요……"

"아니죠, 아니죠. 그렇게 흐려진 것은 슬픔 때문이에요! 당신은 괴테 같소! 당신은 당신의 모든 외양으로 나의 보조정리*들 중의 하나인, 약간 사변적인 보조정리를 반박하고 있습니다. 하지만 내 보조정리는 경험에서 우러나온 것이란 말입니다! 당신은 괴테처럼 계속해서 반박하는군요……"

"내가 뭘 어떻게 반박한다는 거요? 눈이 좀 흐려졌다는 게 반박입니까?……"

"그렇죠! 눈이 좀 흐려지는 걸로 반박하시는 겁니다! 들어보세요. 이 속에 나의 소중한 보조정리가 있습니다. 우리가 저녁에 마시고, 아침에는 마시지 않을 때, 저녁에는 우리는 어떤 모습이고, 다음날 아침엔 어떤 모습이 됩니까? 예를 들어, 내가 만약 마신다면 나는 대단히 즐겁습니다. 나는 활발하고 미쳐 날뛰고, 가만있질 못합니다. 그렇고말고요. 그런데 다음날 아침에는? 다음날 아침 나는 단순히 즐겁지 않은 것이 아니고, 단순히 움직이지 않는 것이 아닙니다. 아니지요. 나는 전날 보통의 나보다 더 즐거웠던 만큼, 보통의 나, 취하지 않은 나보다 딱 그만큼 더 우울합니다. 만약 내가 전날 에로스에 사로잡혔었다면, 내가 아침에 느끼는 혐오감은 정확히 같은 크기로 저녁의 환상에 의한 것입니다. 내가 말하고 싶은 게 뭐냐고요? 자, 보십시오."

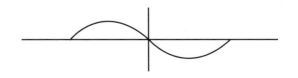

검은 콧수염의 남자는 종이 위에 바로 이런 그림을 그리더니 수평선은 평소 취하지 않은 상태의 선, 즉 **일상의** 선이라고 설명했다. 곡선의 최고점은 잠에 떨어지는 순간이고, 최저점은 숙취로부터 깨어나는 순간이라는 것……

"이걸 보십쇼! 정말 거울 이미지 아닙니까! 우둔하기 그지없는 본성, 이 본성은 균형에 대해 걱정하는 만큼 그 어떤 것도 열렬히 걱정하지 않습니다! 이 걱정이라는 게 도덕적인 것인지 어떤 것인지는 모르겠지만, 본성은 엄격하게 **기하학적**입니다! 보십시오. 이 곡선은 우리에게 생명의 활동력만을 표현하고 있는 것이 아닙니다. 아니죠! 그것은 모든 것을 표현합니다. 저녁에 있곤 하는 대담성을 나타내죠. 저녁에 사람이 얼마나 대담할 수 있고 또 기존의 가치들을 얼마나 과소평가할 수 있는가를 보여 준다는 겁니다. 설사 두려워할 이유가 있다고 할지라도 마찬가지죠. 반대로 아침에는 이 모든 가치들에 대한 과대평가, 그러니까 완전히 이유 없는 공포로 변해 버리는 과대평가를 보여 줍니다.

만약 저녁부터 본성이 술에 취하여 우리를 '넘어선다면', 다음 날 아침 본성은 수학적으로다가 딱 그만큼 모자랄 겁니다. 저녁에 당신에게 이상을 향한 충동이 있었다면, 숙취는 이것을 반(反)이상에로의 충동으로 변화시킵니다. 그런데 만약 이상이 남아 있다면, 그렇다면 그건 반충동을 불러일으킵니다. 내가 아주 간단하게 내 비밀 보조정리를 말씀 드리죠. 내 보조정리는 아주 보편적이고 각자에게 적용될 수 있는 것이죠. 그런데 당신에게서는, 모든 것이 다른 사람들 같지 않고 오히려 괴테 식이로군요!……"

나는 크게 웃어 대기 시작했다. "왜 그것은 그럼에도 보조정리인가요, 만약 그것이 보편적이라면 말이지요?……"

그러자 데카브리스트 역시 웃어 대기 시작했다. "만약 그것이 보편적이라면, 왜 보조정리냐고요?……

그러니까 보조정리인 겁니다! 왜냐하면 여편네들을 계산에 넣지 않았으니까요! 보조정리는 순수한 형태의 사람은 계산에 포함시키지만, 여편네들은 고려하지 않습니다! 여자들의 등장으로 완벽한 거울 이미지가 깨집니다. 만약 여편네가 여편네가 아니었다면, 보조정리는 보조정리가 아니었을 것입니다. 여편네들을 제외했을 때에만 보조정리는 보편적인 겁니다. 그렇지요. 여편네들은 존재하니까 보조정리는 없게 되고…… 여기서 특히, 여편네들이 나쁘면 보조정리는 더 좋아지는 거죠."*

일거에 모두가 말하기 시작했다. "그렇다면 일반적으로 보조정리란 게 뭐요?" "대체 뭡니까, 형편없는 여편네라는 게?" "형편없는 여편네들이란 없어요. 다만 보조정리들이 형편없는 거지……"

"예를 들면, 내게는," 데카브리스트가 말했다. "나한텐 30명의 여편네들이 있습니다. 비록 내게 콧수염은 없지만, 이 여편네들은 모두 우열을 가릴 수 없을 정도로 깨끗하지요. 당신에게 콧수염도 있는데 한 사람의 훌륭한 여편네도 있다고 칩시다. 그래도 나는 가장 형편없는 30명의 여편네들이 그 여편네 한 명보다 낫다고 생각합니다. 비록 그 한 명이 아주 멋진 여편네라고 할지라도요……"

"콧수염이라니요! 여편네들 얘기를 하고 있었는데 난데없이 콧수염은 다 뭡니까?"

"콧수염 얘기잖아요! 콧수염 얘기가 아니었다면, 얘기도 안 했을 겁니다……"

"대체 뭐라는 거야?!…… 어쨌든, 난 한 사람의 훌륭한 여편네가 당신이 가진 그 여편네들보다 더 낫다고 생각해. 어떻게 생각해요?……" 검은 콧수염의 남자는 다시 내게 몸을 돌려 물었다. "학문적 관점에서 당신은 이 문제를 어떻게 보십니까?……"

나는 말했다. "학문적인 관점에서 물론, 그 여편네가 낫죠. 예를 들면, 페투슈키에서는 빈 병 30개가 즈베로보이 술 한 병으로 교환됩니다.* 만약 그걸 가져오는데……"

"뭐라고! 고작 한 병을 주면서 30개나 가져가야 한다고! 너무하는 거 아니야?!" 웅성거리는 소리가 다시 시작되었다.

"거기가 아니면 바꿔 주는 데도 없어요. 빈 병 하나에 12코페이카니까 30병이면…… 3루블 60코페이카가 되는 거죠.* 그런데 즈베로보이는 2루블 62코페이카밖에 안 한다고요. 이런 건 삼척동자도 알겁니다. 왜 푸슈킨이 죽었는지는 모르지만서도 이런 건 벌써 다 안다고요. 그런데도 거스름돈이 없다는 게 말이 됩니까? 3루블 60코페이카가 2루블 62코페이카보다 한참 더 많잖습니까. 그래도 잔돈은 아무도 못 가져가는 거죠. 왜냐? 진열창 뒤에 훌륭한 여편네가 서 있으니 말이죠. 그런 훌륭한 여편네는 존중하는 게 당연하잖습니까……"

"훌륭하긴 뭐가 훌륭하다는 겁니까? 진열창 뒤에 있는 그 여편네가."

"형편없는 여자는 빈 병을 받아 주지도 않는다, 이겁니다. 빈 병을 받아 주는 것만으로도 훌륭하다는 겁니다. 훌륭한 여편네는 당신의 그 나쁜 빈 병들을 가져가고, 대신에 좋은 것을 내줍니다. 그래서 존중해야만 하는 거지요…… 바로 이것 때문에 그런 훌륭한 여편네들이 있는 거라고요."

모두가 뚜렷이 침묵을 지켰다. 각자는 자신만의 생각을 했고, 혹은 모두 내가 모르는 한 가지를 잠시 생각했다.

"존중하기 위한 거지요. 막심 고리키는 카프리 섬에서 뭐라고 말했습니까? '모든 문명의 기준은 여자에 대한 태도가 어떠하냐이다.'* 바로 나도 그렇습니다. 나는 페투슈키의 상점에 도착합니다. 내게는 30개의 빈 병이 있지요. 나는 '아줌마!' 하고 말합니다. 술 취하고 슬픈 목소리로 말이죠. '아줌마! 내게 즈베로보이를 줘요, 제발……' 나는 거의 1루블을 더 주고 있다는 걸 알고 있습니다. 3루블 60코페이카 빼기 2루블 62코페이카니까. 아깝지요. 그녀는 날 바라봅니다. 사람 같지 않은 저놈에게 거스름돈을 줄 것인가 말 것인가? 그런데 나는 그녀를 바라봅니다. 그녀가 비열한인 내게 거스름돈을 줄까 주지 않을까? 더 정확히 말하면, 아닙니다. 나는 이 순간 그녀를 보지 않습니다. 나는 그녀를 통과해 먼 곳을 바라봅니다. 나의 얼빠진 시선 앞에 무엇이 떠오를까요? 카프리 섬이 나타납니다. 용설란과 타마린드가 자라고, 그것들 아래 막심 고리키가 앉아 있고, 하얀 바지 아래로는 털이 많은 다리가 나와 있습니다. 그리고 그가 내게 손가락으로 위협하지요. '거스름돈을 가져가지 마! 거스름돈을 가져가지 말라니까!' 나는 먹을 게 아무것도 없다고 눈짓하죠. '알았어요. 술을 마실 건데, 안

주는 뭐로 해야 하죠?'

그는 '괜찮아, 베냐, 너는 참아 낼 수 있어. 그런데 만약 안주가 꼭 먹고 싶다면, 마시지 마' 라고 합니다. 그래서 거스름돈 한푼 없이 떠납니다. 물론 화가 나지요. 생각합니다. '기준!' '문명!' '아, 막심 고리키, 막심, 너는 고리키다.* 어리석게도 아니면 술에 취하여 너는 카프리에서 그런 쓸데없는 말을 지껄였나? 너는 좋겠지. 너는 그곳에서 용설란을 먹으면 되니깐. 근데 난 뭘 먹느냔 말이야?……'"

사람들이 웃었다. 그런데 미트리치의 손자는 귀뚜라미가 우는 것 같은 소리를 냈다. "이—이—이—이, 용설란 뭐지, 카프리 섬 좋겠다……"

"형편없는 여편네들?" 데카브리스트가 말했다. "여편네들이라고 필요 없는 건 아니잖소."

"물론! 물론 필요합니다." 나는 그에게 대답했다. "가끔은 훌륭한 사람에게 형편없는 여편네는 필수적일 때도 있어요. 예를 들면, 12주 전이었습니다. 나는 관 속에 있었습니다. 나는 이미 4년 동안 관 속에 누워 있었습니다. 어찌나 오래 누워 있었던지 시체 썩는 냄새도 안 날 지경이었죠. 사람들이 그녀에게 말했어요. '자, 그가 관 속에 있다. 할 수 있다면 소생시켜 봐.' 그러자 그녀는 관 쪽으로 다가갔습니다. 그녀가 걸어오는 걸 봤어야 하는데!"

"압니다!" 데카브리스트가 말했다. "써대듯 걷는다, 쓸 땐 사자처럼. 허나 레프는 ×같이 쓴다."*

"그렇지, 그래! 그녀가 관 쪽으로 다가가서 말합니다. '달리다굼.' 이것은 고대 유대놈들의 말에서 옮기면 '너에게 말하노니, 일어나서 가라' 라는 의미입니다. 어땠겠습니까? 나는 일어나서 걸었습니다.* 벌써 석 달째 몽롱한 채로 다닙니다……"

"몽롱한 건 슬퍼서 그런 겁니다." 베레모를 쓴 검은 콧수염의 남자가 반복했다. "슬픈 건 모두 여자들 때문이고요."

"'고주망태'가 돼서 그런 거죠." 데카브리스트가 그의 말을 가로막았다.

"'고주망태' 라니요? 왜 '고주망태' 겠습니까? 만약에 한 사람이 슬퍼 가지고 한 여자한테 간다고 가정해 봅시다. 여자를 보는데 어떻게 술을 안 마실 수 있겠습니까. 그런 막돼먹은 여자를 두고서 어떻게 안 마실 수 있겠냐고요. 게다가 못 돼먹은 여자라면 더 마셔야죠. 여자가 형편없으면 없을수록, 많이 마시는 것이 더 좋다니깐요!……"

"그 말이 맞네!" 데카브리스트가 소리쳤다. "우리가 이렇게 발달한 사람들이란 건 참 좋은 일이에요! 우리한텐 투르게네프 비슷한 게 있어요. 이렇게 둘러앉아서 사랑에 관해 다투고 있잖아요…… 이렇게 합시다. 나도 뭔가 얘기를 하죠. 예외적인 사랑에 대해서, 또 왜 못생긴 여자들이 존재해야만 하는가에 대해서 말입니다!…… 투르게네프 책에 나오는 사람들처럼 한 사람씩 뭔가 얘기를 합시다……"

"그러자고!" "투르게네프식으로 합시다!" 심지어 늙은 미트리치까지 이렇게 말했다. "그러자고!……"

플랫폼 61킬로미터 — 플랫폼 65킬로미터

우선 데카브리스트가 말문을 열었다.

"친구 얘길 할게요. 잊지 못할 녀석이에요. 녀석은 항상 뭔가에 홀려 있었죠. 악마한테 홀린 게 분명했다고. 그 녀석의 혼을 쏙 빼놓은 건, 그 유명한 소비에트의 하프 연주자 올가 에르델리였어요. 베라 둘로바 역시 굉장한 하프 연주자이기는 하죠. 그래도 그녀석이 죽자 사자 매달린 건 오직 에르델리뿐이었어요.* 그녀를 본 적도 없었고 그저 라디오를 통해서 그녀의 하프 연주를 듣는 게 전부였지만. 그 여자한테 완전히 미쳐 있었다고.

친구 녀석은 정신이 나가서는 누워 있곤 했죠. 일도 안 하고, 공부도 안 하고, 담배도 안 피우고, 술도 안 마시고, 침대에서 나오지도 않고, 여자랑 즐기지도 않고, 창문 밖으로 몸을 내밀지도 않았죠…… 그 녀석에게는 올가 에르델리 얘기를 해야만 얘기가 되는 겁니다. 올가 에르델리의 하프 소리를 들어야 힘이 날 것 같다는 둥, 그러면 침대에서 일어나서, 일하고, 공부하고, 술도 마시고, 담배도 피고, 창밖을 내다볼 수도 있을 것 같다는 등 헛소리만 해댔어요. 어느 날 우리가 녀석한테 물었죠.

'도대체 왜 꼭 에르델리야? 에르델리 대신에 둘로바는 어때? 베라 둘로바의 연주 솜씨도 훌륭하다고!'

그러면 녀석은 꼭 이렇게 대꾸했어요.

'당신은 그 잘난 베라 둘로바의 목이나 조르쇼! 베라 둘로바, 뒈져 버리라지! 당신들의 베라 둘로바 따위한테 내가 콧방귀나 뀔 것 같소?!'

이 쪼그만 놈이 단단히 화를 내더라고. 사흘쯤 후에 우리는 다시 그를 만났어요.

'그래 어디, 아직도 올가 에르델리 타령이냐? 약이 있다니까 그러네. 말만 해, 내일이라도 당장 베라 둘로바를 이리로 끌고 온다고.'

그가 대답했어요.

'끌고 오기만 해봐, 그 망할 베라 둘로바, 하프 줄로 목 졸라 죽여 버릴 테니까. 아주 꽉 졸라 주지.'

뭘 어쩌겠어요? 놈이 시름시름 죽어 가니 살려는 놔야 하잖아요. 난 올가 에르델리에게 달려갔죠. 자초지종을 설명하고 싶었지만 여의치 않더군요. 심지어 베라 둘로바에게 가서 도움을 구하고 싶었지만, 큰일 날 일이죠. 녀석이 그녀를 물망초처럼 목 졸라 죽여 버릴 것 같았단 말이죠. 그래서 저녁에 모스크바로 왔어요. 우울했죠. 저 사람들은 하프 위에 앉아서 연주하고, 하프 위에서 디룩디룩 살이 쪄 가는데, 그 와중에 내 친구 녀석은 망신창이 잿더

미가 되어 가다니.

그때 마침 노파 하나랑 마주쳤어요. 바싹 늙은 건 아니지만 고주망태였죠. '내게 1루으으블만 주쇼', 그러더군요. '1루으으블만 줘!' 난 갑자기 정신이 퍼뜩 들었죠. 노파에게 1루블을 주고 설명했죠. 꾀죄죄한 꼬부랑 할멈 머리가 에르델리보다 더 잘 돌아갑디다. 모양새를 갖추기 위해 할멈에게 발랄라이카를 가지고 가라고 했죠……

이렇게 해서 어쨌든 할멈을 녀석 앞에 끌고 갔죠. 방안으로 들어가 보니 이 친구는 여전히 누워서 끙끙대고 있더라고요. 난 문턱에서 그에게 발랄라이카를 던지고 나서 그의 얼굴에다 데려온 올가를 들이밀었습니다. 맞아요, 올가. 녀석한테 올가를 던져 준 거죠…… '여기 그 여자 에르델리야! 믿지 못하겠거든 물어보든가!'

이튿날 아침에 보니, 열린 창문으로 녀석이 몸을 내밀고 조용히 담배를 피우고 있더라고요. 그러더니 조용히 일도 시작하고, 공부도 하고, 술까지 마시기 시작했죠…… 그러고는 인간다운 인간이 됐죠. 자, 어때요!……"

"이게 뭐야, 사랑 얘기가 없잖아. 이게 무슨 투르게네프식이란 거야?" 우리는 그의 말끝을 잡아챘다. "이건 아니잖아, 사랑 얘길 하라니까! 이반 투르게네프를 읽기나 한 거야?" "읽었다면, 얘기해 보라고!" "『첫사랑』에 대해 말해 봐, 지노치카와 베일에 대해서. 그런 거 있잖아, 예를 들면, 채찍이 어떻게 네 낯짝을 후려쳤는지 이야기해 보라고."*

"물론," 내가 덧붙였다. "이반 투르게네프 작품이 이런 식은 아니었지. 투르게네프 작품에 나오는 사람들은 모두 벽난로에 모여 앉아 있잖아. 원통형 모자를 쓰고 양복 깃 부분의 레이스 장식을 손을 대 세우고…… 그래, 좋아, 우린 벽난로는 없지만 몸을 덥힐 순 있어. 레이스 장식은 무슨 놈의 레이스 장식! 우린 레이스 장식 따윈 필요 없잖아."

취한 혀가 잘 돌아가지 않았다……

"물론이지! 물론이고말고!

"투르게네프식으로 사랑한다는 건 말야, 선택된 피조물을 위해 모든 것을 희생할 수 있다는 거,* 그러니까 투르게네프식으로 사랑하지 않고서는 불가능한 어떤 것을 한다는 걸 의미하는 거야. 예를 들어, 네가(우리는 슬그머니 반말로 넘어갔다), 그래, 데카브리스트 너 말이야, 너라면 네가 얘기한 그 이야기에 나오는 친구라는 녀석의 손가락을 물어뜯을 수 있겠냐?* 사랑하는 여인을 위해서?"

"손가락이 뭐?…… 웬 손가락 타령이야?" 데카브리스트가 힘든 듯 신음하며 말했다.

"아니, 그게 아니고, 들어봐. 넌 밤에 몰래 당사무실에 들어가 바지를 벗고, 잉크병에 잉크를 다 마시고 나서 제자리에 놓은 다음 다시 바지를 입고 조용히 집으로 돌아올 수 있어? 사랑하는 여인을 위해서, 그럴 수 있어?……"

"맙소사! 아니, 못해."

"그러니까 바로 어……"

"할 수 있지!" 갑자기 미트리치 할아범이 끼어들었다. 너무 갑작스러웠기에, 모두가 연신 우물쭈물하며 손을 비벼 댔다. "나 뭔가 이야기해 줄 게 있는데……"

"할아범이? **이야기를?** 할아범이 이반 투르게네프를 읽기라도 했다는 거야? 설마……"

"괜찮아, 안 읽었어도…… 내 손자 녀석이 내 대신 다 읽었으니까……"

"그래, 좋아! 좋다고! 할아범 손자는 나중에 이야기할 기회를 따로 주지! 다음에 하라고 해! 중늙은이, 자, 사랑에 대해 한번 이야기해 보시지……"

'허접한 이야기일걸 뭐!' 라고 나는 생각했다. '말도 안 되는 바보 같은 이야기!' 그리고 다시금 내가 황후와 처음 만났던 날 떨어 댔던 허풍을 기억해 냈다. '다음번에 올 땐 재미난 얘기들을 더 많이 해줄게! 더 많이!' 물기로 눈이 흐린 미트리치 할아범이 이야기하게 내버려두자. 나는 되풀이했다. 열 길 물속은 알아도, 한 길 사람 속은 모르는 거잖아. 이 사람들도 쳐다봐 줘야지. 아무도 없다 해도, 설령 쓰레기 같은 놈 하나밖에 남지 않았다 해도 마찬가지야. 쳐다보기도 하고 존중도 해야 하는 거야, 침을 뱉어선 안 되지. 할아범은 이야기를 시작했다.

플랫폼 65킬로미터 — 파블로보포사드

"우리 위원장이 있었는데 별명이 로엔그린이었지, 무지무지하게 엄격했어…… 온통 부스럼투성이에…… 그리고 매일 저녁 모터 달린 나룻배를 타고 다녀. 나룻배에 앉아서 강을 따라 가는 거지…… 강을 따라 가면서 자기 몸에 난 부스럼들을 짜는 거야……"*

말하는 이의 눈에 물기가 맺혔다. 그는 흥분하고 있었다.

"그는 보트를 타고…… 자기 사무실로 가 바닥에 누웠지…… 그러면 아무도 그에게 다가갈 수 없어. 그는 아무 말도, 아무 말도 하지 않았지. 만일 누군가가 거슬리는 소리라도 한다면 그는 구석 쪽으로 몸을 돌리고는 울어 버리곤 했어…… 서서 울곤 했었지. 어린애처럼 바닥에다 오줌을 질질 싸면서……"

할아범은 갑자기 말을 멈췄다. 그는 입술을 일그러뜨렸고, 그의 파란 코는 타오르다가 이내 식었다. 그는 울었다! 팔로 머리를 둘러 싸매고는 여자처럼 울어 댔다. 들썩거리는 그의 어깨는 마치 파도 같았다……

"그게 다야, 미트리치?……"

"다야." 눈물을 흘리며 그가 대답했다.

기차 칸은 웃음으로 들썩였다. 모두가 즐거워하며 꼴불견으로 웃어 댔다. 미트리치의 손자조차 복사뼈 쪽으로 흘리지 않기 위해서 좌우 대신 위아래로 몸을 들썩였다. 검은 콧수염이 화를 냈다.

"거기서 뭐가 투르게네프 같은 게 있다는 거야? 아까 이반 투르게네프식이라고 말했잖아. 근데 대체 그건 뭐냐고! 부스럼쟁이 녀석이고 뭐고! 게다가 오줌을 질질 싸다니……!"

"영화에서 본 걸 이야기하는 것 같은데!" 한쪽에서 어떤 녀석이 지껄였다. "그래, 그 영화 제목이 「위원장」*이야?!"

"여기서 왜 영화 얘기가 나와?"

나는 앉아서 늙은 미트리치, 그의 눈물을 이해했다. 그는 그냥 모든 것들이, 그리고 모든 이들이 불쌍했던 것이다. 위원장의 수치스런 별명도, 오줌에 축축해진 벽도, 나룻배도, 부스럼도 모두 모두 불쌍했던 것이다…… 첫사랑이나 최후의 연민이나 결국 다 비슷한 게 아닌가. 십자가 위에서 돌아가시면서 주님은 우리를 불쌍해하셨지 비웃었던 것이 아니다. 세상에 대한 연민과 사랑은 하나다. 모든 육체와 태(胎)에게는 사랑을. 모든 태중의 결실들에게는 연민을.

"아저씨, 한잔합시다." 내가 그에게 말했다. "내가 한턱내죠. 아무렴, 대접 받으실 만하지. 사랑에 대해서 아주 좋은 말씀을 해주셨어!……"

"자자, 모두 한잔 들자고! 아룔의 귀족, 멋진 프랑스의 시민 이 반 투르게네프를 위해!"*

"건배! 아룔의 귀족!……"

다시 똑같이 꼴깍거리는 소리, 잔 부딪히는 소리, 서걱거림, 그리고 입맛을 다시며 쪽쪽 빨아 대는 소리가 이어졌다. 프란츠 폰 리스트 작곡의 C 샤프 단조 에튀드가 앙코르 연주되었다……

아무도 우리 '쿠페'(우리는 모두 '쿠페'라고 불렀다)* 입구에 갈색 베레모에 재킷을 입은 까무잡잡한 콧수염 여인의 형체가 불쑥 출현한 것을 알아채지 못했다. 여자는 머리부터 발끝까지 완전히 취해 있었는데 그녀의 베레모는 완전히 누더기였다……

"나도 투르게네프 하고 싶어요, 나 목 말라……" 온 내장을 꿀럭거리며 여자가 중얼거렸다……

하지만 소란은 오래가지 않았다.

"마침 허기질 때에 입맛 돋우는 게 도착했구먼."* 데카브리스트가 말했다. 모두가 웃었다.

"뭐가 우스운 거야?" 할아범이 말했다. "저 여자도 착하고 부드러운 여자 중의 하나라고."

"그런 착한 여자들은," 검은 콧수염이 우울하게 불쑥 말을 끊더니 자기 베레모를 벗었다. "그런 멋진 여자들은 크림으로 보내야 해. 거기서 들짐승들이 다 먹어 치우게……"

"왜, 어째서?" 나는 항의하면서 허둥댔다. "앉게 좀 해! 말 좀 하라고 해봐! 투르게네프를 읽었다면서, 막심 고리키를 읽었다면서, 당신들이란 사람들은 대체!……" 나는 내 자리를 좁히고 앉아 그 여자를 앉히고 '클라바 아줌마' 반잔을 따라 주었다.

여자는 따라 준 술을 다 마시고서는 고맙다는 말 대신에 머리에서 베레모를 살짝 들어올렸다. "여기 이거, 보여요?" 그러고는 모두에게 귀 위에 있는 큰 상처를 보여 주었다. 그러고서는 잠시 근엄하게 침묵을 지켰다. 이윽고 그녀는 다시 나에게 잔을 내밀었다. "이봐, 젊은 양반, 한 잔 더 채워 봐, 안 그러면 졸도해 버릴 거야."

나는 그녀에게 반잔을 더 따라 주었다.

파블로보포사드 — 나자레보

이번에도 기계적인 동작으로 단숨에 잔을 비워 버린 여자는 곧장 입을 크게 벌리더니 모두에게 보여 주었다. "보이죠, 이빨 네 개가 모자라는 게." "이빨이 다 어디로 간 거야?" "그게 어디로 갔는지 나도 모르겠어요. 난 읽고 쓸 줄 아는 여자지만, 보다시피 이빨 없이 다녀요. 그 사람이 푸슈킨 때문에 내 이빨을 부러뜨렸어요. 듣자 하니 당신들은 아까 전부터 문학을 이야기하고 있더군요. 나도 여기 같이 앉아 이야기에 끼고, 또 마시면서 어째서 내가 푸슈킨 때문에 머리통을 깨뜨렸고 앞니 네 개를 부러뜨렸는지 이야기하고 싶어요……"

그녀는 이야기를 하기 시작했는데 그 이야기 방식이 아주 괴상했다……

"모든 건 푸슈킨에서부터 시작됐어요. 콤소몰 서기 옙투슈킨이 파견되었는데 나를 자꾸 꼬집어 대고, 시를 읽어 주더니 마침내는 내 종아리를 잡고 묻는 거예요. '내 황홀한 시선이 널 고통스럽게 했나?' 나는 말했죠. '뭐, 괴롭혔다고 치죠……' 그러자 그는 다시 종아리를 잡고, '네 영혼 속에서 내 목소리가 울려 퍼졌어?' 하는 거예요. 난 빽 소리를 지르고 말했어요. '그야 물론, 울렸다니까요.' 그러니까 그는 나를 양손으로 번쩍 안아서 어딘가로 질질 끌고 갔어요. 그렇게 끌려가고 난 후 난 며칠을 내내 제정신이 아닌 상태로 돌아다녔고, 계속해서 같은 말만 반복했죠. '푸슈킨—옙투슈킨—고통스럽게 했다—울려 퍼졌다.' '울려 퍼졌다—고통스럽게 했다—옙투슈킨—푸슈킨.' 그런 다음 다시 '푸슈킨—옙투슈킨'……"

"이제 좀 사건에 가까워졌군, 앞니 이야기가 나올 것 같은데." 검은 콧수염이 그녀의 말을 가로막았다.

"이빨 얘기는 이제 나올 거예요. 당신한텐 이빨이면 되는 거죠?…… 그다음이 뭐였더라…… 그래요, 그날부터 모든 게 순조로웠어요. 꼭 반년 동안 나는 그 사람과 함께 건초 곳간에서 주님을 노하게 했어요. 그렇게 모든 게 좋았는데! 얼마 후 푸슈킨이 모든 걸 망쳐 버렸어요!…… 난 꼭 잔 다르크 같아요. 그 여자도 —아니지, 암소에게 목초를 먹이고 밀을 베어 들이려는 건 아니었지 — 사서 고생을 해가며 말을 타고 오를레앙으로 달려간 거잖아요. 나도 그랬어요. 술에 약간 취하면 곧장 그에게 가는 거죠. '널 대신해서 누가 아이들을 기르지? 푸슈킨인가?' 그러면 그는 퉁명스럽게 대답하지요. '아이들이라니 무슨 얘기야? 아이들 따윈 없잖아! 푸슈킨은 또 뭐야?' 나는 그에게 이렇게 말했어요. '있잖아, 애들이 생기게 되면 말이야, 그때 가서 푸슈킨을 회상하는 건 이

미 늦은 거라고!'

　그렇게 난 매번 약간 취할 필요가 있었던 거예요. 나는 말하지요. '널 대신해서 누가 아이들을?…… 푸슈킨인가?'* 그러면 그는 곧바로 미쳐 버리는 거죠. '꺼져 버려, 다랴.' 그가 소리치죠 '떠나 버리라고! 나 열받게 하지 마!' 나는 이럴 때마다 그를 증오했어요. 내 눈 속에서 머리가 빙빙 돌 정도로 그렇게 증오했어요. 그렇지만 시간이 지나고 나면, 그럼에도 불구하고 그냥 괜찮았고, 다시 사랑했어요. 밤마다 잠을 깰 정도로 그렇게 사랑했어요……

　그러던 어느 날 웬일인지 나는 벌써 완전히 취했지요. 나는 그에게로 날 듯이 다가가 소리 질렀어요. '네가 아니면 아이들을 푸슈킨이 기르게라도 하겠다는 거야 뭐야? 푸슈킨이?' 그는 푸슈킨 어쩌고 하는 내 말을 듣자마자 낯빛이 어두워지더니 몸을 떨었어요. '마셔, 마시라고, 하지만 푸슈킨 좀 건드리지 마! 아이들 얘기 좀 꺼내지 말라고! 마셔, 마시라고, 내 피도 마셔, 그러나 너의 주님을 유혹하진 말라고!' 그러나 나는 그 무렵 병실에 있었습니다. 뇌진탕과 장축염이었어요. 남쪽에서는 그때 가을이었죠. 난 그 사람에게 이렇게 외쳤어요. '내게서 떠나, 살인자, 완전히 떠나 버려! 너 없어도 괜찮아! 한 달쯤 질펀하게 놀다가 기찻길로 뛰어들어야지. 그담엔 수도원으로 가서 삭발 수도자가 될 거야! 너는 내게 용서를 빌러 오겠지. 하지만 나는, 그래 매혹적인, 새까만 옷을 입고 나와서, 너의 온 낯짝을 할퀴어 줄 거야. 가버려!' 그런데 그러고 나선 소리쳤죠. '너 내 영혼을 조금이라도 사랑하고 있어? 영혼 말이야, 사랑해?' 그는 어쩔 줄 몰라 하며 얼굴빛이 어두워지는 거죠. '마음으로,' 큰 소리로 외치더군요, '마음으로는 사랑해 — 그래, 마음으로는 네 영혼을 사랑해, 하지만 내 영혼은 — 아니야, 사랑하지 않아!!'

그리고 웬일인지 거칠게, 오페라식으로, 크게 웃음을 터뜨렸고, 나를 붙잡아 머리를 깨놓고는 블라디미르나클랴즈메로 떠났습니다. 왜 떠났느냐고요? 누구한테 갔느냐고요? 그것에 대해선 전유럽이 나와 함께 궁금해했죠. 벙어리에다 귀머거리인 우리 할머닌 난롯가에서 내게 말했어요. '이것 좀 봐, 다셴카, 너 정말 멀리 다녀왔구나. 너 〈스스로〉를 찾으러 갔던 거구나!' 맞다! 한 달 후에 그는 돌아왔어요! 이때 난 이미 취해서 제정신이 아니었어요. 난 그 사람을 보자마자 책상에 쓰러져서 웃기 시작했어요. 난 바짓가랑이를 걷어 올리고는 '아하!' 하고 소리쳤어요. '블라디미르나클랴즈메로 내뺐잖아. 이거 봐, 근데 누가 너 대신 아이들을……' 그는 — 한 마디도 않고 — 내게로 다가와서, 내 앞니 네 개를 부서뜨렸고 콤소몰 여행권으로 로스토프나도누로 떠나 버렸어요……

그야말로 기절할 일이지, 자네, 조금 더 따라 줘……"

모두가 웃음 때문에 숨이 막힐 지경이었다. 중요한 것은, 이 귀머거리이자 벙어리 할멈이 우리 모두를 아주 죽여줬다는 것이었다.

"지금 그 사람은 어디에 있는데? 당신의 그 옙투슈킨 말이야……"

"아무도 모르지. 시베리아에 있거나, 중앙아시아에 있거나 그렇겠지 뭐. 그가 로스토프로 갔고 여전히 살아 있다면, 중앙아시아 어딘가에 있다는 거고,* 로스토프까지 못 가고 죽었다면 시베리아에 있는 거지 뭐……"

"그럴 거예요." 나는 맞장구쳤다. "중앙아시아라면 죽지 않고 살 수 있어요. 난 중앙아시아에 가본 적이 없지만 바로 내 친구 티호노프는 가봤어요. 그는 말하곤 했습니다. 계속 가다 보면 시골 마을이 보이는데 거기선 말린 쇠똥으로 난로를 피우고, 술은 안 마셔. 그렇지만 대신에 먹는 것이 많아. 아크인, 사크사울……* 그렇게 그는 거의 반년 동안 아크인과 사크사울을 먹으면서 지냈습니다. 그래도 끄떡없어요. 비실비실해서, 눈은 통방울만 해서 돌아왔습니다……"

"그럼 시베리아에는요?"

"시베리아에는, 시베리아에서는 못 살아요. 시베리아에서는 대개 아무도 살지 않아요. 오직 흑인들만 삽니다. 거기로는 먹을 것도 보내 주지 않고, '먹을 건' 고사하고 마실 것도 없지요.* 1년에 딱 한 번 지토미르에서 그들에게 수건을 날라 오는데, 흑인들은 다 그걸로 목매달아 죽는 거죠……"

"흑인들이라고?" 잠깐 졸고 있었던 데카브리스트가 심하게 몸을 떨었다. "시베리아에 무슨 흑인이 있다는 거지? 미국에는 흑인들이 살지만, 시베리아엔 살지 않잖아. 그래, 당신이 시베리아에 있었다고 칩시다. 그런데 미국에도 가봤소?"

"미국에도 가봤지! 거긴 흑인이라곤 하나도 없어."

"흑인이 없었다고? 미국에?……"

"그래! 미국! 흑인은 하나도 없었다고!……"

모두들 벌써 얼마나 바보가 되었던지 더 이상 어떤 의심도 머리에 집어넣을 수 없을 만치 머릿속이 안개로 꽉 차 있었다. 큰 상처에 이빨이 빠진 복잡한 운명의 이 여인을, 우리 모두는 단번에 곧장 잊어버렸다. 여자는 어찌된 일인지 벌써 인사불성이었고, 다른 사람들도 마찬가지였다. 그래도 꼬마 미트리치는 끊임없이 여자 앞에서 껄렁하게 보이기 위해 목덜미 옆으로 오줌 같은 걸 내뱉었다.

"당신이 미국에 가봤단 말이죠." 검은 콧수염이 우물우물 말했다. "정말 희한하군! 예나 지금이나 미국엔 흑인들이라곤 없다는 거지? 좋아, 그렇다고 치죠. 형제처럼 당신을 믿죠…… 근데 이것도 한번 대답해 봐요. 거기에 자유가 한 번도 없었고, 지금도 없나요?…… 자유는 그 슬픔의 대륙 아메리카에 유령으로 남아 있을 뿐인가요? 말해 봐요……"

"그렇습니다." 나는 그에게 대답했다. "자유는 슬픔의 대륙에 그저 유령으로 남아 있죠. 거기 사람들은 이미 익숙해져서 그걸 눈치 채지 못해요. 한번 생각해 보세요! 그들에게는, ― 나는 많이 돌아다니면서 살폈지만 ― 그들이 짓는 표정이나 그들의 몸짓, 그들의 말대답에는 우리에게 이미 익숙한 어색함 같은 것은 조금도 없었어요. 그들 각자의 상통에는 우리 같으면 위대한 7개년 계획이 완성되고 난 후에나 느끼게 될 그런 종류의 거드름이 드러나 있지요. '이건 왜지?' 나는 생각했습니다. 그러고는 맨해튼 5번가로 꺾으며 스스로에게 대답했습니다. '이건 단지 혐오스러운 자기만족에서부터 나오는 거다. 그런데 자기만족은 대체 어디서부터 시작하는 거지?' 이런 생각에 답을 내리기 위해 나는 거리 한가운데에 멈춰 섰습니다. '선전용 허구와 광고용 기행(奇行)으로 가득 찬 세계에서 이런 자기만족은 어디에서 나오는 것일까?' 나는 할렘 쪽으로 가면서 어깨를 으쓱했습니다. '대체 어디에서 나오는 걸까? 독점 이데올로그들의 장난감들, 대포왕*의 꼭두각시들…… 그들의 어디에서 그런 식욕이 나오는 걸까? 하루에 다섯 끼를 먹어 대고, 배는 잔뜩 불러서, 게다가 그 끝없는 거드름……' 미국 같은 곳에서 좋은 사람을 찾는다는 건 쉬운 일이 아니죠. 원래 사람 좋은 이는 식욕이 없는 법이지 않습니까?"

"그렇지, 그래, 그래." 늙은 미트리치가 머리를 끄덕였다. "그 사람들은 거기서 먹어 대지만, 여기 있는 우리는 허기도 못 면하지…… 우리 쌀이란 쌀은 전부 중국으로 가져가고, 설탕이란 설탕은 모두 쿠바로 가져가니…… 우리가 먹을 게 있겠어?……"

"괜찮아, 괜찮아, 아저씨, 괜찮아!…… 먹을 만큼 먹었잖아. 그렇게 말하면 나빠. 만일 미국에 가면, 중요한 걸 기억해야 돼. 늙은 자기 조국을 잊지 말고 조국의 선함을 막 대하지 마. 막심 고리키는 여자들에 대해서만 쓴 게 아니라, 조국에 대해서도 썼어. 아저씨 막심 고리키가 뭘 썼는지 기억해?"

"당연히…… 기억하지……" 그가 마신 것이 그의 푸른 눈으로부터 흘러나왔다. "기억해…… '할머니와 나는 숲 속 더 깊은 곳으로 계속 들어갔습니다……'"

"지금 조국에 대해서 말하고 있는 거야, 미트리치?" 졸음 가득

한 검은 콧수염이 화를 냈다. "이건 할머니에 대한 거잖아, 이게 무슨 조국 이야기야?……"

그러자 미트리치는 다시 울기 시작했다……

나자레보 — 드레즈나

검은 콧수염이 말했다. "당신은 경험도 여러 가지 많이 했고, 여행도 많이 하신 것 같은데…… 말씀해 주시죠, 러시아인을 높이 사는 게 어디입니까? 피레네 산맥 이쪽입니까 아니면 저쪽입니까?"

"저쪽은 잘 모르겠어요, 근데 뭐 피레네 이쪽이 러시아인을 높이 사지 않는다는 건 확실해요. 예전에 내가 이탈리아에 있을 때 보니까 그들은 러시아인에 대해서 전혀 관심이 없더라고요. 그 사람들은 노래 부르고, 그림을 그리죠. 한 사람이 서서 노래한다고 하면, 그 옆에 있는 사람은 앉아서 노래 부르는 사람을 그리는 거예요. 세 번째 사람은 조금 떨어져서 그 그림 그리는 사람에 대해서 노래하지요…… 정말 서글픈 광경이잖아요! 근데 그 사람들은 우리의 슬픔을 전혀 이해하지 못하더라고요."

"역시 이탈리아 놈들이야! 그 사람들이 도대체 이해하는 것이 있을까!" 검은 콧수염이 내 말을 지지했다.

"맞아요. 내가 베네치아에 있을 때, 성 마가 축일에*, 곤돌라 경주가 보고 싶었어요. 근데 이 경주 때문에 서글퍼졌지요! 마음이 눈물에 젖어서, 난 아무 말도 못하고 있었는데 이탈리아인들은 이걸 전혀 이해 못 하고, 히히덕거리더라고요. 날 손가락질하면서 말이죠. '이것 좀 보라고, 예로페예프가 다시 돌아다녀, 빌어먹을 새끼!' 정말 내가 빌어먹을 놈인가요? 난 아무 말도 안 했어요……

사실 나는 이탈리아에 있을 이유가 없었죠. 난 그저 거기서 딱 세 가지가 보고 싶었거든요. 베수비오 산, 헤르쿨라네움, 그리고 폼페이. 근데 그 사람들이 베수비오 산은 이미 오래전에 없어졌다고 하면서, 나를 헤르쿨라네움으로 보내더라고요. 근데 헤르쿨라네움에선 내게 말했죠. '바보 같은 놈이 헤르쿨라네움은 왜? 너 같은 건 폼페이로나 가야지.' 폼페이에 가니까, 그러더군요. '왜 너 같은 놈 따위가 폼페이에 관심을 가져! 헤르쿨라네움으로 꺼져!……'

손을 흔들고는 프랑스로 떠났죠. 걷고, 걷고 또 걸어서는 마지노 선에 다다랐지요. 그리고 갑자기 생각이 났어요. 돌아가서 루이지 롱고한테 가서 해먹이라도 빌려* 얼마간 묵자, 허송세월은 안 되니까 거기서 책도 읽어야지, 하고요. 팔미로 톨리아티*한테 빌리는 것보다 낫지 뭐. 아, 맞다, 그 사람 얼마 전에 죽었지…… 하지만, 루이지 롱고가 더 낫지 않으라는 법이 있나?

그래도 그렇게 되돌아가지는 않았어요. 티롤을 지나 소르본 대학 쪽으로 갔지요. 난 소르본 대학에 가서 말했어요. 학사 과정에서 공부하고 싶다고. 그러자 네게 묻더군요. '학사 과정에서 공부하려면 너한테 천재성 같은 게 있어야 해. 그런 게 있나?' 뭐라고, 하지…… 결국 이렇게 말했죠. '보세요, 나한테 무슨 천재성이 있겠어요? 난 고아란 말이에요.' '시베리아에서 왔니?' 그들이 물었죠. 나는 말했죠. '시베리아에서 왔어요.' '그래, 시베리아에서 왔으니 아무래도 네 심리 세계에는 타고난 뭔가가 있을 거야. 그게 대체 뭐니?' 난 잠시 생각했어요. 여기는 흐라푸노보가 아니라, 소르본이야, 뭔가 똑똑한 말을 해야 돼. 잠시 생각하고 말했죠. '내겐 천재들이나 타고난다는 로고스란 게 있습니다.' 그러나 소르본 대학의 총장은 내가 똑똑한 게 뭔지 생각하는 동안에 내 뒤로 슬그머니 다가와서는 내 목덜미를 내리쳤어요. '멍청한 놈, 무슨 얼어 죽을 놈의 로고스야! 꺼져.' 그가 소리쳤어요. '꺼져, 예로페예프, 우리 소르본에서 꺼지라고!'* 이때 난 처음으로 루이지 롱고 동무 집에 머무르지 않은 것을 애석하게 생각했어요.

이제 파리에 가는 수밖에 없군. 파리에 도착해서 노트르담 쪽으로 가다가 깜짝 놀랐어요. 주변엔 온통 갈보집뿐이더라고요. 그리고 그 옆에 에펠탑이 혼자 덩그러니 서 있는 거예요. 에펠탑 위에 드골 장군이 군밤을 먹으며 쌍안경으로 사방을 관찰하고 있어요. 보이는 거라곤 온통 갈보집뿐인데 뭣 하려고 그렇게 살펴대는 건지!

거기서 가로수 길을 따라 걷는 건 불가능하죠. 사람들이 전부 갈보집에서 병원으로, 병원에서 갈보집으로 황급히 달립니다. 주위에 임질이 너무 많아서 숨쉬기조차 힘들어요. 나는 뭔가를 마시고 파리의 샹젤리제 거리로 향했어요. 임질이 너무 많아서 발도 내딛기 힘들더군요. 나는 두 명의 아는 사람들을 만났어요. 여자 랑 남자 둘 다 군밤을 우물거리며 먹고 있었는데 나이가 많은 사 람들이었죠. 내가 이 사람들을 어디서 봤더라? 신문에선가? 기억 이 안 나더라고요. 그러다 곧 알아봤지요. 이 사람들은 루이 아라 공과 엘자 트리올이야. '흥미로운 걸,' 문득 생각이 들었지요. '그 들은 어디에서 와서 어디로 가는 걸까? 병원에서 갈보집으로 가 는 걸까, 아니면 갈보집에서 병원으로 가는 걸까?' 그러다가는 스 스로를 혼냈죠. '부끄러운 줄 알라고, 너는 파리에 있지, 흐라푸노 보에 있는 게 아냐. 저 사람들한테는 좀 사회적인 문제들에 대해 서 묻는 게 더 나을 거야. 심각한 사회 문제 말이야……'

루이 아라공을 따라잡아 솔직한 맘으로 내가 모든 것에 절망했 지만 마음속 깊이 그 어떤 의심도 없다고, 또 내가 내면의 모순과 또 다른 많은 것들로 인해 죽어 가고 있다고 말했답니다. 그러나 그는 단지 나를 뚫어지게 쳐다보더니 노병처럼 거수경례를 하고, 엘자의 팔짱을 끼고는 멀리 갔어요. 나는 다시 그들을 쫓아가서 이제는 루이가 아니라, 엘자에게 말했어요. 난 감동이 부족해서 죽어 가고 있다, 더 이상 절망하지 않게 되는 그 순간부터는 의심 이 나를 사로잡는 것이다. 절망하는 순간에는 의심이라는 것을 모 른다…… — 그러나 그녀는 늙다리 갈보년처럼 내 뺨을 다정하게 토닥이더니, 아라공의 팔짱을 끼고 멀리 가버렸어요……*

물론, 나중에 신문에서 그들이 내가 생각했던 사람들이 아니라, 장 폴 사르트르와 시몬 드 보부아르라는 것을 알았어요. 하지만,

이제 와서 내게 그게 무슨 상관이겠어요? 나는 노트르담으로 가서 벽이 기울어진 다락방(mansarde)을 빌렸어요. 벽이 기울어진 다락방, 다락방(mezzanin), 곁채(flügel), 중이층(entresol), 그리고 천장과 지붕 사이 방(attic). — 나는 이것들을 항상 혼동하고, 이것들 사이에 대체 무슨 차이가 있는지 도통 모르겠어요. 그러니까 난 어찌되었건 자고, 쓰고, 담배를 피울 수 있는 장소를 빌린 거지요. 나는 12개비를 피고, 『르뷔 드 파리』에 사랑 문제에 관한 「세련과 멋짐은 항상 엘레강스」*라는 제목의 에세이를 보냈어요.

당신도 잘 알겠지만, 프랑스에서 사랑에 대해 쓰는 건 힘든 일이죠. 그건 프랑스에선 사랑에 대한 모든 언급들이 오래전부터 글로 쓰였기 때문이죠. 거기선 모든 이가 사랑에 대해 알고 있죠. 반대로, 우린 사랑에 대해 아무것도 모르지요. 중등 교육을 받은 우리나라 사람들에게 사면발이를 보여 주고 물어 보세요. '이게 무슨 벌레죠, 사면발이일까요, 아니면 이일까요?' 그는 반드시 경솔하게 지껄일 거예요. '당연히 이죠.' 그러나 그에게 그냥 이를 보여주면, 그는 어찌할 줄 모를 겁니다. 프랑스에서는 안 그래요. 거기서는 아마, 이 잡는 약이 얼마인지 모를 걸요. 그러나 만일 이가 그냥 이면 모든 사람들에게 그냥 이고, 그 누구도 그걸 사면발이라고 부르지 않지요.

그러니까 『르뷔 드 파리』는 제목 빼고는 몽땅 러시아어로 쓰였다는 구실로 내 에세이를 돌려보내 왔어요. 어때요? — 내가 절망했을까요? 나는 중이층에서 담배 30개비를 더 피우고, 새 에세이를 썼어요, 그 역시 사랑에 바친 것이지요. 이번에는 처음부터 끝까지 프랑스어로 썼습니다. 제목만 러시아어로 썼죠.「음란성 —
가장 높은 마지막 단계로서의 갈보성」. 그리고 그것을 『르뷔 드
파리』에 보냈습니다."

"에세이를 다시 돌려보내던가요?" 이야기에 참여하고 있다는
표시라도 내려는 듯이 검은 콧수염이 물었다, 꼭 꿈속에서 질문하
는 것처럼……

"물론, 돌려보냈지요. 내 언어는 굉장한 것이라고 인정했지만,
사상 자체가 잘못되었다고 생각한 겁니다. 그들은 이것이 러시아
에선 가능하겠지만, 프랑스에선 적용될 수 없다고 말했어요. '안
돼요, 갈보성이라니, 우리에겐 그보다 높은 단계가 있고, 이 갈보
성이란 게 궁극적인 것도 아니에요. 당신들, 러시아인들에게는 갈
보짓거리가 음란성의 한계에 도달하게 되는 것이라, 강제적으로
그것을 없애고 의무적 프로그램인 자위로 대체하려 할 테지만요.
우리 프랑스인들도 앞으로 비록 유일한 것은 아니겠지만 러시아
적 자위의 몇 가지 요소들을 자발적인 프로그램을 통해 유기적으
로 우리 조국의 소돔으로 도입할 것입니다. 우리의 갈보성이 근친
상간을 통해 변형되어 우리 조국의 소돔으로 들어오고 있습니다
만, 이 도입이 완전 불변하게 우리의 전통적 음란성에 스며들 것
입니다!……'

간단히 말해서, 그들은 내 머리 속을 뒤죽박죽으로 만들었어요.
그래서 나는 원고에 침을 뱉고, 그것을 다락방과 중이층과 함께
불태워 버렸습니다. — 베르냉을 지나 영국 해협으로 갔죠. 영국
의 앨비언*으로요. 나는 가면서 생각했어요. '루이지 롱고네 집에

156

머물렀으면 좋았을 것을.' 나는 나가면서 흥얼거렸죠. '영국 여왕이 큰 병에 걸렸다네, 밤낮으로 그녀를 생각하네……' * 그런데 런던 근처에서……"

"잠깐만요," 검은 콧수염이 내 말을 막았다. "당신의 대담함은 나를 깜짝 놀라게 하는군요. 아니, 난 당신을 친구처럼 믿어요. 당신이 모든 국경을 그렇게 가볍게 뛰어넘어 다녔다는 게 아주 놀랍군요……"

드레즈나 — 플랫폼 85킬로미터

"뭐가 대체 놀랍단 거예요! 구경은 무슨! 국경은 말이죠, 국가들이 뒤범벅이 되지 않게 만든 것일 뿐이라고요. 예를 들면, 우리나라에도 국경 수비대원이 있고, 또 이 수비대원은 국경이라는 게 허구가 아니고 상징도 아니라는 건 확실하게 알고 있죠. 왜냐하면 국경의 한쪽에서는 러시아어로 말하고 술을 더 많이 마시는데, 다른 쪽에서는 덜 마시고 게다가 말도 다르니까요⋯⋯

근데 거긴요? 만약 모두가 똑같이 마시고 모두가 러시아어로 말하지 않는다면, 국경이란 건 있을 수가 없죠. 거긴요, 아마, 국경 수비대원을 그저 어딘가에 세운다는 것에 기뻐할 테지만 사실 아무 데도 세울 데가 없는 거예요. 그래서 국경 수비대원들은 아무 하는 일 없이 서성이다가는 우수에 잠겨 담뱃불을 청하는 거지요⋯⋯ 이런 측면에서는 확실히 자유롭긴 하죠⋯⋯ 예를 들면, 에볼리에 머물기를 원하면, '그래, 에볼리에 머물러라.' 카노사로 가길 원하면, '아무도 안 말리니, 카노사로 가라.' 루비콘을 건너

158

길 원한다면, '건너가라'……

  이런다면 놀라울 게 없죠…… 그리니치 시각으로 정각 12시에
나는 벌써 대영박물관의 관장에게 소개되었는데, 그는 뭔가 소리
가 낭랑하고 바보 같은, 콤비 코름 경 비슷한 우스꽝스러운 성을
갖고 있었습니다. '뭘 도와 드릴까요?' 대영박물관의 관장이 물
었습니다. '난 당신네 박물관에서 일하고 싶습니다. 더 정확히 말
하면, 내가 바라는 것은 당신이 나를 고용했으면 하는 거죠……'

  '그런 바지를 입고서 내가 당신을 고용하길 바라는 거요?' 대영
박물관의 관장이 물었지요. '도대체 내 바지가 어떻다는 겁니
까?' 나는 화가 치밀어 오르는 것을 감추며 그에게 다시 물었습니
다. 그런데 그는 마치 내 말을 알아듣지 못한 것처럼, 내 앞에서
짐승처럼 네 발로 내 주변을 돌며 내 양말 냄새를 맡기 시작했어
요. 냄새를 맡고 나서, 일어서더니, 얼굴을 찡그렸고, 침을 내뱉더
니 다시 묻더군요. '그런 양말을 신고서 제가 당신을 고용하기를
바라는 겁니까?'

  '그런 양말이라뇨?!' 더 이상 복받치는 화를 참을 수 없어 나는
말하기 시작했어요. '그런 양말이라고요?! 이건 내가 조국에서부
터 신고 다니던 양말입니다. 그땐 냄새가 났었죠. 그러나 난 출발
하기 전에 양말을 갈아 신었어요. 왜냐하면 사람에게는 모든 것이
아름다워야 하니까요. 영혼도, 생각도, 그리고……'

  그러나 그는 들으려고도 하지 않고 이내 귀족들이 모여 있는 상
원에 가서 말했지요. '여러분들! 바로 저 문 뒤에 한 쓰레기 같은
인간이 서 있습니다. 그는 눈 덮인 러시아에서 왔습니다. 그러나

많이 취한 것 같지는 않습니다. 제가 이자를 어떻게 할까요, 이 불쌍한 사람을요? 이 박제 같은 인간을 고용해야 합니까, 아니면 이 허수아비를 고용하지 말아야 합니까?' 그러자 귀족들은 외알박이 안경으로 나를 이리저리 살펴보더니 이렇게 말했습니다. '윌리엄, 그 사람 잘 좀 살펴보게 위에 세워 놔봐! 그 먼지투성이 작자가 안에 들어온대잖아!' 그때 영국 여왕이 발언했습니다. 그녀는 팔을 들어 올리고 소리쳤습니다."

"검표원! 검표원!……" 하는 소리가 전 차 칸에 울려 퍼졌다. 울려 퍼지다가는 폭발했다. "검표원!!……"

나의 이야기는 가장 재미있는 대목에서 갑자기 중단되었다. 그러나 이야기만 중단된 것이 아니었다. 검은 콧수염의 취기 어린 선잠도, 데카브리스트의 잠도 갑자기 모두 중단되었다. 늙은 미트리치는 눈물범벅이 되어 잠에서 깼다. 젊은 미트리치의 웃음과 배설로 이어지는 스스거리는 소리의 하품은 모두를 어쩔 줄 모르게 했다. 오직 한 사람, 복잡한 운명의 여인만이 베레모로 빠진 이빨을 가리고서 신기루*처럼 자고 있었다……

사실 페투슈키행 기차에서는 아무도 표를 가지고 있지 않기 때문에 그 누구도 검표원을 무서워하지 않는다. 어떤 배신자가 혹여 술에 취해서 표를 산다고 해도 마찬가지다. 그도 검표원들이 다가올 때 절대 맘 편할 수만은 없다. 표 검사를 하려고 그에게로 다가올 때 그는 누구도 — 검표원도, 사람들도 — 바라보지 않는다. 땅으로 꺼지기를 바라기라도 하는 것처럼. 검표원은 까다롭게 그의 표를 살펴보고, 파충류를 바라보는 듯 경멸적으로 그를 바라본다.

그리고 열차 칸의 다른 사람들은, 커다랗고 아름다운 눈으로, '토끼'*를 바라보며 마치 이렇게 말하는 듯하다. 저자가 눈을 내리깔았군, 더러운 놈! 양심에 털이 나서는, 유대인 낯짝을 하고서! 그러고서는 더 단호하게 검표원의 눈을 바라본다. 우리를 봐라, 그래도 네가 우리를 비난할 수 있겠니? 우리한테로 와, 세묘니치, 우리가 널 섭섭지 않게 해줄게……

세묘니치가 선임 검표원이 되기 전만 해도 상황은 달랐다. 그 시절 표 없이 기차를 탄 녀석들은, 인도인들처럼 강제 거주지로 내쫓겨서 예프론과 브로크가우즈에 머리를 박아야 했다.* 그다음에는 그들에게 벌금을 부과하고 열차 칸에서 내쫓았다. 그래서 그 시절에 그들은 검표를 피해 심지어 표를 가진 사람들까지 끌고서 공황에 빠진 무리들이 되어 열차 칸들을 가로질러 내빼곤 했다. 어느 날, 나는 공황에 빠져 이 무리들과 함께 도망치던 어린 두 소년이 죽도록 얻어맞아 뭉개져서 통행로에 뻗어 있는 것을 보았다. 퍼렇게 멍든 손에 자기들의 표를 꼭 쥐고서……

세묘니치가 선임 검표원이 되고 나서는 모든 상황이 변했다. 그는 모든 벌금을 폐지했고 예매 제도도 없애 버렸다. 그는 모든 것을 간단하게 만들었다. 그는 무임 승차자에게서 1킬로미터당 1그램을 거둬들였다. 러시아 어떤 곳이든지 대부분의 운전수들은 '갈가마귀들'에게서 1킬로미터당 1코페이카를 받는다. 그런데 세묘니치는 1.5배나 싸게 받는 것이다. 1킬로미터당 1그램. 만약, 예를 들어, 당신이 추흘린카에서 우사드로 간다면, 그 거리는 90킬로미터니까 당신은 그냥 세묘니치에게 90그램을 가득 따라 주면 된다. 그러면 그다음은 편안한 여행되시는 거다. 무역하는 상인처럼 열차 좌석에 널브러져서……

그렇게 해서, 세묘니치의 새 제도는 검표원과 대중과의 관계를 강화시켜 이 관계를 저렴하게 만들었고, 단순화시켜 휴머니즘적인 냄새가 나도록 만들었다…… 그래서 '검표원!!'이라는 외침이 불러일으킨, 그 전율 속에는 공포라곤 없었다. 이 전율 속에는 다만 기대만이 있을 뿐이었다……

세묘니치는 음흉한 미소를 지으면서 차 칸으로 들어섰다. 그는 벌써 간신히 자기 두 발로 걸을 수 있는 지경이었다. 그는 보통 오레호보주예보까지 타고 가 거기에서 열차 칸을 뛰어 내려 자기 사무실 막사 초소 쪽으로 뛰어가곤 했다. 완전히 취해 토할 정도까지 걸어 마신 뒤에.

"미트리치, 또 자네야? 오레호보를 또 가? 회전목마를 타러? 두 사람이니까 180그램이야. 아, 자네, 검은 콧수염 아냐? 살티콥스카야에서 오레호보주예보까지라고? 72그램이군. 저 창녀 좀 깨워서 물어봐, 얼마를 내야 하는지. 이봐, 코트, 어디에서 탔어, 어디까지 가는데? 세르프 이 몰로트에서 포크로프라고? 105그램이군. 부탁들 합니다. '토끼들'이 점점 줄어들고 있어. 예전엔 이러면 '분노와 격분'이 일었지만, 이제는 '합법적인 자긍심'이 느껴지는구먼……* 그래, 자네, 베냐는?"

그리고 세묘니치는 피에 굶주린 듯 지독한 술 냄새를 내게 풍겨 댔다.

"자네는, 베냐? 평소처럼 모스크바에서 페투슈키까진가?……"

플랫폼 85킬로미터 — 오레호보주예보

"네. 이번에도요. 이제는 아주 살러 가는 거예요. 모스크바에서 페투슈키까지……"

"셰헤라자데, 자네 이걸로 나랑 영영 관계를 끊을 셈이야?"

여기서 나는 지금까지의 이야기에서 조금 뒷걸음질을 쳐야 한다. 세묘니치가 벌금으로 거둬들인 술을 마시는 동안 나는 왜 내가 '셰헤라자데'이고 '관계를 끊는다'는 것이 무엇을 의미하는지 얼른 당신들에게 설명하겠다.

내가 세묘니치와 처음 우연히 만나게 된 건 벌써 3년 전이다. 그때 그는 이제 막 직무를 시작한 상태였다. 그는 내게로 다가와서 물었다. "모스크바에서 페투슈키까지 가신다고요? 125그램입니다."* 영문을 몰라 어리둥절한 나에게 그가 이유를 설명했다. 나는 1그램도 없노라고 말했다. 그가 "어쩌자는 거요? 1그램도 없다면 당신 낯짝이라도 후려칠까요?"라고 하는 바람에 나는 때리지 말라고 하며 로마법 중에 뭐 한 가지를 우물우물 말했다. 그는

굉장히 흥미를 가지더니 고대와 로마에 대해 더 자세하게 이야기
해 달라고 청했다. 나는 루크레티아와 타르퀴니우스에 얽힌 해괴
망측한 역사까지 다 이야기해 주었다.* 그러나 그때에 이미 그는
오레호보주예보 역에서 밖으로 뛰쳐나가야만 하는 상황에 이르렀
다. 그래서 그는 루크레티아에게 무슨 일이 일어났는지 다 듣지
못했다. 개구쟁이 타르퀴니우스가 자기 목적에 도달했는지 아닌
지도……

우리끼리 얘기지만 세묘니치는 좀처럼 보기 힘든 색골이자 유토
피아주의자였다. 그리고 내가 해준 세계사 이야기는 그 에로틱한
면모로 그를 매혹시켰다. 1주일이 지났을 때 프랴제보 지역 검표
원들이 느닷없이 내게 몰려왔다. 세묘니치는 이제 더 이상 "모스
크바에서 페투슈키까지 간다고? 125그램"이라고 말하지 않았다.
대신 그는 그다음 이야기를 해달라고 덤벼들었다. "그래서, 어떻
게 된 거야? 그놈이 어쨌든 루크레티아를 따먹은 거야?"

그래서 나는 그에게 그다음에 무슨 일이 있었는가를 이야기해
주었다. 나는 로마 역사에서 그리스도교의 역사를 지나서 이제 히
파티아*의 역사에까지 이르렀다. "자, 총주교 키릴로스의 사주에
따라 광기에 사로잡힌 알렉산드리아의 수도사들은 아름다운 히파
티아의 옷을 찢었고……" 그러나 그때 우리 기차는, 오레호보주
예보에서 못 박힌 듯 멈추었고, 세묘니치는 호기심에 달아오른 채
플랫폼으로 뛰쳐나갔다……

그런 일이 3년간 매주 반복되었다. '모스크바 — 페투슈키' 노
선에서 나는 세묘니치에게 1그램도 안 뺏긴, 그러면서도 얻어터

지지도 않고 살아남은, 유일한 무임 승차자였다. 그러나 모든 역사에는 끝이 있고, 세계 역사에도 역시……

지난 금요일 내 이야기는 인디라 간디, 모세 다얀, 그리고 둡체크에까지 이르렀다. 더 이상은 나올 이야기가 없었다.

세묘니치는 벌금으로 걸은 술을 마시고, 목청을 가다듬더니 이무기와 샤흐리아르 술탄처럼 나를 바라봤다.

"모스크바에서 페투슈키까지는 125그램이야."

"세묘니치!" 나는 애원하다시피 대답했다. "세묘니치! 오늘 많이 마셨소?……"

"많이 마셨지." 세묘니치는 묘한 만족감을 섞어 대답했다. 그는 머리끝까지 취해 있었다……

"그렇다면 상상할 수 있겠어요? 그럼 당신은 미래에 집중할 수 있습니까? 그러니까, 당신은 나와 함께 어두웠던 과거의 세상으로부터 '이제 곧 다가올' 황금의 세기로 옮겨 갈 **수 있습니까?**"

"물론이지, 베냐, 할 수 있다니까! 오늘 난 뭐든지 할 수 있어!……"

"제3 제국,* 제4의 추골,* 제5 공화국,* 그리고 제17차 전당대회에서 — 나와 함께 나아갈 수 있습니까? 모든 유대인들의 갈망, 다섯 번째 왕국, 일곱 번째 하늘,* 그리고 그리스도 재림의 세계로?……"

"할 수 있어!" 세묘니치는 으르렁거렸다. "말해 봐, 말해 봐, 세헤라자데!"

"그렇다면 들어보십시오. '모든 날들 중에서 가장 훌륭한' 날이

옵니다. 그날 몹시 지친 시므온은 마침내 말할 겁니다. '주인이여, 이제 당신이 종을 놓아 주소서.'* 그리고 대천사 가브리엘이 말하는 겁니다. '은총받은 여인이여, 기뻐하소서, 여인들 사이에서 당신은 축복받았나이다.' 그리고 파우스트 박사가 말할 겁니다. '순간이여! 멈추어라.'* 그리고 계속해서, 누군가의 이름이 생명의 책에 씌어지고, '기뻐하여라, 이사야여!'*를 부르기 시작할 것입니다. 그리고 디오게네스는 자신의 등불을 끌 것입니다. 선과 미가 있을 것이고, 모든 것이 잘 될 것이고, 모두가 선한 사람들이 될 것입니다. 그리고 오직 선과 미만이 존재할 것이고, 입맞춤 속에서 하나로 합쳐질 것입니다……"

"입맞춤 속에서 하나로 합쳐진다고?……" 말이 채 끝나기도 전에 세묘니치는 불쑥 말을 자르고는 안달했다……

"그렇습니다! 박해자와 희생자가 입맞춤 속에서 하나로 합쳐집니다. 마음은 악의도, 생각도, 보복도 버리게 될 것입니다. 그리고 여자는……"

"여자!!" 세묘니치는 기쁨에 취해 부르르 떨었다. "어떻게 되는데? 여자는?!!!"

"동방의 여인은 차도르를 벗어 던질 것입니다! 결국은 차도르를 벗는다고요, 박해받던 동방의 여인이! 그리고 누울 겁니다……"

"눕는다고?!!" 그때 그는 실룩거리기 시작했다 "눕는다고?!!"

"그래요. 늑대가 어린 양과 나란히 누울 것이지만 여기엔 한 방울의 눈물도 없을 겁니다. 무도회의 남자들은 모두 자기 취향대로 공작 영애를 고를 겁니다. 그러고는……"

"오—오—오—오!" 세묘니치는 신음했다. "곧? 곧 그렇게 되는 거지?……" 그러고는 갑자기, 집시처럼, 팔을 구부려, 허둥대면서 옷을 갖고 씨름하더니, 제복도, 제복 바지도 벗기 시작했다. 그리고 계속해서, 자신의 내밀한 가장 아래 것까지……

나는 비록 취해 있었지만 경악하여 그를 바라보았고, 다른 사람들, 그러니까 취하지 않은 사람들은 거의 자리에서 벌떡 일어났다. 수십 개의 눈 속에는 무수히 많은 '이럴 수가'가 쓰여 있었다! 이해해야만 하는 바대로 그렇게 모든 것을 이해하지는 못하는 게 바로 대중이다……

우리나라에서 동성애는 진작에 결딴났지만 몽땅 사라진 건 아니라는 사실을 짚고 넘어가야겠다. 더 정확히 말하면, 몽땅 사라지기는 했지만, 깡그리 사라진 건 아니다. 심지어 더 정확하게는 이렇다. 몽땅, 깡그리 사라졌지만, 결딴나지는 않았다는 것이다. 순간, 사람들이 떠올린 건 동성애였다.* 뭐, 여전히 머릿속에는 아랍인들, 이스라엘, 골고다 언덕, 모세 다얀이 있을 수도 있다. 자, 그런데 만약 골고다 언덕에서 모세 다얀을 추방한다면, 아랍인들과 유대인이 화해할 것인가? — 그럼 사람들의 머릿속엔 뭐가 남을까? 그렇다, 바로 순수하게 동성애만이 남는다.

가령, 그들이 텔레비전을 보고 있다고 하자. 드골 장군과 조르주 퐁피두가 외교 회의에서 만난다. 당연히 그들 두 사람은 미소 짓고 서로 악수한다. 그러면 대중은 '이럴 수가! 드골 장군이잖아!' 아니면, '이럴 수가! 조르주 퐁피두잖아!'

바로 그렇게 그들은 이제 우리를 바라본다. 동그란 눈마다 '이럴 수가!'가 쓰여 있다.

"세묘니치! 세묘니치!" 나는 그를 끌어안고 열차 칸의 승강구로 끌고 가기 시작했다. "우리를 보고 있어요!…… 정신 차려요!…… 여기서 나갑시다, 세묘니치, 나갑시다!……"

그는 무지하게 무거웠다. 축 처져서 비틀거렸다. 나는 그를 승강구까지 간신히 끌고 가서 입구의 문 옆에 세웠다……

"베냐! 말해 줘…… 동방의 여인…… 만약 베일을 벗겨 버리면…… 여자는 무엇을 입고 있는 거지?…… 베일 아래에는 뭐가 있지?……"

나는 대답하지 못했다. 기차가, 못 박힌 듯이, 오레호보주예보 역에 멈추었고, 그러자 문이 자동으로 활짝 열렸다……

오레호보주예보

천한 번째 호기심이 동한 고주망태에 옷가지를 풀어 헤친 선임 검표원 세묘니치는 플랫폼으로 끌어 내려졌다. 그의 머리가 계단 손잡이에 여기저기 부딪혔다…… 그는 생각하는 갈대처럼 휘청거리며 잠깐 동안 두서너 차례 서 있다가는 곧이어 기차에서 내리는 사람들의 다리 앞에 주저앉았다. 그의 목구멍에서는 여태껏 거둬들인 무임 승차 벌금이 뿜어져 나와 플랫폼을 따라 퍼져 나갔다……

난 분명 이 모든 걸 확실히 보았고 내가 확실히 본 것에 대해서는 누구에게든 장담할 수 있다. 하지만 내가 보지 못한 다른 것들에 대해서는 장담을 못하겠다. 정신의 끄트머리로나마 난 오레호보에서 내리려 몰려나오는 사람들이 나와 엉키고 있다는 것을 알아차렸다. 그들은 마치 더러운 가래침을 입안에 모아서 뱉듯이 나를 오레호보 역의 플랫폼에 뱉기 위해 흡수해 들였다. 그러나 그들은 가래침을 뱉을 수 없었다. 왜냐하면 기차에 내리는 승객들이 이 나가는 이들의 입을 틀어막았기 때문이다. 나는 구덩이 속에 떠다니는 똥처럼 돌아다녔다.

만일 **저기서** 주님이 나에게 "베냐, 너 정말 그것밖에는 생각이 안 나냐? 네 모든 재앙이 시작되는 그 꿈속으로 정말로 곧장 빠져 버린 것이냐?" 하고 물어보신다면 난 이렇게 말할 거다. "아뇨, 주님, 그렇게 곧장 그런 건 아니죠……" 난 실낱같은 정신으로, 한 가닥 정신으로 잘 헤쳐 나와 열차 칸의 빈 공간으로 빠져나와 입구에서 가장 가까운 좌석 벤치에 나자빠졌다……

그렇게 나자빠지고 나서 나는, 주여, 곧장 몽상과 졸음의 강력한 기운에 항복하고 말았다. "아니죠! 내가 또 거짓말하고 있어요! 또 주여 당신 면전에서 거짓말을 하고 있는 거라고요! 내가 거짓말하는 게 아니라, 내 좋지 않은 기억력이 거짓말하고 있는 거라고요! — 내가 그냥 곧장 쏟아지는 잠에 빠진 것은 아니고요, 우선은 주머니에서 쿠반스카야 한 병을 찾아내서 대여섯 모금을 먼저 꿀꺽거리고 나서였죠 — 그러고 나서 한숨 돌리고 그제야 몽상과 졸음에 빠져들기 시작한 거죠……"

나는 반복했다. "이 황금시대에 대한 당신의 모든 생각들은 모두 거짓이고 의기소침이야. 그러나 나는 12주 전에 그의 원형을 보았어. 그런데 반시간쯤 후면 내 눈에서 그의 광채가 번쩍일 거야. 13번째로. 거기서는 밤이든 낮이든 새들의 노랫소리가 그치지 않고, 겨울이건, 여름이건 재스민이 지지 않아요…… 재스민 안에 **저것**은 뭐지? 거기 **누구**지? 선홍색 천과 세마포에 감싸여 눈을 감고 백합 향기를 맡는 저 사람은?"

나는 바보같이 웃으며 재스민 나무를 이리저리 밀어 헤쳤다……

오레호보주예보 — 크루토예

……재스민 나무들 사이에서 졸린 듯한 티호노프가 나와 눈살을 찌푸렸다. 나 때문이기도 했고, 태양 때문이기도 했다.

"티호노프, 자네 여기서 뭘 하고 있는 거야?"

"내 테제들을 정리하고 있었어. 다른 것들은 모두 진작에 준비했었지. 테제들만 빼고. 그리고 이제 이 테제들도 다 끝나 가는 군……"

"그러니까 때가 되었단 말이네?"

"글쎄, 모르지. 내 생각엔, 뭐, 술을 조금 마셨을 땐 때가 된 것 같기도 하고, 숙취가 지나갈 때쯤에는 아직 무기를 들기엔 때가 너무 이른 것 같기도 하고……"

"모제벨로바야* 좀 마셔, 바댜."

티호노프는 모제벨로바야를 마시고 나더니 만족한 듯 걱걱거리는가 싶더니 곧 침울해졌다.

"어때? 때가 온 거야?"

"잠깐만, 이제 좀 올 것 같아……"

"언제, 언제 시작할까? 내일?"

"모르겠어! 술을 좀 마시면 오늘이라도 시작할 것 같고, 어제도 별로 이른 것 같지 않을 정도인데. 근데 시간이 좀 지나고 나면, 아냐, 어제 했으면 너무 일렀을 거야, 낼모레쯤 시작해도 될 것 같은데, 하고 생각하게 되는 거지."

"그럼 좀 더 마셔 봐, 바딤치크.* 여기 있어, 모제벨로바야……"

바딤치크는 모제벨로바야를 쭉 들이키더니 다시 침울해졌다.

"그래, 생각이 좀 달라졌나? 어때? 때가 온 거야?"

"때가 왔어……"

"암호를 잊지 마. 그리고 다른 사람들도 모두 기억할 수 있게 말해 줘. 내일 아침 타르티노 마을과 옐리세이코보 마을 사이*에 있는 동물 농장,* 그리니치 시간으로 9시 00분, 뭐 이런 식으로다가."

"알았어, 그리니치 시간으로 9시 00분."

"잘 있어, 동무. 오늘 밤 잠들 수 있게 노력해."

"노력해 볼게. 잠들 거야. 잘 가, 동무……"

여기서 나는 즉시 말해 두어야만 하겠다. 전 인류의 양심의 얼굴 앞에 말해야 한다. 난 애초부터 이런 무화과나무처럼 무익한 모험을 반대했었다. (야, 기가 막힌 표현인데, '무화과나무처럼 무익한 모험'이라니.)* 난 처음부터 혁명이라는 것이 광장이 아니라 사람들의 마음속에서 일어난다면 뭔가 유익한 어떤 것에 도달할 수 있을 것이라고 말했다. 하지만 일단 나 없이 혁명이 시작되고 난 이후에는 내가 그걸 시작한 사람들과 다른 쪽에 설 수 없었던 거다. 나는 어쩌면 사람들의 마음이 쓸데없이 더 잔인해지는 것을 막고 피를 덜 흘릴 수 있게 도와줄 수 있을지 모른다.

그리니치 시간으로 9시가 되기 전에, 우리는 동물 농장 뜰에 앉아서 기다리고 있었다. 우리는 다가오는 모든 사람에게 말했다. "우리랑 같이 앉게, 동무, 밭에는 진리가 없다네."* 그러면 모두 그냥 선 채로 쟁강쟁강 무기 부딪히는 소리를 울리면서 약속했던 안토니오 살리에리의 문장을 반복했다. "그러나 저 위에도 정의는 없다." 이 암호는 장난스럽고도 중의적이었다.* 그러나 이런 것에 신경 쓸 시간은 없다. 그리니치 시간으로 9시 00분이 가까워 왔다……

어떻게 시작됐지? 모든 건 티호노프가 자신의 테제 14개를 옐리세이코보 마을의 농촌 소비에트 문에 못으로 박으면서 시작됐다. 아마 그는 문에 못으로 박은 게 아니라, 백묵으로 담장 울타리에다가 썼을 거야. 그리고 그것은 테제라기보다는 단어들이었겠지, 분명하고도 간결한 단어들, 테제가 아니라, 그리고 14개가 아니라 다 합해서 두 개였을 거야, 어쨌든 간에, 이것에서부터 모든 것이 시작됐어.

두 개의 종대, 손에는 군기를 들고, 우리는 옐리세이코보로 갔고, 다른 종대는 타르티노로 갔어. 우린 방해도 안 받고 해질녘까지 나아갔지. 어느 측에서도 죽은 사람은 물론이거니와 부상자도 하나 없었어.* 포로는 한 명 있었는데, 라리오노보 농촌 소비에트의 나이 든 전 위원장이었어. 그는 노년에 술 때문에 강등된 자로, 타고나길 우둔했지. 옐리세이코보는 점령당했어. 체르카소보는 우리 발밑에 굴렀고, 네우고도보와 페크샤는 선처를 구했지. 페투슈키 시(市)의 중심지는 모두 (폴로미의 상점에서 안드레예보의 농촌 소비 조합 기구에 이르기까지) 봉기 세력에게 점령되었지……

해가 떨어진 후 체르카소보 마을은 수도로 선언됐어. 그곳으로 포로가 이송되었고, 또 그곳에서 승리자들의 급조된 대회가 개최되었지. 모든 연설자들은 술이 된통 취해서는 똑같은 말을 계속 지껄였어. 막시밀리앙 로베스피에르, 올리버 크롬웰, 소냐 페롭스카야, 베라 자술리치, 페투슈키에서 온 토벌대, 노르웨이와의 전쟁, 그리고 다시 소냐 페롭스카야, 베라 자술리치……

한쪽에서 사람들이 외쳤어. "노르웨이가 대체 어디 붙어 있는 거요?……" "어디 붙어 있는지 누가 알겠어!" 다른 쪽 사람들이 대답했어. "이 세상 끝에, 아니면 삼각 수염에 달려 있겠지!"* "노르웨이가 어디 가 붙어 있든," 나는 소동을 가라앉혔다. "외국의 간섭 없이는 불가능해. 전쟁으로 파괴된 경제를 복구하려면, 먼저 그걸 파괴해야 돼. 그러기 위해선 내전이든 뭐든 어쨌든 전쟁이 필요해, 적어도 12개의 전선이 필요하지……" * "폴란드 백군이 필요해!" 고주망태가 된 티호노프가 소리쳤다. "어휴, 꼴통," 나는 그의 말을 중단시켰다. "너란 놈은 정말 항상 터무니없다니까! 바딤, 야, 이 이론가 선생아, 네 말은 우리 가슴에 못이 박혔을 정도다. 하지만 어떻게 그 주장을 실현할 건데, 이 머저리 같은 꼴통 새끼! 그러게, 너 같은 바보한테 폴란드 백군이 왜 필요해?……" "당신들보다 내가 그들을 더 필요로 하는 것처럼 논쟁을 하고 있다니! 노르웨이…… 노르웨이……" 티호노프가 항복했다.

성급하고 초조하게 구는 통에 우리 모두는 노르웨이가 12년 동안이나 NATO의 회원국이었다는 사실을 잊고 있었다. 그리고 블라디크 체○○스키는 이미 라리오노보 중앙 우체국을 향해 엽서와 편지 다발을 가지고 서둘러 뛰어가고 있었다. 전쟁 선포와 수교 통지가 담긴 편지 한 통은 노르웨이의 올라프 왕*에게 보내졌다. 다른 편지 — 편지라기보다는 깨끗한 종이를 봉투에 담아서 봉인한 것인데 — 는 프랑코 장군*에게 발송했다. 거기서 징벌하는 손가락을 발견하고는 종이처럼 하얗게 질리겠지. 늙어 빠진 ×새끼!…… 영국 총리인 해럴드 윌슨*에게 우리는 정말 쥐꼬리만큼을 요구했다. 총리, 아카브만에서 바보 같은 저 포함(砲艦)은 일단 좀 치우고 딴 건 마음대로 하든지 말든지 맘대로 하시오…… 그리고, 마지막, 네 번째 편지는 브와디스와프 고무우카*에게. 우리는 그에게 이렇게 썼다. 너, 브와디스와프 고무우카는 폴란드 회랑 지대*에 대한 양도 불가능한 전권을 갖는다. 그리고 요제프 치란키에비치*는 폴란드 회랑에 대해 어떠한 권리도 갖지 않는다……

그리고 네 장의 엽서를 보냈다. 압바 에반에게, 모셰 다얀에게, 수하르토* 장군에게 그리고 알렉산드르 둡체크에게. 떡갈나무 열매와 무늬로 장식된 네 장의 엽서 모두는 아주 아름다웠다. 녀석들이 기뻐하게 놔둬라. 아마도, 그 쓰레기 같은 새끼들은 이것 때문에 이제 우릴 국제법의 주체로 생각할 거야……

그날 밤에는 아무도 잠들 수 없었다. 모두가 흥분해서 하늘을 바라보며, 노르웨이의 폭탄과, 가게들의 영업 시작과, 외국의 간

섭을 기다렸다. 브와디스와프 고무우카가 얼마나 기뻐할지 상상
했고, 요제프 치란키에비치가 머리카락을 쥐어뜯으며 원통해하는
모습도 상상했다……

포로도 잠을 자지 않았다. 전 농촌 소비에트 위원장 아나톨리
이바니치는 자기 헛간에서 번민하는 수캐처럼 울부짖었다.

"이봐!…… 그러니까, 내일 아침에는 아무도 내게 마실 것을 가
져다주지 않는다는 거냐?"

"아니, 뭘 더 달라고? 고마운 줄 알아야지. 그나마 제네바 협정
이 있으니까 먹여 주기라도 하는 거야!……"

"그건 또 뭔데?"

"뭐, 언젠간 알게 되겠지, 그게 뭔지! 이바니치, 넌 계집질은 못
해도 발은 질질 끌고 나갈 수 있을 테니!……"

크루토예 — 보이노보

아침 일찍 상점들이 아직 문을 열기 전까지 총회가 열렸다. 확대 총회였으며 10월 혁명적인 것이었다. 그러나 이전까지의 네 번의 총회가 모두 확대 총회였고 또 전부 10월 혁명적인 것이라 우리는 그 네 번의 총회를 헷갈리지 않기 위해 번호를 매겼다. 첫 번째 총회, 두 번째 총회, 세 번째 총회 그리고 네 번째 총회……

첫 번째 총회에서는 대통령을 뽑았다. 그러니까 이 총회에서 내가 대통령으로 뽑혔다. 이것을 하는 데 더도 덜도 아닌 딱 1분 30초에서 2분이 소요되었다.* 그리고 남은 시간은 몽땅 순전히 사변적인 주제에 대한 토론에 잡아먹었다. 누가 가게를 먼저 열지, 안드레예보의 마샤 아줌마, 아니면 폴로미의 슈라 아줌마?

나는 간부회에 앉아서, 이 토론들을 들었다. 그리고 이렇게 생각했다. 토론이란 건 분명 필요한 것이다, 그러나 법령은 그와는 비할 데 없이 더 필요한 것이나. 왜 우리는 모든 혁명은 반드시 '법령'으로 완성된다는 것을 잊는 것일까? 예를 들어, 이런 법령이 있다고 하자 ─ 폴로미의 슈라 아줌마는 반드시 아침 6시에 가게 문을 열어야 한다. 이보다 더 쉬운 게 어디 있겠는가?? 권력은 우리한테 있으니, 슈라 아줌마는 가게를 9시 30분이 아니라 아침 6시에 열어야 하는 것이다. 왜 전에는 이런 생각을 하지 못했을까!……

아니면, 예를 들어, 땅에 대한 법령. 시의 모든 땅을, 그러니까 모든 부속지와 동산을 모든 주류(酒類)와 함께 민중에게 무료로 주어야 한다……* 아니면 이것도 괜찮아, 시계의 바늘을 두 시간 전이나 한 시간 반 후로 돌려놓는 거야, 어떻게든 상관없이, 어디로든지 움직이는 거야.* 그 후에, '쵸르트'를 '초르트'*로 쓰라고 하고, 뭐가 됐든 아예 없애 버리는 것도 괜찮겠는데…… 어떤 글자를 없앨진 다시 한 번 생각해 봐야겠다.* 그리고, 마지막으로, 안드레예보의 마샤 아줌마 가게를 아침 5시 반에 열게 해야 돼, 9시는 너무 늦어……

여러 가지 생각이 머리에 떠올랐다. 생각이 하도 떠올라서, 나는 우울해졌고, 대회 대기실로 티호노프를 불렀다. 우리는 회향풀을 넣은 보드카를 주거니 받거니 했다. 나는 그에게 말했다.

"들어 봐, 장관!"

"어, 뭐라고?……"

"아냐, 너는 망할 놈의 장관이라고."

"다른 놈이나 찾아보시지." 티호노프가 화를 냈다.

"그게 아니고, 바냐, 그러니까 내 말은, 만일 네가 좋은 장관이라면, 앉아서 법령을 써야지. 여기, 한 잔 더 받고, 앉아서 쓰라니까. 근데 내가 듣기로, 너 또 참지 못하고, 아나톨리 이바니치의 넓적다리를 꼬집었다지? 왜 그런 거야? 테러냐?"

"그래…… 조금만 더 따라 봐……"

"대체 어떤 테러야? 백색테러?"

"백색테러."

"쓸데없는 짓이야, 바다. 어쨌든, 좋아, 지금은 이럴 때가 아니야. 우선 법령을 쓰라고, 하나라도 좀 써, 끔찍한 것이라도, 뭐 아무거나…… 종이, 잉크는 있어? 앉아서, 써. 그리고 그 후에 마시는 거야. 그리고 법령을 공표하는 거야. 그리고 난 후에야 테러지. 그다음에는 또 마시고. 그리고 공부, 공부, 공부……"

티호노프는 종이에 단어 두 개를 쓰고는 마시고 한숨을 쉬었다.

"그으―으―래…… 나는 이 테러에 관한 한 바보같이 행동했어…… 그래, 정말 우리 일에는 실수라는 것이 없을 수가 없어, 왜냐하면 우리의 일은 전대미문의 새로운 것이고, 선례 없는 것이니까…… 아, 맞다…… 선례가 있었지, 그래, 선례가, 그래도……"

"선례는 무슨 놈의 선례야! 이건, 말도 안 되는 거라고! 기껏해야 앵앵 거리는 땅벌의 비행이라고, 개구쟁이 어른의 놀이라고, 선례는 무슨 놈의 선례!…… 연호는 어떻게 할 거야? ― 어떻게 생각해? 바꿀까 아니면 그냥 있던 대로 쓸까?"

"놔두는 게 낫지. 옛말에도, 똥은 건드리지 말라고 하잖아, 그러면 적어도 냄새는 안 풍긴다고……"

"말 한번 잘했다, 놔두자고. 너는 나의 훌륭한 이론가야, 바다.

좋다고. 그런데 총회는 폐회할까? 폴로미의 슈라 아줌마는 벌써 가게를 열었어. 로시스카야 술이 들어왔다고 하던데."

"물론 폐회해야지. 내일 아침에는 어쨌든 두 번째 총회가 열릴 거야…… 폴로미로 가자고."

폴로미의 슈라 아줌마에게는 진짜로 로시스카야가 있었다. 이와 관련하여 구(區) 중심에서부터 들이닥칠 토벌대의 습격에 대비하여, 임시로 수도를 체르카소바에서 폴로미로 옮기기로 결정했다. 공화국 영토에서 12베르스타 깊이 들어간 곳이다.

그곳에서, 다음날 아침, 두 번째 총회가 열렸다. 총회의 의제는 내 대통령직 사임에 관한 것이었다.

"나는 권좌에서 물러난다." 나는 연설에서 말했다. "나는 이 권좌를 모욕했다. 나는 대통령직에는 반드시 이런 사람이 앉아야 한다고 생각한다. 숙취로 절어서 사흘을 상판대기에 손도 못 댈 인간. 우리 중에 그런 사람이 정녕 존재한단 말인가?"

"그런 사람은 없지." 위원들이 이구동성으로 대답했다.

"그럼, 나의 상판대기는 진정 숙취에 절어서 3일 동안 손도 못 댈 정도인가?"

모두 2초 정도 내 얼굴을 쳐다보고 평가하더니, 이구동성으로 대답했다. "손 못 댈 정도는 아닌데." "그래, 그렇지." 나는 이어서 말했다. "이래서야 내가 어떻게 대통령을 하겠어? 대통령 없이 하자고. 그렇게 하는 게 좋겠어. 모두 목초지에 가서 펀치*를 만드는 거야, 보라*는 자물쇠로 가둬 두고. 이 사람은 고귀한 사람이니까, 거기 앉아서 내각을 형성하라고 하자고."

내 연설은 갈채로 중단되었다.* 그리고 총회는 끝이 났다. 부근의 목초지는 파란 불로 타올랐다.* 나 혼자서만 전반적인 이런 활기와 성공에 대한 믿음을 함께 나누지 못하고 있었다. 나는 한 가지 불안한 생각을 하며 불 사이로 거닐었다. 왜 이 세상에 아무도 우리 일에 신경을 안 쓰는 걸까? 왜 세상 모두가 침묵하고 있는 걸까? 시(市)는 화염으로 가득 차고, 세계는 이것에 대해 침묵한다, 숨을 죽이고 있기 때문인 듯하다, 아마도. 그러나 왜 아무도 우리에게 손을 내밀지 않는 걸까, 동쪽에서도, 서쪽에서도?* 올라프 왕은 어딜 보고 있나? 왜 정규 부대는 우리를 남쪽에서부터 조여 오지 않는 걸까?*

나는 조용히 장관을 옆으로 끌고 갔다. 그에게서 펀치 냄새가 지독하게 풍겼다.

"바댜, 우리 혁명이 마음에 들어?"

"응," 바댜가 대답했다. "열에 들떠 있긴 하지만 훌륭해."

"그래…… 노르웨이에서는…… 바댜, — 노르웨이에서는 무슨 소식 없어?"

"아직 아무 소식도 없어…… 그런데 왜 네가 노르웨이에 신경을 써?"

"노르웨이는 왜 신경을 쓰냐고?!…… 우리가 노르웨이와 싸우고 있는 거야, 아닌 거야? 모든 것이 바보같이 되어 가고 있어. 우리는 노르웨이와 싸우려 하는데 노르웨이는 우리와 싸우기를 원하지 않아…… 만일 노르웨이가 내일도 우릴 폭격하지 않으면, 난 다시 대통령 의자에 앉을 거야. 그리고 그다음엔…… 두고 보라고, 어떻게 될지!⋯⋯"

"앉아." 바댜가 대답했다. "예로페예프, 아무도 방해 안 해. 만
일 원하면, 앉으라고⋯⋯"

보이노보 — 우사드

다음날 아침에도 우리 머리 위로 폭탄 하나 떨어지지 않았다.
나는 3차 총회를 개회하고 말했다.

"상원 의원 여러분! 제 생각엔 세상 그 누구도 우리와 친교를
맺기도, 싸움을 하기도 원하지 않습니다. 모두가 우리와 관계를
끊고 숨을 죽이고 있습니다. 페투슈키의 토벌대가 내일 저녁 무렵
이곳에 당도할 것입니다. 또한 슈라 아줌마 집에 있는 로시스카야
도 내일 아침이면 바닥이 날 겁니다. 나는 전권을 갖겠습니다. 즉,
멍청하거나 이해력이 떨어지는 사람들, 그들에게 설명하겠습니
다. 계엄령 하의 야간 통행 금지 시간을 도입합니다. 그뿐 아니라,
나는 대통령의 전권을 절대적 권한으로 선언할 것이며, 이와 동시
에 대통령이 됩니다.* 다시 말해 **법과 예언자들 위에 서 있는** 사람
으로⋯⋯"

누구도 반박하지 않았다. 오직 총리인 보랴 S. 한 사람만이 '예
언자들'이란 말 앞에서 전율하며, 거칠게 나를 바라보았다. 그리

고 계속해서 그의 상체는 복수심으로 전율했다……

두 시간 후 그는 국방 장관의 팔에서 숨을 거두었다. 그는 괜한 우울함 때문에, 그리고 지나치게 일반화시키는 경향 때문에 죽었다. 다른 이유 같은 것은 없었을 것이다. 우리는 그를 부검하진 않았다. 왜냐면 부검하면 역겨울 것이기 때문이다. 바로 그날 저녁에 세계의 모든 전신 타자기는 보도를 수신했다. '자연적인 원인으로 사망.' 누구의 죽음인지 이야기되진 않았지만, 세상은 알아차렸다.

4차 총회는 추모 모임이었다.

나는 앞에 나서서 말했다.

"위원 여러분! 만약 내게 언젠가 아이들이 생긴다면, 그 애들이 청결하게 자라도록, 나는 벽에 유대 총독 본디오 빌라도의 초상화를 걸어 줄 것입니다. 본디오 빌라도 총독은 서서 손을 씻곤 합니다. 바로 이런 초상화일 것입니다.* 나도 똑같이 그렇게, 일어나서 손을 씻곤 합니다. 모든 말쌍함을 물리치고 나는 과음을 통하여 여러분에게 합류했습니다. 나는 여러분들께 마음을 혁명적으로 바꿔야만 하고, 영원한 도덕적 범주를 터득하기까지 영혼을 고양시켜야 한다고 말했습니다. 여러분들이 예전에 계획했던 그 밖에 남은 모든 것들, 이 모든 것들은 공허한 것이고 정신의 피로이며, 쓸모없는 것이며, 배설물입니다……

우리가 기대할 게 뭐가 있습니까, 생각해 보십시오! 공동 시장*이 우리를 받아들여 주기나 할 것 같아요? 미국 제7함대는 이리로는 지나가지도 않을 거고, 지나가는 것을 원하지도 않을 것입니다……"*

그때 벌써 여기저기서 아우성이 들려왔다.

"낙담하지 마시오, 베냐! 쫄지 말아요! 폭격기가 올 겁니다! B-52*를 보내 줄 거라니깐요!"

"아니, 어떻게! B-52를 보내 줄 거라고요? 꿈도 꾸지 마십시오! 상원 의원님들, 말도 안 되는 이야기들을 하시는군요!"

"팬텀기*들이 올 거라니까요!"

"하―하! 팬텀기들이라고요? 팬텀 얘기 한 번만 더 하면 웃겨서 배 아파 죽겠군."

그때 티호노프가 자기 자리에서 말했다.

"아마도, 팬텀기들이 날아오진 않을 겁니다. 그렇지만 틀림없이 프랑의 평가절하를 가져올 것입니다……"

"당신은 바보임에 틀림없소, 티호노프! 당신이 굉장한 이론가라는 데는 이견이 없지만 이런 식으로 터무니없는 말을 하면 곤란합니다…… 문제는 그게 아닙니다. 왜 그런 겁니까? 의원님들, 나는 여러분들께 묻습니다. 어째서 페투슈키 지역이 불길로 에워싸여 있는데, 근데 왜 **아무도, 아무도** 이걸 깨닫지 못하고 있는 겁니까? 심지어 페투슈키마저 모르고 있습니다. 간단히 말해, 나는 어깨를 으쓱하곤 대통령 자리에서 물러날 것입니다. 나는 본디오 빌라도처럼, 손을 씻고 여러분들 앞에서 우리에게 남은 로시스카야 전부를 마십니다. 그렇습니다. 나는 내 발로 나의 전권을 짓밟고, 여러분들을 떠날 것입니다. 페투슈키로."

의원들 사이에 어떤 폭풍이 일어났는지는 상상에 맡기겠다. 특히 내가 남은 것을 모두 마시기 시작했을 때!……

그러니 내가 떠나려 했을 때, 그리고 떠났을 때, 어떤 말들이 내 뒤를 쫓았겠는가! 그들이 한 말을 여기에 쓰지는 않겠다. 여러분도 짐작할 수 있을 것이다……

내 가슴속에 회한은 없었다.* 나는 작은 초원과 목장을 거쳐, 들장미 숲과 암소 떼를 지나서 갔다. 곡물들은 내게 허리를 굽혀 인사했고 수레국화는 미소를 지었다. 그러나 역시 다시 말하거늘, 가슴속에 회한 따윈 없었다…… 태양은 졌고, 나는 계속 걸었다.

"천상의 황후여, 페투슈키까지는 아직 얼마나 멉니까!" 나는 혼잣말을 했다. "간다, 간다, 그렇지만 페투슈키는 여전히 안 보이네, 안 보여. 이제 사방이 캄캄하군. — 어느 쪽이 페투슈키일까?"

"어느 쪽이 페투슈키죠?" 나는 불이 켜진 누군가의 베란다로 다가가면서 물었다. 이 베란다는 어디에서 나타난 것인가? 아마, 이것은 전혀 베란다가 아니라, 테라스거나 다락방이거나 곁채가 아닐까? 사실 나는 이것에 대해 전혀 모르고, 영원히 헷갈린다.

나는 문을 두드리고는 물어보았다. "페투슈키가 어딥니까? 페투슈키까지는 아직 멀었습니까?" 그런데 내게 대답으로, 베란다에 있던 사람들 모두가, 모두가 깔깔거리며 웃어 대기만 할 뿐 아무 말도 하지 않았다. 화가 난 나는 다시 문을 두드렸다. — 베란다에서는 바보스러운 웃음이 다시 터졌다. 이상하군! 게다가 누군가 내 뒤에서 바보스런 웃음을 지었다.

나는 주위를 둘러보았다. '모스크바발 페투슈키행' 기차의 승객들이 자신들의 자리에 앉아 있었고 혐오스러운 미소를 지었다.

어떻게 된 것인가? 그러니까, 내가 여전히 기차를 타고 있단 말이야?……

"괜찮아, 예로페예프, 괜찮아. 비웃으라고 해, 신경 쓰지 마. 사디*가 말한 것처럼, 삼나무처럼 곧고 단순하고, 종려나무처럼 너그러워야지. 왜 종려나무라고 했는지는 모르겠는데 어쨌든 종려나무라니까 뭐 종려나무라고 해 두자고. 네 주머니에 쿠반스카야가 남아 있지? 남아 있군. 자, 승강구에 가서 마셔, 마시라고, 그래야 구역질이 안 나지."

사방의 바보 같은 웃음에 짓눌린 나는 좀 트인 곳으로 나왔다. 내 영혼의 맨 밑바닥에서부터 불안이 피어 올라왔다. 대체 왜 이렇게 불안한지 알 수가 없었다. 게다가 이 불안은 어디서 오는 것일까, 또 왜 이렇게 침침한 걸까?

"우사드에 다 온 거 맞죠?" 승강구 근처는 내리려고 기다리는 사람들로 붐비고 있었고, 나는 그들에게 물었다. "곧 우사드에 도착하는 거죠?"

"자네, 술에 취해 그런 바보 같은 질문을 던지느니 차라리 집구석에 처박히는 게 낫겠네." 어떤 노인이 대답했다. "집에 앉아서 예습이나 하는 게 낫다니깐. 보나마나 내일 수업 준비를 하지 않았구먼. 엄마가 욕을 퍼붓겠어."

그런 다음 덧붙였다.

"난쟁이 똥자루만 한 게, 벌써부터 생각할 줄 다 알고, 제법일세!……"

뭐 이런 바보 같은 영감이 다 있어? 엄마? 예습은 또 뭐람?……

내 키가 작다고?…… 아냐, 이건 분명, 이 영감이 바보가 된 게 아니라, 내가 바보가 된 걸 거야. 새 하얀 얼굴을 한 다른 노인도, 내 근처에 서서, 아래에서 위로 내 눈을 보며 말했으니 말이다.

"어디로 가? 시집가기엔 늦었고, 묘지로 가기엔 빠른 나인 데…… 어디로 가는 거여, 아리따운 떠돌이 여인?"

'아리따운 떠돌이 여인!!!?'

나는 몸서리를 치고는 승강구의 다른 쪽 끝으로 갔다. 세상에는 이상한 것들이 존재한다. 왕국의 어딘가는 필시 썩은 내를 풍기게 마련이고,* 그 안에 사는 사람들은 다들 머리에 좀 문제가 있다. 나는 혹시나 해서 조용히 내 온몸을 만져 보았다. 대체 내가 왜 '아리따운 떠돌이 여인'이라는 거야? 대체 왜 그런 말을 한 거지? 왜? 뭐, 역시, 농담이겠지. 그래도 그렇지 그 정도로 멍청인 아니었잖아?

내 정신은 말짱한데, 그들 정신은 그렇지 않은가 보다. 아니면 완전히 반대로 저 사람들이 제정신이고 나만 제정신이 아닌 건가?* 불안은 영혼의 밑바닥에서부터 계속 피어오르고 피어올랐다. 마침 정거장에 다다라 문이 활짝 열렸다. 나는 참지 못하고 한 번 더 물었다. 나가는 사람들 중 한 사람에게 물었다.

"여기가 우사드죠, 그렇죠?"

그러자 그는 (전혀 뜻밖에도) 내 앞에 차려 자세로 똑바로 서더니 소리를 크게 질렀다. "절대 아닙니다!!" 그런 다음 그는 내 손을 잡고, 몸을 기울여 내 귀에 대고 말했다. "나는 당신의 친절을 결코 잊지 않을 겁니다. 선임 대위 동지!……"

그리고 소매로 눈물을 닦은 후에, 기차에서 내렸다.

우사드 — 플랫폼 105킬로미터

나는 당혹스러움에 가득 찬 채 홀로 승강구에 남겨졌다. 아니, 이건 당혹스러움도 아니다. 이건 쓰라림으로 변하는, 아까의 그 불안이었다. 제기랄, 어쨌든 뭐 마찬가지다. '아리따운 떠돌이 여인'이라 해도 좋고, '선임 대위'라 해도 좋다. 근데 어라, 누가 좀 말해 줘, 왜 이렇게 창밖이 어두운 거지? 만약 기차가 아침에 떠나서 정확히 1백 킬로미터를 지나갔다면…… 왜 창밖이 어두운 거지?…… 왜 그렇지?……

나는 창문에 머리를 갖다 대었다. — 오, 이 어둠!* 저기 저 어둠 속에 있는 건 뭐지? — 비야 눈이야? 아니면 내가 그저 눈물 그렁한 눈으로 어둠을 쳐다보고 있어서인가? 신이시여!……

"아! 당신 아닙니까!" 누군가 상냥하고도 사악한 목소리로 날 부르기에 뒤돌아보려고도 하지 않았다. 내 등 뒤에 누가 서 있는지 즉시 알아챌 수 있었다. '곧 너는 시험에 들게 될 것이로다. 멍청이 낯짝이여! 유혹할 때가 되었도다!'

"자넨가, 예로페예프?" 사탄이 물었다.

"물론, 나지. 누가 더 있나?……"

"예로페예프, 힘들지 않아?"

"당연히 힘들지. 그렇지만 어쨌든 너랑 상관없는 일이잖아. 나 건드리지 말고 네 갈 길이나 가라고."

난 계속 그렇게, 승강구 창문에 이마를 붙이고 몸도 돌리지 않은 채 말했다.

"힘들면," 사탄이 계속 말했다. "네 충동을 가라앉혀, 네 정신적인 충동을 가라앉히라니까. 그러면 한결 괜찮아질 거야."

"결코 가라앉지 않을걸."

"바보 녀석."

"바보가 하는 얘길 듣고 있는 건 나라고."

"좋아, 좋아…… 알았어, 아무 말도 하지 마!…… 이게 낫겠다. 잘 들어 봐. 달리는 기차에서 뛰어내리는 거야. 단번에 산산조각이 나진 않을 거야……"*

나는 처음에 잠깐 생각한 다음 대답했다.

"음…… 난 안 뛰어내릴래. 무서워. 분명 산산조각이 날 걸……"

사탄은 창피스러워 하더니 떠났다.

그런데 나는…… 나한테 남은 건 뭐지? — 나는 병째로 여섯 모금을 마시고 다시 창문에 머리를 갖다 붙였다. 어둠은 여전히 창문 밖에서 떠다니며 계속해서 나를 불안케 하고 어두운 생각을 일깨웠다. 나는 이 생각을 선명하게 하기 위해 머리를 꽉 쥐었다. 그러나 생각들은 전혀 확연해지지 않았고, 탁자 위의 맥주처럼 사

방으로 흘러 쏟아졌다. '창문 너머의 이 어둠이 마음에 안 드는군. 정말 마음에 안 들어.'

그러나 쿠반스카야 여섯 모금은 벌써 심장에 가까이 이르렀다. 조용히, 한 모금씩, 심장에 도달했다. 그러자 심장은 이성과의 결투에 나섰다⋯⋯

'넌 대체 왜 이 어둠이 마음에 안 든다는 거지? 어둠은 어둠이야. 그리고 이건 도저히 어쩔 도리가 없는 거라고. 내 의견은 이래, 어둠은 빛으로 바뀌고, 빛은 어둠으로 바뀌는 거라고. 아무리 네가 어둠이 마음에 안 든다는 둥 나팔을 불어도 어둠이 어둠이기를 포기하는 건 아니라고. 그러니까 다른 수는 없어, 이 어둠을 받아들일 수밖에. 존재의 오래된 법칙들이 멍청이 같은 우리들한테 맞아 들어가겠냐? 왼쪽 콧구멍을 틀어막으면, 우리는 오른쪽 콧구멍으로만 코를 풀 수 있는 법이지, 맞지? 자, 그렇다면 창문 밖에 빛을 요구하는 따위의 일은 쓸 데 없는 일이다. 만약 창문 너머에 어둠이⋯⋯'

'그렇지, 그래⋯⋯ 그래도 내가 떠난 건 아침이었잖아⋯⋯ 8시 16분에, 쿠르스크 역에서⋯⋯'

'그래, 아침에 떠난 게 뭐가 대수라고!⋯⋯ 이젠, 고맙게도, 가을이고 낮이 짧다. 알아채기도 전에 ─ 쿵! 하니 벌써 어둡다⋯⋯ 그런데 페투슈키까지는 대체 아─아─아 얼마나 오래 걸린단 말인가! 모스크바에서 페투슈키까지 아─아─아 시간이 왜 이리 많이 걸리는 것인지!⋯⋯'

'무엇을 〈아─아─아〉 하는가! 무엇을 너는 계속 〈아─아─

아〉 하고 〈아—아—아〉 하는가! 모스크바에서 페투슈키까지 가는 데 걸리는 시간은 정확히 2시간 15분이다. 지난 금요일에, 예를 들면……'

'지난 금요일이 지금 너랑 무슨 상관이야?! 지난 금요일은 지난 금요일이고, 이번 금요일은 이번 금요일이지. 지난 금요일에 기차는 거의 정차도 하지 않고 달렸어. 이전엔 기차들이 좀 더 빨리 달렸었지…… 그런데 이제는, 제기랄!…… 전신주 하나하나마다 서잖아. 대체 왜 서는 걸까? 계속 섰다 갔다 섰다 갔다 하니까 가끔은 토가 다 나올 지경이다. 전신주마다 서니 말이다. 예시노는 빼고……'

나는 창문 밖을 살피고 다시 얼굴을 찌푸렸다. '그—그래…… 그래도 이상하다…… 어쨌든 아침 8시에 떠났잖아…… 그런데 우리는 아직도 가고 있어……'

이때 내 속에서 말이 쏟아져 나왔다. '다른 사람들은? 그래 다른 사람들이 너보다 덜 떨어지기라도 했다는 거야 뭐야? 다른 사람들도 역시 같이 가고 있잖아. 왜 그렇게 오래 걸리는지, 왜 그렇게 어두운지 아무도 물어보지 않는다고. 조용히 가면서 창문이나 바라보고 있잖아…… 네가 다른 사람들보다 빨리 가야 하는 이유가 대체 뭐야? 기가 찬다, 베냐, 너 진짜 웃기고 꼴 보기 싫은 녀석이다…… 왜 이렇게 조급한 거야? 만일 네가 술을 마셨다면, 베냐, — 그렇다면 좀 더 겸손하게 굴어. 네가 다른 사람들보다 더 똑똑하고 낫다고 생각하지 마!……'

바로 이것이 나를 완전히 위로했다. 나는 승강구를 떠나서 다시 차 칸으로 들어왔다. 그리고 창문을 보지 않으려고 노력하면서,

자리에 앉았다. 차 칸에는 대여섯 명쯤 되는 사람이 있었는데 젖먹이들처럼 머리를 아래로 하고 졸고 있었다⋯⋯ 나 역시 거의 졸 뻔했다⋯⋯

그러다 불쑥 깨어났다. '자비로우신 신이시여! 그래도 오전 11시에는 그녀가 나를 기다리고 있을 게 아닙니까! 오전 11시면 벌써 날 기다리고 있을 거라고요. 그런데 밖은 여전히 어둡고⋯⋯' 그러니까, 내가 그녀를 새벽까지 기다려야 하는 거다. 그녀 집이 어딘지 모르니 찾아갈 방도가 없다. 그녀 집에 간 게 열두 번인데 매번 모두 잔뜩 취해 어떤 뒷골목을 휘젓고 다니다가 도착했기 때문이다. 열세 번째인 지금은 정신이 말짱해서 그녀에게 차를 타고 가고 있으니 화가 난다. 그러니까 결국 난 기다려야 하는 거다. 마침내 날이 밝아 올 때까지! 나의 열세 번째 금요일의 아침노을이 깔릴 때를!

'근데, 어, 잠깐! 나 모스크바에서 출발했잖아 ─ 금요일 아침노을은 이미 봤잖아. 오늘이 금요일이란 말이다! 그런데 왜 창문 밖이 이렇게 어둡지?'

'뭐야, 또 어둠 타령이야?! 어둠이 뭐가 대수라고!'

'그러나 지난 금요일에⋯⋯'

'또 지난 금요일 타령하는 거야! 베냐, 보아하니 넌 완전히 과거에만 빠져 있구나. 너 미래 따위는 전혀 생각도 하기 싫어하는구나!⋯⋯'

'아냐, 아냐, 좀 들어 봐⋯⋯ 지난 금요일, 정확히 오전 11시에, 그녀는 플랫폼에 서 있었어. 목덜미에서 엉덩이까지 땋은 머리를

하고…… 아주 맑은 날이었는데. 기억나. 땋은 머리였다고……'

〈땋은 머리〉가 무슨 상관이야! 바보, 이걸 알아야지, 내가 다시 말해 줄게. 가을이라서 낮이 짧아지는 거잖아. 나는 지난 금요일, 오전 11시에 날이 환했었다는 걸 따지자는 게 아니야. 그런데 이번 금요일, 오전 11시에는, 완전히 칠흑같이 어두울 수 있다니까. 낮이 지금 짧아지고 있는 건 알아? 아냐고? 넌 아무것도 모르면서, 다 안다고 잘난 척하고 있는 것 같아!…… 또 아까 너 나한테 말했지, 〈땋은 머리〉라고?! 땋은 머리는 길어지는 거라니깐. 어쩌면 지난 금요일보다 엉덩이 아래로 더 내려왔을지 모르지…… 가을 낮은 이거랑 정반대야. 그러니까 가을 낮은 벌써 비둘기 ×만 해졌다고. 베냐, 이래도 이해가 안 가?'

나는 별로 세지 않게 내 뺨을 때리고는* 다시 세 모금 홀짝이고 눈물을 흘렸다. 영혼의 밑바닥에서부터 불안 대신 사랑이 피어 올라왔다. 나른해졌다. '자홍색 천이랑 백합을 가져간다고 그녀에게 약속해 놓고서는 겨우 가져간다는 게 〈바실료크〉 사탕 3백 그램이야. 자, 20분만 지나면 페투슈키야. 햇빛으로 가득한 플랫폼에서 쑥스러운 얼굴로 그녀에게 이 〈바실료크〉를 내놓는 거야. 그러면 모두가 이렇게 말하겠지. "〈바실료크〉만 벌써 열세 번째야, 백합이랑 자홍색 옷감은 대체 언제 갖고 올 거야?" 그러면 그녀는 크게 웃어 젖히겠지……'

이때 이미 난 비몽사몽이었다. 나는 머리를 어깨에 떨어뜨리고 페투슈키까지는 그걸 들어 올릴 생각이 없었다. 나는 다시 흐름에 몸을 맡겼다……

플랫폼 105킬로미터 — 포크로프

흐름에 몸을 맡기려는 날 누군가가 방해했다. 선잠이 들자마자 누군가 꼬리로 내 등을 쳤다.

나는 흠칫 놀라 되돌아보았다. 내 앞에는 발과 꼬리, 머리가 없는 **누군가가** 있었다.

"누구냐, 넌?" 나는 깜짝 놀라 물었다.

"맞혀 봐!" 그러고선 그는 크게 웃어 대기 시작했다, 식인종 같은 웃음이었다……

"아직도 그 소리야! 그래, 내가 맞혀 보지!……"

나는 다시 잠을 자기 위해 화를 내며 그에게서 몸을 돌렸다. 그러자 누군가 머리로 내 등을 쾅 하고 세게 때렸다. 나는 다시 몸을 돌렸다. 내 앞에는 또 바로 그 발과 꼬리, 머리가 없는 **누군가가** 있었다……

"왜 때려?" 내가 그에게 물었다.

"맞혀 봐, 왜일까?……" 그는 또 식인종같이 웃으며 대답했다.

난 이번에는 알아맞혀 보기로 했다. '내가 또 등을 돌리면, 이번엔 아마 틀림없이 내 등을 두 발로 세게 칠 테니……'

나는 눈을 내리깔고 생각하기 시작했다. 그는 내가 생각을 끝낼 때까지 자기 주먹을 내 코앞에서 가볍고 조용하게 움직이며 기다렸다. 마치 내 콧물을 닦아내려는 것처럼 말이다……

그럼에도 말을 먼저 시작한 것은 그였다.

"너 페투슈키로 가는 거야? 그곳에서는 겨울에도 여름에도 꽃이 시들지 않고, 뭐, 또 어쩐다더라?……"

"그래. 겨울에도 여름에도 꽃이 시들지 않고, 뭐, 또 어쩐다는 거기."

"거기서 네 그 더러운 년은 아마포를 깔아 놓고 재스민 향기나 맡으며 빈둥대고, 새들은 그녀 위로 이리저리 날아다니다가 마음 내키는 곳에 입을 맞추고 그러겠네?"

"그래. 마음 내키는 곳에 입 맞추고 그래."

그는 다시 웃고 내 명치에 주먹을 날렸다.

"잘 들어. 네 앞에 있는 이 몸은 스핑크스*야. 이 스핑크스 님은 네가 이 도시에 들어가지 못하게 할 거야."

"왜 스핑크스가 날 못 들어가게 하는 건데? 네가 뭔데 날 못 들어가게 하는 거야? 페투슈키에 뭐, 흑사병이라도 도는 거야?* 거기서 누가 자기 딸한테 장가를 간 거야? 그리고 넌……?"

"딸이나 페스트하고는 비교도 안 되게 더 나빠. 내가 잘 알지. 어쨌든 내가 말했잖아, 안 들여보내 준다고. 그러니까 안 들여보내 줄 거야. 하지만, 정 들어가고 싶다면 조건이 있어. 내가 내는 다섯 가지 수수께끼를 풀어 봐."

'비열한 새끼, 수수께끼로 뭘 하겠다고?' 나는 속으로 생각했다. 그리고 소리를 내서 말했다. "자, 이제 그만 좀 괴롭히고 수수께끼나 내보라고. 주먹 좀 치우고 명치 좀 때리지 마라. 수수께끼나 내봐." '빌어먹을 수수께끼로 뭘 하겠다는 거지?' 나는 또 생각했다.

그러나 그는 이미 첫 번째 수수께끼를 냈다. "유명한 돌격 작업 단원인 알렉세이 스타하노프*는 하루에 두 번 오줌을 싸고, 이틀에 한 번 똥을 싼다. 발작성 음주벽이 생기면, 그는 하루에 네 번 오줌을 싸고, 똥은 한 번도 싸지 않는다. 계산해 봐, 돌격 작업 단원 알렉세이 스타하노프는 1년에 오줌은 몇 번 싸고, 똥은 몇 번 싸는지. 만일 그가 1년에 312일 발작성 음주를 한다고 했을 때 말이야."

나는 속으로 생각했다. '야, 이 짐승 같은 놈아, 대체 누구를 암시하는 거야? 화장실에 한번도 가지 않는다고? 싸지도 않고 마신다고? 이 더러운 자식아, 누굴 빗대어 말하고 있는 거야?'

나는 화가 나서 말했다. "스핑크스, 이건 저질 수수께끼야. 이 수수께끼는 돼지새끼같이 누군가를 암시하는 추잡한 거라고. 이런 저질 수수께끼를 풀 순 없어."

"어, 안 풀겠다고! 자, 자! 이 자식 또 날 물 먹이는군! 그럼 두 번째 수수께끼를 들어봐.

미국 제7함대가 페투슈키에 계류하고 있을 때, 거기에 당원인 여자들은 없었어. 그러나 만일 콤소몰카 애들을 당원으로 친다면,

그녀들 중에서 세 명 중 하나는 금발이었어. 미국의 제7함대가 떠나고 나서 다음과 같은 사실이 드러났지. 이 여자애들에서 세 명 중 하나 꼴로 강간당했다는 것. 강간당한 여자 네 명 중 하나는 콤소몰카였다는 것. 강간당한 콤소몰카 중 다섯에 하나는 금발이었다는 것. 강간당한 금발 중 아홉에 하나는 콤소몰카였다는 것. 만일 페투슈키에 4백 28명의 여자가 있다고 가정하면, 그들 중 강간당하지도 않고 콤소몰카도 아닌 갈색 머리 여자는 몇 명일까?"*

야, 이 개새끼야, **이제는** 누구를, 대체 누구를 암시하는 거야? 왜 갈색 머리 여자들은 다 괜찮았는데, 금발 여자들은 전부 강간당한 걸까? 기생충 같은 새끼, 이 자식은 그래서 뭐가 어쨌다는 거야?

"난 이 수수께끼도 안 풀어, 스핑크스. 용서해, 어쨌든 난 안 풀어. 이것은 완전히 저질 수수께끼야. 세 번째 수수께끼로 넘어가자고."

"하—하! 그래 세 번째 수수께끼!

누구나 알다시피 페투슈키에는 A 지점이 없어. C는 더더욱이나 없지. 있는 것이라곤 B 지점들뿐이야. 그래서 파파닌은 보도피야노프를 구하려고 B_1 지점에서 나와서 B_3 지점으로 갔지. 바로 그 순간 보도피야노프는 파파닌을 구하려고 B_2 지점에서 나와 B_1 지점으로 간 거야. 그 둘이 왜 B_3 지점에서 발견됐는지는 미지수야. B_3 지점은 보도피야노프가 B_1 지점에서 침을 뱉은 곳으로부터 12간격 떨어진 곳이고, B_2에서 파파닌이 침을 뱉는다면 16간격 떨어진 곳이야. 만일, 파파닌이 2미터 72센티미터 바깥으로 침을 뱉었고, 보도피야노프가 아예 침을 뱉지 못했다고 가정하면, 파파닌은 보도피야노프를 구할 수 있었을까?"*

맙소사! 미친 거 아냐? 이 사기꾼 스핑크스? 무슨 꿍꿍인 거야? 왜 페투슈키에는 A도 C도 없고 B만 있는 걸까? 대체 이 자식은 누구를 암시하고 있는 거지?……*

"하—하!" 손을 비비며 스핑크스가 소리쳤다. "이 수수께끼도 안 풀 거냐?! 안 풀 거냐고? 죽겠지, 이 꺽다리 말라깽이야?* 자, 이제 네 번째 수수께끼야.

영국 총리 체임벌린 경*이 페투슈키 역 식당에서 나오다가 누군가의 토사물에 미끄러져서 발을 헛디디고, 넘어지다가 옆의 테이블을 뒤엎었어. 엎어지기 전 테이블 위에는 이런 것들이 있었지. 케이크 두 개 35코페이카어치, 1인분에 73코페이카짜리 고기 요리 2인분. 소 젖통 고기 2인분 39코페이카어치. 그리고 각각 8백 그램짜리 셰리주 2병. 접시들은 손상되지 않았고 음식만이 모두 못 쓰게 돼버렸어. 셰리주 한 병은 깨지지 않았는데도 마지막 한 방울까지 다 흘러나왔고 다른 병은 산산조각 났지만 한 방울도 안 흘러나왔지. 만일, 빈 병이 소 젖통 고기보다 6배 비싸다고 가정하면, 셰리주 가격 따위 애들도 다 아니까, — 맞혀 봐, 영국 총리 체임벌린 경한테 쿠르스크 역 구내 식당이 얼마를 청구할지?"

"〈쿠르스크 역〉은 또 뭐야?"

"〈쿠르스크 역〉에서 그랬다고."

"그 사람이 미끄러져서 발을 헛디딘 곳이 어디야? 페투슈키에서 미끄러졌잖아! 체임벌린 경은 페투슈키의 식당에서 미끄러졌다고!······"

"그런데 계산은 쿠르스크 역에서 했어. 계산서에 얼마가 청구 됐지?"

오 맙소사! 대체 어디서 느닷없이 이런 염병할 놈의 스핑크스가 나타난 거지? 다리, 머리, 꼬리도 없으면서, 더구나 날강도 같은 낯짝을 하고는 저런 허튼소리나 작작거리다니!······ 뭘 말하려는 거야? 개새끼······

"이건 수수께끼가 아냐, 스핑크스. 조롱이야."

"아냐, 이건 조롱이 아냐, 베냐. 이건 수수께끼야. 만일 이 수수 께끼가 네 마음에 안 들면, 그렇다면 말이지······

그러면 다음 수수께끼로 가자고, 자! 마지막 수수께끼를 풀자 고, 잘 들어 봐.

자, 미닌이 가고 있고, 포자르스키가 그를 만나러 가고 있어.* 포자르스키가 말했지. '미닌, 너 오늘 정말 이상해, 엄청 마신 것 같아.' '너도 이상해, 포자르스키, 걸어가면서 자고 있잖아.' '너 솔직히 말해 봐, 미닌, 너 오늘 얼마나 마셨어?'

'글쎄······ 처음에는 로시스카야 1백 50그램, 그다음엔 고추 보 드카 1백 50그램, 스톨리치나야 2백 그램, 쿠반스카야 5백 50그 램, 그리고 보드카와 맥주 섞은 거 7백 그램. 너는?' '나도 너랑 같은 양을 마셨어, 미닌.'

'그런데 너는 대체 지금 어디로 가는 거야, 포자르스키?' '어디 겠어? 당연히 페투슈키지, 너는, 미닌?' '나 역시 페투슈키에 가 지. 근데 포자르스키 공작나리, 당신 전혀 엉뚱한 곳으로 가고 있잖아!' '아니야, 제대로 못 가고 있는 건 바로 너야, 미닌.' 그들은 그러니까 서로에게 되돌아 반대로 가야 한다고 설득했어. 그래서 포자르스키는 미닌이 가던 곳으로 갔고, 미닌은 포자르스키가 가던 곳으로 갔어. 그리고 둘 다 쿠르스크 역에 당도했지.

그러니까, 수수께끼는 이거야. 만일 그들 둘 다 코스를 변경 안 하고, 이전 길로 갔으면 그들은 어디로 가게 되었을까? 포자르스키는 어디에 도착했을까? 말해 봐."

"페투슈키?" 나는 희망에 차서 말했다.

"아니지! 하—하! 포자르스키는 쿠르스크 역에 도착했을 거야! 쿠르스크 역 말이야!"

스핑크스는 크게 웃어 대더니 두 다리로 일어섰다.

"미닌은? 미닌은 어디 도착했을까, 만일 포자르스키의 충고를 듣지 않고 자기 길로 갔다면? 미닌은 어디에 도착했을까?……"

"혹시, 페투슈키?" 나한텐 이미 희망도 없었고 거의 울 지경이었다. "페투슈키지, 응?……"

"쿠르스크 역이야, 라고 말하기 싫지?! 하—하!" 스핑크스는 마치 남의 불행을 기뻐하며 승리감에 차 그런 것인지 땀을 뻘뻘 흘리며, 마치 더운 듯이 그의 꼬리를 흔들어 댔다. "미닌도 쿠르스크 역에 도착할 거야!…… 그럼, 그 둘 중에서 누가 페투슈키에 도착할까, 하—하? 페투슈키엔 아무도 갈 수 없어, 하—하! 페투슈키에는, 하—하, 아무도 갈 수가 없다니깐!……"

이 비열한 놈의 웃음은 무슨 웃음인지! 나는 살면서 단 한 번도 그런 흡혈귀 같은 웃음 소리를 들어 본 적이 없다! 웃기만 한 게 아니다! 그는 계속 웃으면서 손가락으로 내 코를 쥐어 잡고서 어딘가로 질질 끌고 가기 시작했다……

"어디로 가는 거야? 어디로 날 끌고 가는 거야, 스핑크스? 어디로 가냐고?……"

"두고 보면 알아 — 어디로 가는지! 하—하! 두고 보라고!……"

포크로프 — 플랫폼 113킬로미터

그는 나를 승강구로 끌어 내, 내 상판을 창문 쪽으로 돌리는가 싶더니 공기속으로 사라졌다. 그는 왜 이렇게 해야 했을까?

난 잠시 창문을 바라보았다. 바로 전까지 창문 너머 가득했던 어둠은 어느새 사라져버렸다. 김 서린 유리창에 누군가가 손가락으로 '……'라 쓴 게 보였다. 유리창 바깥으로 도시의 불빛들, 수많은 불빛들과 스쳐 지나가는 '포크로프'라고 쓰인 표지판을 보았다.

'포크로프! 그럼 페투슈키 시(市)에 있는 도시잖아! 세 정거장만 더 가면 페투슈키구나! 제대로 가고 있는 거였어, 베네딕트 예로페예프.' 그러자 이전까지 영혼의 밑바닥에서 계속해서 피어올랐던 나의 불안은 순식간에 영혼의 밑바닥으로 가라앉아 잠잠해졌다……

조용해진 나의 불안은 잠시 동안 영혼의 밑바닥에 누워 있었다. 그러나 잠시 후, 불안은 영혼 밑바닥에서부터 피어올랐다. 아니,

그것은 피어오른 것이 아니라 **솟구쳐 오른** 것이다. 한 가지 생각, 그 하나의 괴물 같은 생각이 밀려들어와, 심지어 내 무릎이 꺾일 정도였다.

자, 나는 방금 포크로프 역에서 떠났다. 나는 표지판 '포크로프'와 밝은 불빛들을 보았다. '포크로프'도, 밝은 불빛들은 역시나 멋지다. 그런데 왜 이것들이 기차가 가는 방향 오른쪽에 나타났을까?…… 내 정신이 흐리멍덩해진 것이 아닐까 하고 생각해 본다. 어린애가 아니니 나도 알 건 다 안단 말이다. 포크로프 역이 오른쪽에 나타났다는 건, 내가 모스크바에서 페투슈키가 아니라 페투슈키에서 모스크바로 가고 있다는 거다!…… 오, 더러운 스핑크스 놈 같으니라고!

어리벙벙해진 나는 때마침 사람들이 모두 사라져 버린 기차를 헤집고 다니기 시작했다. '잠깐, 베니치카, 침착해. 바보 같은 심장아, 그만 좀 뛰어라.* 이제 그만. 네가 잠깐 착각했던 건가 봐. 그래…… 포크로프가 오른쪽이 아니라 왼쪽이었나?…… 나가 보렴, 승강구로 다시 나가 봐, 유리창에 "……"라고 쓰여 있던 게 기차 가는 방향으로 어느 쪽 창문이었는지 알아보란 말야.'

나는 승강구로 뛰쳐나가 오른쪽을 바라보았다. 김 서린 유리창에는 분명하고 예쁘게 '……'라고 쓰여 있었다. 맙소사, 주여! 나는 머리를 감싸 쥐고 차 칸으로 돌아왔다. 그리고 다시 어리벙벙해져 뛰어다녔다……

'잠깐만, 잠깐만 기다려 봐…… 기억을 해 봐, 베니치카, 모스크바에서부터 넌 내내 기차 가는 방향의 왼쪽에 앉아 있었어. 검은 콧수염의 남자들, 미트리치들, 데카브리스트들, 모두 다 기차 가는 방향의 왼쪽에 앉아 있었다고. 그러니까 네가 제대로 가고 있는 거라면, 네 여행 가방도 기차 가는 방향의 왼쪽에 있어야 하는 거잖아. 간단하잖아!……'

나는 다시 여행 가방을 찾기 위해 모든 차 칸을 헤집고 다녔다. 그러나 가방은 왼쪽에도, 오른쪽에도, 아무 데도 없었다.

내 가방이 어디에 있는 거야?!

'음, 됐어, 됐어, 베냐, 진정해. 괜찮아. 여행 가방 따위가 뭐 대수라고. 언젠간 나오겠지 뭐. 우선은 네가 어디로 가고 있는지 알아야 돼. 여행 가방은 그다음에 찾는 거야. 어쨌거나 생각을 정리한 다음에 가방이라고. 사상의 전개냐, 수천 만금이냐? 물론, 수천 만금보다는 사상의 전개가 먼저지!' *

'베냐, 참 고결하구나. 남아 있는 쿠반스카야 모두 마셔 버려. 너의 고결함에 건배.'

나는 남은 걸 다 마시면서, 몸을 뒤로 젖혔다. 그러자 이내, 나를 짓누르고 있었던 어둠이 산산이 흩어지고, 영혼과 이성의 가장 깊은 곳으로부터 새벽이 밝아 오기 시작했다. 한 모금마다 마른번개가 치고, 마른번개에 다시 한 모금을 들이켰다.

'사람은 혼자여서는 안 된다.' 내 의견은 그렇다. 사람은, 혹여 다른 사람들이 그를 받아들이는 것을 원치 않을지라도, 사람들에게 자신을 바쳐야 한다. 만약 그래도 그가 혼자라면, 그는 차 칸들을 헤집고 다니면서 사람들을 찾아 이렇게 말해야 한다. '이봐요. 나는 혼자요. 난 당신들한테 내 자신을 모조리 바칠 것입니다. (왜

냐하면 남은 술을 방금 다 마셔 버렸거든요. 하—하!) 그리고 당
신들도 나한테 자기 자신을 바치십쇼. 바치고 나서, 이렇게 말하
십쇼. 우리는 어디로 가고 있는 거지? 모스크바에서 페투슈키야,
아니면 페투슈키에서 모스크바야? 이렇게요.'

  '그러니까 네 생각엔, 바로 그렇게 행동해야 사람이다, 이거
지?' 머리를 왼편으로 기울이고, 나는 나 자신에게 물었다.

  '그럼. 바로 그거지.' 머리를 오른쪽으로 기울인 후, 나는 나 자
신에게 대답했다. '흐려진 유리창에 쓰인 "……" 따위를 평생 동
안 들여다보거나 수수께끼 때문에 괴로워하거나 하는 짓거리들은
이제 집어치워야지!……'

  나는 차 칸들을 따라 걸었다. 첫 칸에는 아무도 없었다. 오직 빗
방울만이 열린 유리창을 두드렸다. 두 번째 칸에도 역시 아무도
없었다. 거기엔 빗방울조차 없었다……

  세 번째 칸에는 누군가가 있었다……

플랫폼 113킬로미터 — 오무티셰

……머리에서 발끝까지 온통 검은 옷을 입은 여자가 창문 옆에 서 있었다. 창문 너머의 안개를 냉담하게 바라보면서, 레이스 스카프를 입술에 꽉 물고 있었다. '똑같다, 똑같아.「위로할 수 없는 슬픔」을 베낀 거잖아. 널 베낀 거라고, 예로페예프.' 나는 속으로 생각하고는 슬그머니 웃었다.

매혹적인 그 모습을 방해하지 않기 위해 나는 발끝으로 조심조심 그녀의 뒤로 다가가 몸을 숨겼다. 여자는 울고 있었다……

그래 역시! 사람은 울기 위해 다른 사람들로부터 떨어져 나오곤 한다. 그러나 처음부터 그 사람이 혼자였던 건 아니다. 그저 사람은 울 때, 누군가가 자기 눈물에 끼어드는 것을 원치 않을 뿐이다. 맞는 말이다. 세상에서 달랠 수 없는 슬픔보다 더 고양된 감정은 없으니까. 오, 모든 어머니들이 눈물을 흘리도록, 궁전과 오막살이,* 온 키실라크와 아울*이 상복을 입도록 할 수 있는 그런 멋진 말, 그런 멋진 말을 찾을 수만 있다면!……

근데 무슨 말을 꺼내야 하지?

"공작부인," 나지막이 불러 보았다.

"뭐예요?" 창문을 바라보면서, 공작부인은 대답했다.

"아닙니다. 당신 뒷모습에 구브나야 가르몬*이 보이기에……
그래서……"

"자네, 다리 좀 흔들지 말아요.* 이건 가르몬이 아니라 콧등이에
요……* 잠자코 있으면 멍청해 보이지나 않지……"

'나한테 잠자코 있으라니, 그게 말이 되는가! 수수께끼를 풀기
위해 열차 칸을 다 지나온 나한테!…… 수수께끼가 뭐였는지 잊
어버린 건 좀 아쉽다. 그래도 좀 기억난다. 뭔가 무지 중요한 거였
는데…… 뭐, 어쨌든, 좋다, 그건 나중에 생각나겠지…… 여기
여자가 울고 있다. 이게 훨씬 더 중요한 일이다……* 아, 치졸한
놈들! 나의 대지를 똥오줌 같은 지옥으로 만들어 놓고, 사람들에
게 눈물을 숨기고 웃음을 겉보기 좋게 드러내라고 강요하다
니!…… 오, 추잡스런 개새끼들! 〈슬픔〉과 〈공포〉 말고는 사람들
한테 아무것도 남긴 것이 없다. 그 후 ─ 그 후 사람들은 공개적으
로 웃기 시작했고, 눈물은 금지되었다!……

오, 그 악당들 모두를 태울 수 있는 그런 말*을 찾아 할 수 있으
면 좋으련만! 고대의 모든 민족들*을 당혹하게 만들 그런 말을 찾
아 할 수만 있다면!'

나는 잠시 생각하고 말했다.

"공작부인!…… 공작부인!……"

"이번엔 뭔가요?"

"당신한텐 더 이상 가르몬이 없군요. 안 보여요."

"그러면 뭐가 보이나요?"

"덤불숲*이 보이는데요." (그녀는 계속 대답하기는 했지만, 내 쪽으로 몸을 돌리지 않고 창문을 바라보는 채였다.)

"보여요, 당신이 바로 덤불숲이군요……"

'덤불숲이라면 덤불숲이겠죠, 뭐.' 곧 나는 왠지 행동이 둔해졌고, 기진맥진한 채 좌석에 주저앉았다. 왜 내가 차 칸을 헤집고 다녔고 어떻게 이 여자를 만나게 됐는지 죽어도 생각나지 않았다…… 뭔가 '중요한 것'이 있었는데, 뭐였더라?

"저기, 공작부인!…… 당신 시종 표트르는 어디 있나요? 지난 8월부터 그를 못 봤어요."

"뭘 중얼거리는 거예요?"

"솔직히 말해서, 그때부터 못 봤어요…… 그 사람, 당신 시종은 어디에 있는 겁니까?"

"그는 내 시종이면서 당신 시종이기도 해요!" 공작부인은 퉁명스럽게 대답했다. 그리고 갑자기 자리에서 급하게 뛰어나가 차 칸의 바닥을 옷으로 쓸면서 문 쪽으로 발을 내딛기 시작했다. 그녀는 바로 문 옆에 멈춰서 눈물에 뒤범벅이 된 채 씩씩거리는 떨리는 얼굴을 내게 돌리고는 이렇게 소리쳤다.

"당신을 증오해, 안드레이 미하일로비치!* 증─오─한─다─고!!"*

그러고는 사라졌다.

'역시 이런 거였어.' 얼마 전 데카브리스트가 그랬던 것처럼,

나는 환희에 차 길게 발음했다. '저 여자 아주 교묘하게 토라지는 구먼!' 가장 중요한 것에 대답하지도 않고, 그렇게 떠났던 것이 다!…… 천상의 황후여, 이 중요한 것이란 게 대체 뭐였죠? 당신의 자비로운 이름으로 생각나도록 도와주십시오!…… 시종!

나는 작은 종을 울렸다…… 1시간 후에 또 한 번 울렸다.

"시—이—조—옹!!"

하인이 들어왔다. 온통 노란 옷을 입은, 표트르라는 이름의 내 시종이다. 왜 그랬는지는 모르겠지만 난 술에 취해 그에게 죽을 때까지, 온통 노란 옷을 입고 다니라고 충고했었고 그걸 귀담아 들은 그는 바보같이, 지금까지 그러고 다닌다.

"표트르? 내가 지금 잠자고 있는 건지, 아닌지 알아? 어떻게 생각해? 나 잠자고 있는 거야?"

"그렇습니다. 그 차 칸에서는 잠드셨죠."

"그럼, 나 이 차 칸에서는 잠자고 있는 게 아니야?"

"그럼요, 이 칸에서는 아닙니다."

"굉장해, 표트르…… 촛대에 불을 켜게. 나는 촛불이 타오르고 있을 때가 좋다네. 그게 뭔진 정확히 모르겠지만…… 그렇지 않으면 나는 다시 불안해져. 그러니까, 표트르, 자네 말이 맞다면, 내가 그 차 칸에서는 자고 있었는데, 이 칸에서는 다시 깨어났다는 건가? 그런 건가?"

"그건 모르겠습니다. 전 이 차 칸에서 자고 있었거든요."

"흠, 좋아. 그러나 왜 자네는 일어나 나를 깨우지 않았지? 왜?"

"왜 제가 당신을 깨웁니까! 당신은 그 차 칸에서 자고 있었으니

이 차 칸에서 당신을 깨울 이유가 없죠. 그리고 만약 이 차 칸에서 당신이 알아서 깰 거라면 그 차 칸에서 당신을 미리 깨워야 할 필요도 없죠."

"헷갈리게 하지 마, 표트르. 헷갈리게 하지 말라고…… 잠깐 생각 좀 해볼게. 이것 봐, 표트르, 내가 이렇다니깐. 아무리 생각해도 안 풀리는 생각이 하나 있어."

"무슨 생각인데요?"

"마실 게 좀 남아 있던가?…… 바로 이거지."

오무티세 — 레오노보

아냐, 아냐, 너 생각하지 마, 이건 생각이 아니라 그저 그걸 해
결하기 위한 수단이야. 너도 알다시피 — 가슴에서 술기운이 떠나
면 공포와 불안정한 의식이 나타나지. 만일 내가 지금 술을 마신
다면, 이렇게 휘청거리진 않겠지⋯⋯ 내가 휘청거리는 게 사람들
눈에 잘 띌까?

"전혀 눈에 띄지 않습니다. 그저 낯짝이 부었을 뿐이죠⋯⋯"

"뭐, 그런 것은 상관없어. 낯짝 따윈 상관없다고⋯⋯"

"그리고 마실 것도 하나도 없습니다." 표트르는 속삭이더니 일
어나서 촛대에 불을 켰다.

나는 심하게 몸을 떨었다. '좋아, 불 잘 켰어, 좋다고, 그런데 그
거 알아? 조금 불안해. 우리는 기차를 타고 가고 있어, 밤새도록
가고 있다고, 그런데 주위에 우리밖에 없잖아. 우리밖에는⋯⋯'

"근데 너의 그 공작부인은 어디에 있는 거야, 표트르?"

"그녀는 이미 오래전에 내렸습니다."

"어디서 내렸는데?"

"흐라푸노보에서 내렸습니다. 그녀는 페투슈키에서 흐라푸노
보까지 가는 중이었습니다. 오레호보주예보에서 타서, 흐라푸노
보에서 내렸습니다."

"흐라푸노보는 또 뭐야! 너 대체 뭘 그렇게 지껄여 대는 거지,
표트르?…… 헷갈리게 하지 마, 헷갈리게 하지 말라고…… 그러
니까, 어…… 가장 중요한 생각이…… 왠지 모르게 내 머리 속에
서 안톤 체호프에 대한 생각이 빙빙 도는데. 그래, 그리고 프리드
리히 실러. 프리드리히 실러와 안톤 체호프. 그런데 왜 모르겠지?
그래, 그래…… 아, 이제 좀 확실해지네. 프리드리히 실러는 비극
을 쓰려고 앉을 때마다 항상 샴페인에 발을 담갔지. 더 정확히 말
하면, 아니야, 그게 아냐. 그랬던 건 재상이었던 괴테였지. 괴테는
집에 있을 땐 슬리퍼에 잠옷을 입고 다녔어…… 그러나 난—아
니야, 집에서 난 잠옷을 안 입어. 거리에서는 슬리퍼를 신지……
근데 실러 이야기는 왜 나왔지? 아, 맞다, 그 얘길 하다 말았구나.
실러가 샴페인에 다리를 담그고 보드카를 마신 것 때문에. 다리를
담그고 술을 마신 거지. 멋져! 또 안톤 체호프는 죽기 전에 이렇게
말했지. '술 마시고 싶다.' 그러고선 죽은 거야……"

표트르는 내 위에 선 채 계속해서 유심히 날 쳐다보았다. 별로
이해한 게 없어 보였다.

"쳐다보지 마, 이 새끼야, 보지 말라고. 난 생각을 정리하고 있
는데, 넌 쳐다나 보고 있는 거냐. 아, 맞다, 그리고 또 헤겔이 있었
지. 이건 기억이 아주 잘 나네. 헤겔이 있었다. 그는 말했지. '차이

는 없다. 세상에 차이가 있다면 그것은 여러 차원과 차이 자체의 부재 사이에 있는 정도의 차이뿐이다' 라고. 그러니까, 이걸 좋은 말로 바꾸어 말하면, '요즘 술 안 마시는 사람이 대체 어디 있냐?' 라는 말이지. 아무것이라도 좋으니 뭐 좀 마실 거 없나, 표트르?"

"하나도 없습니다. 벌써 다 마셔 버렸잖아요."

"기차 전체에 아무도 없는 거야?"

"아무도 없습니다."

"그래……"

나는 다시 생각했다. 이 생각은 좀 이상했다. 이 생각은 자기 스스로도 무엇인가에 의해 둘러싸여 있는 것에 의해 둘러싸여 있었다. 그리고 이 '무엇인가' 역시 이상했다. 그리고 이 생각은 무거웠다……

이 순간 내가 뭘 했지…… 곯아떨어졌던가 아니면 잠에서 깼나? 알 수 없다. 사실 내가 어떻게 알겠는가? '존재하고 있으나 **이를** 어떻게 부를 것인가? 자는 것도 아니고, 자지 않는 것도 아니다.' 나는 그렇게 12분 혹은 35분 동안 눈을 붙였다.

그리고 잠에서 깼을 때 ― 열차 칸에는 인간이라고는 한 명도 없었다. 표트르도 어딘가로 사라졌다. 기차는 어둠과 비를 헤치며 빠르게 달렸다. 모든 열차 칸들에서 문들이 쾅쾅 닫히는 소리가 난다는 게 이상했다. 왜냐하면, 열차 칸에는 인간이라고는 한 명도 없었기 때문이다.

나는 얼음같이 차가운 김을 내뿜으며 시체처럼 누웠다. 심장 밑에 두려움이 쌓여 갔다.

"시—이—이—이—종!"

문에서 표트르가 모습을 드러냈다. 악의에 찬 시퍼런 얼굴을 하고서. "이리 와, 표트르, 이리 오라고, 너는 또 왜 이렇게 젖은 거야? 지금 문으로 쾅 소리를 낸 게 너지, 그렇지?"

"나는 아무 소리도 안 냈어요. 자고 있었는데요."

"그러면 대체 누가 쾅 소리를 낸 거지?"

표트르는 눈도 깜박거리지 않고 나를 쳐다봤다.

"자, 이건 아무것도 아냐, 아니라고. 만일 심장에 불안이 자라나면, 그러니까, 그걸 억눌러야 해. 그리고 억누르기 위해서는 술을 마셔야 돼. 마실 게 있던가?"

"아니 아무것도 없습니다. 다 마셨잖아요."

"기차 전체엔 아무도 없고?"

"아무도 없습니다."

"거짓말, 표트르, 너 왜 자꾸 나한테 거짓말을 하는 거지!!! 만일 아무도 없다면, 대체 누가 거기서 문이랑 창문으로 쾅쾅 거리는 소리를 내는 거야? 어? 알아?…… 들려?…… 너 마실 것 꿍쳐 두고 내게 거짓말하는 거지?……"

표트르는 또 눈을 깜박이지도 않고 악의에 찬 눈으로 나를 계속 쳐다보았다. 표트르의 얼굴을 통해 내가 그를 꿰뚫어 봤다는 것과 내가 그를 이해했다는 것과, 이제는 그가 나를 두려워하고 있다는 사실을 알 수 있었다. 그래, 그래, 그다음에 표트르는 촛불 위로 엎드려 불을 껐다.* 그리고 열차 칸으로 다니면서 불을 껐다. '부끄러워서 그러는군, 부끄러워서야!' 나는 생각했다. 그러나 그는 이미 창으로 뛰어내렸다.

"돌아와, 표트르!" 나는 소리를 질렀다. 내 목소리가 아닌 것 같았다. "돌아와!"

"사기꾼!" 창문 뒤에서 그가 대답했다.

그리고 갑자기 — 열차 칸으로 다시 뛰어 들어와서, 내게로 달려왔다. 내 머리를 힘껏 잡아당겼다. 처음엔 앞으로, 그다음엔 뒤로, 그 후엔 다시 앞으로. 거기엔 굉장한 악의가 담겨 있었다.

"대체 무슨 일이야, 표트르! 무슨 일이냐고?!……"

"아무 일도 아냐! 저리 꺼져! 꺼지라고, 이 할망구야! 꺼져, 이 늙은 창녀야! 모스크바로 가라고! 그 해바라기 씨나 내다 팔든가! 난 더 이상 못해, 더 이상 모—오—오—옷……"

그러고는 다시 뛰쳐나갔다, 이제는 완전히 가버린 것이다.

'귀신이 곡할 노릇이군! 이 모든 게 다들 어떻게 돼 버린 거야?' 나는 관자놀이를 꽉 눌렀다. 몸이 떨렸고 심장이 고동쳤다. 열차 칸들도 나처럼 떨고 고동쳤다. 열차 칸들은 이미 오랫동안 고동치고 떨고 있었던 듯했다.

레오노보 — 페투슈키

……열차 칸 문이 탁 하고 소리를 내다가, 그다음엔 낮고 둔탁한 소리를 냈다. 더 크고 더 확연하게 말이다. 그리고 트랙터 운전수 옙투슈킨이 공포로 파랗게 질린 낯짝을 하고는 내 열차 칸으로 뛰어들었다. 수십 초 후 그쪽에서 복수의 여신들*의 대군이 불시에 들어와 그를 쫓아 돌진했다. 탬버린과 심벌즈를 울리면서……

머리털이 곤두섰다. 나는 정신없이 벌떡 일어나 발을 굴렀다. "멈추시오, 아가씨들! 복수의 여신들이여, 멈추시오! 이 세상에 죄인은 없소!……" 그러나 그녀들은 계속 달렸다.

그래서 난 마지막 사람이 나와 나란히 됐을 때, 화가 치밀어 그녀를 뒤에서 붙잡았다. 그녀는 너무 달려 왔던지 숨을 헐떡였다.

"너 어디로 가는 거야? 너희 모두 어디로 뛰어가냐고?……"

"넌 뭐야?! 풀어 줘—어—어! 놔—아—아—줘!……"

"어디? 우리 모두 어디로 가는 거냐고??"

"그게 너랑 무슨 상관이야, 이 미친 새—애—애—끼가!……"

그러더니 갑자기 내 쪽으로 돌아서서, 내 머리를 껴안고 이마에 입을 맞췄다. 예상치 못한 일이어서, 나는 어리둥절해서 도로 걸터앉아 해바라기 씨를 씹기 시작했다.

그리고 내가 해바라기 씨를 씹는 동안, 그녀는 앞으로 조금 더 달려가다 말고는 나를 돌아보고는 내 쪽으로 왔다. 그리고 내 왼쪽 뺨을 세게 때렸다. 때리고 나서는, 천장으로 날아올라 자기 여자 친구들을 따라갔다. 나는 범죄자처럼 목을 앞으로 구부리고서 그녀 뒤를 따라 달리기 시작했다……

석양은 활활 타오르고 말들은 몸을 터는데* 신문에 쓰여 있는 그 행복이란 건 도대체 어디 있는 걸까? 나는 달리고 또 달렸다, 질풍과 어둠을 가로질러, 문들을 경첩에서 부수어 떨어뜨리면서. 나는 '모스크바발 페투슈키행' 열차가 쏜살같이 추락하고 있는 것을 알았다…… 열차 칸들이 들렸다 — 그리곤 얼이 빠진 것처럼 다시 밑으로 떨어졌다…… 그때서야 나는 몸부림치며 부르짖었다. 오—오—오—오—오! 머—엄—춰!…… 아—아—아—아!……

나는 소리를 질렀고 멍해졌다. 공황에 빠진 복수의 여신들의 합창대는 열차 칸 머리 부분으로부터 거꾸로, 내 쪽을 향해 뛰었다. 그의 바로 뒤를 분노한 엡투슈킨이 추격했다. 이 한 무더기의 사람들이 모두 날 쓰러뜨리고 자신들 아래에 매장해 버렸다.

그러는 동안에도 심벌즈는 계속해서 쟁강쟁강 울렸고, 탬버린 방울 소리도 울려 퍼졌다. 그리고 별들은 농촌 소비에트 현관 계단 위에 떨어졌다. 그리고 술라미*는 깔깔거렸다.

페투슈키. 플랫폼

그러고 나서 물론 모든 것이 빙글빙글 돌기 시작했다. 만약 여러분이 그것이 안개였다고 한다면, 아마, 나는 동의할 것이다. — 그렇지, 마치 안개 같았다. 그렇지만 만약 당신들이 "아니야, 그것은 안개가 아니야, 그것은 불과 얼음이라네. 교대로 때로는 얼음이고, 때로는 불이지"라고 말한다면, 나는 당신들에게 이렇게 말할 거다. "그렇죠, 얼음과 불이지요, 즉 처음에는 피가 오싹하고, 차가워집니다. 그런데 얼어서 굳어지게 될 때, 그때 끓기 시작하고, 끓어오른 후, 다시 얼어서 굳기 시작하지요."

'이건 열병이다.' 나는 생각했다. '여기저기에 이 뜨거운 안개는 모두 열병에서 비롯된 것이다. 몸이 으슬으슬 떨리니까 말이다. 그래서 여기저기에 뜨거운 안개가 감도는 것이다.' 그런데 안개 속에서 누군가 무척 낯익은 이가 걸어 나온다. 아킬레우스가아니다. 그러나 무척 낯익다. 오! 이제 알겠다. 이건 폰투스의 왕미트리다테스*다. 콧물로 범벅이 된 채, 그렇지만 손에는 작은 칼이 들려 있다……

"미트리다테스, 자넨가, 그런가?" 나는 너무 힘들어서 거의 소리를 내지 않고 말했다. "자네지, 맞나, 미트리다테스?……"

"나야." 폰투스의 왕 미트리다테스가 대답했다.

"그런데 온통 엉망이로구먼, 왜 이런 거야?"

"나야 항상 그렇지. 만월*일 땐 이렇게 콧물이 흘러……"

"그럼 다른 때에는 콧물이 나지 않나?"

"나기도 하지. 그렇지만 만월일 때가 제일 심해."

"근데 자네는 그걸 전혀 닦지도 않나?" 내 말은 거의 속삭임으로 변했다. "안 닦느냐고?"

"뭐라고 해야 할까? 닦을 때도 있지. 하지만 정말이지 만월일 때는 너무 많이 나와서 닦는다기보다는 발라 문지르는 수준이지. 각자에게는 자기 취향이 있는 법이잖아. 어떤 사람은 콧물을 흘리는 것을 좋아하고, 어떤 사람은 코를 훔치는 걸 좋아하고, 또 어떤 사람은 온통 콧물을 발라 문지르는 것을 좋아하는 법이지.* 그렇지만 만월일 때에는……"

나는 그의 말을 중단시켰다.

"달변이야, 미트리다테스. 근데 왜 그렇게 손에 칼을 쥐고 있나?……"

"뭐 때문이냐고?…… 널 찌르려는 거지. 당연히 그것 때문 아니겠어!……" 그가 되묻는다. "왜냐고?…… 물론, 찌르기 위해서지……"

그러더니 그는 순식간에 다른 사람이 되었다! 여전히 온화하게 말하긴 했지만 성난 이빨을 드러냈고, 얼굴이 칠흑 같아졌다. ―
콧물도 다 없어졌다. ― 그리고 무엇보다도 이상한 건 그가 크게
웃기 시작했다는 거다! 그는 다시 성난 이빨을 드러냈고, 그다음
에 다시 큰 소리로 웃기 시작했다!

오한이 다시 나를 엄습했다. "아니, 무슨 말을, 미트리다테스,
무슨 말이야!" 내가 속삭였는지 아니면 소리쳤는지, 나는 모른다.
"칼을 치워, 치우라고, 왜 이러는 거야, 대체……?" 그러나 그는
이미 아무것도 듣고 있지 않았고 팔을 치켜 올렸다. 마치 천 개의
검은 악마가 그의 속에 들어앉은 듯했다…… "광신도!" 나는 왼
쪽 옆구리를 찔렸다. 나는 손으로 칼을 방어할 힘조차 없었다. 나
는 조용히 신음했다…… "그만 해, 미트리다테스, 그만 해……"

그러나 그 순간 나는 오른쪽 옆구리를 찔렸다. 그런 다음 다시
왼쪽, 다시 오른쪽을. ― 나는 다만 힘없이 쇳소리를 냈을 뿐이다.
― 그리고 온 플랫폼을 뒹굴며 통증과 싸웠다. 그러다가 온 몸을
부들부들 떨며, 잠에서 깨어났다. 주위에는 아무것도 없었다. 바
람과 어둠과 개 같은 추위를 빼고는. '무슨 일이 일어났던 거지?
여긴 어디야? 왜 비가 부슬부슬 내리고 있지? 주여……'

나는 다시 잠이 들었다. 그러자 오한, 고열, 학질 모든 것이 다
시 시작되었다. 저 멀리 안개가 흘러나오던 곳에서, 무히나가 만
든 조각상에서 키가 큰 두 인물, 망치를 든 노동자 한 사람과 낫을
든 여성 농민*이 나타났다. 둘은 나한테 다가와 딱 달라붙어서는
싱글거리더니 노동자가 망치로 내 머리를 내려쳤고, 이어 여성 농
민은 낫으로 내 ……알을 내려쳤다. 나는 소리치기 시작했다. 아

마, 큰 소리로 그랬을 거다. 그러고 나서 다시 잠에서 깼다. 이번
에는 심지어 경련을 일으켰다. 얼굴도, 옷도, 영혼도, 생각도* ─
이제는 이미 나의 모든 것이 떨고 있었기 때문이었다.

　이 아픔! 오, 이 개 같은 추위! 못 견디겠는걸! 앞으로 올 매 금
요일이 오늘 같다면 난 어느 목요일쯤 목매달아 죽는 게 낫겠
다!…… 페투슈키, 내가 고작 이런 꼴로 떨고 있으려고 네게 오려
했던가?…… 내가 네게 오기 전에 대체 누가 너의 새들을 죽이고
너의 재스민을 짓밟은 거지?…… 천상의 황후여, 나는 페투슈키
에 있습니다!……

　괜찮아, 괜찮아, 예로페예프…… 구세주께서 말한 것처럼, 달
리다굼, 즉 일어나서 가거라. 알아, 알고 있어. 네 온 육체와 영혼
이 짓밟혀서 으깨졌다는 걸. 젖은 플랫폼엔 아무도 없고, 누구도
널 마중 나오지 않았고, 앞으로도 마중 나오지 않을 거란 걸. 하지
만 그래도 일어나서 가. 한번 해봐…… 근데 네 여행 가방은 어디
있지? 맙소사, 선물이 든 네 여행 가방은 어디 있는 거야?…… 아
이에게 줄 호두 두 컵과, '바실료크' 사탕과 빈 병들…… 가방은
대체 어디 있지? 누가 뭣 때문에 그걸 훔쳤을까. 거기에는 선물이
들어 있다고!…… 그럼, 찾아봐, 찾아봐, 돈이라도 좀 있는지, 어
쩌면, 비록 조금이라도 있는지? 그래, 그래, 조금 있다. 정말 조
금. 하지만 이제 돈이 무슨 소용이야?…… 덧없도다! 다 헛되도
다! 오, 내 민족의 삶에서 가장 혐오할 만한, 가장 수치스러운 시
간, 상점들이 문을 닫을 때부터 동틀 무렵까지의 시간이여!……

　괜찮아, 괜찮아, 예로페예프…… 네가 관 속에 누워 있었을 때,

너의 여제가 말했던 것처럼, 달리다굼. 그러니까 일어나서, 외투를 닦고, 바지를 깨끗이 하고, 잘 털고 가라. 한두 발이라도 떼어보라고. 그러고 나면 좀 더 쉬워질 거야. 더 멀리 갈수록 쉬울 거야. 아픈 아이에게 네가 말했었잖아. '하나—둘—신발을—신어—보렴—너는—잠만 자는 게—부끄럽지도 않니……' 기찻길을 떠나는 게 제일 중요해. 여기서는 모스크바에서 페투슈키까지, 페투슈키에서 모스크바까지 계속해서 기차가 다니잖아. 이 열차궤도에서 떠나라. 이제 곧 알게 될 거야, 왜 아무도 없는지, 왜 그녀가 마중 나오지 않았는지도. 모든 것을 알게 될 거야…… 가라, 베니치카, 가라……

페투슈키. 역광장

'만일 네가 왼쪽으로 가고 싶으면, 베니치카, — 왼쪽으로 가.
만일 오른쪽으로 가고 싶으면 — 오른쪽으로 가고. 갈 곳이 없으
니 아무 데로나 가도 돼. 눈에 앞이 보이니까 앞으로 가는 게 낫겠
네……'

누군가가 내게 언젠가 이렇게 말했다, 죽는 건 아주 간단하다
고. 죽기 위해선 그저 40번을 연이어 깊이, 가능한 한 깊이 숨을
들이마시고, 그만큼의 숨을 가슴 깊은 곳에서부터 내뱉으면 되는
것이다. 그러면 숨을 거두는 것이다. 어디, 한번 해볼까?

오, 잠깐, 잠깐!…… 그래도 일단 몇 신지 알아봐야 하겠지? 몇
시인지 알 수 있을까?…… 광장에 아무도 없으면, 정말 아무도
없으면 물어볼 수도 없잖아…… 만일 살아 있는 인간을 만난다고
해도 — 너는 이렇게 춥고 슬퍼서는 입조차 뗄 수 없을 거라고. 그
래, 춥고 슬퍼서…… 오, 침묵!……

그리고 언제가 됐든 내가 죽게 된다면, — 난 아마 곧 죽을 거

야. 나는 알아. 나는 이렇게 세상을 받아들이지도 못한 채 죽을 거야. 가까이에서, 멀리에서, 내부로부터 또 외부로부터 이 세상을 이해하긴 했지만, 결국 받아들이진 못하고 ― 난 그렇게 죽을 거야. 그러면 그분이 내게 묻겠지! '그곳은 살 만하던가? 아니면 별로던가?' 나는 아무 말도 안 할 거야, 눈을 내리깔고, 아무 말도 안 할 거라고. 이렇게 아무 말도 안 하는 건 여러 날 숙취로 고생해 본 적이 있는 사람이라면 다 알 만할 거야. 인간의 삶이란 영혼이 잠시 술 취해 있는 것과 같은 거 아니겠어? 그리고 또 눈이 침침해지는 것과 마찬가지야. 우리 모두는 취한 거나 다름없다니깐, 다만 각자 나름대로, 누구는 더 마시고, 누구는 덜 마셨다는 것이 좀 다를까. 사람마다 다르게 작용하긴 하지. 누구는 이 세상을 똑바로 쳐다보며 웃고, 누구는 이 세상의 가슴에서 울고. 한 사람은 이미 토를 해서 괜찮고, 다른 사람은 메슥거리기 시작해. 그런데 나는 ― 나는 뭐지? 나는 많은 것을 맛보았어, 근데도 아무렇지도 않아. 나는 한 번도 제대로 웃거나 토하지도 않았어. 나는 이 세상에서 그렇게 많이 맛보았는데, 술 마신 순서나 얼마나 마셨는지도 다 잊어버렸는데, 그런데도 이 세상 누구보다도 전혀 멀쩡하다고. 나에게는 안 먹힌 거지. '넌 왜 잠자코 있는 거냐?' 주님이 푸른 번개 속에서 내게 물으시네. 뭐라고 그분에게 대답하지? 아무 말도 하지 말아야지, 아무 말도……

그래도 입을 열어야 하는 건가? ― 사람을 찾아서 시간을 물어볼까?……

베니치카, 시간이 너한테 왜 필요한데? 가, 가는 게 낫다고. 바람도 부니까 옷을 단단히 여미고 조심조심 가라고…… 언젠가 너에게 천국이 있었지, 지난주 금요일이었으면 시간을 알 수 있었을 텐데. — 그런데 이제는 더 이상 천국은 없어, 시간은 뭐 하게? 너의 그 여제가 속눈썹을 내리깔고 플랫폼에 나오지 않았잖아. 네가 숭배하는 그녀가 널 버렸다고 — 시간은 왜 자꾸 알려고 하는 거야? '여자가 아니라 말랑말랑한 흰 젤리'라고 네가 농담으로 불렀던 그녀는, 어쨌든 그녀는 널 마중하러 플랫폼에 나오지 않았잖아. 인류의 위안이자 백합 골짜기인 그녀가 나오지 않았어, 널 만나러 오지 않았어. 베니치카, 이런 상황에서 시간은 알아서 뭐 하게?

너한테 남은 게 대체 뭐야? 아침에는 신음하고, 저녁에는 울어대고, 밤에는 이나 갈고…… 이 세상 누가 네 마음 따위에 신경이나 쓰겠냐? 누가?…… 그러니까, 페투슈키에 있는 집 중에 아무 곳에나 들어가서, 아무 문지방에 대고 물어봐. '내 가슴에 당신이 대체 무슨 참견이십니까?' 아이고, 주여……

나는 모퉁이를 돌아 첫 번째 문에 노크를 했다.

페투슈키. 사도보예 순환도로

문을 두드렸다 — 추위에 몸을 떨면서 문을 열어 줄 때까지 기다리기로 했다……

'이상하네. 페투슈키에 고층건물을 다 지어 놨군!……* 그래, 이건 매번 그렇듯 이놈의 숙취 때문이야. 사람들은 섬뜩할 정도로 화를 내는 것처럼 보이고, 거리들은 말도 안 되게 넓어 보이고, 집들은 이상하리만치 커 보이잖아…… 취했을 때 모든 게 원래보다 더 작게 보이는 것처럼 같은 비율로 숙취 때에는 모든 게 원래보다 더 커 보인다…… 기억해? 검은 콧수염의 보조정리였잖아.'

나는 아까보다 조금 더 크게, 한 번 더 문을 두드렸다. '문을 열어 주고 몸 좀 녹이라고 3분 동안 누군가를 들이는 게 정말 그렇게 어려운 거야? 이해가 안 되네…… 묵직한 그 사람들이야 이걸 이해할 수 있겠지만 난 원체 가벼운 사람이 돼놔서 그런 건 이해 못 할 것 같다…… 메네, 데겔, 베레스 — 저울에 달아 보니 네가 가볍다는 게 밝혀졌다, 데겔…… 그러라고 하지 뭐, 맘대로 하라

고……'*

그러나 저울이 **거기에** 있든 없든 — 어쨌거나 — 저울에 달아 보면 한숨과 눈물이 계산이나 계획보다 무게가 더 나가는 법이다.* 나는 당신들이 어떤 것을 아는 것보다 더 확실하게 이걸 잘 안다. 나는 꽤 오래 살았고, 술도 많이 마셨고, 생각도 많이 하면서 살아왔다. 그래서 지금 내가 말하고 있는 것에 대해 잘 안다. 당신들의 모든 길잡이 별들은 저녁노을 무렵엔 다 질 것이다. 어쩌다 져버리지 않는다고 해도 간신히 희미하게 반짝이는 수준일 것이다.* 나는 당신들을 모르고, 또 잘 모른다. 당신들에게 관심을 가져 본 적도 거의 없다. 하지만 난 당신들에게 볼일이 있다. 베들레헴의 별이 새롭게 타기 시작할는지, 혹은 반짝이기 시작할는지, 확실히 알기 위해 지금 당신들의 영혼이 어디에 있는지 궁금하기 때문이다. 이게 가장 중요한 것이다. 왜냐하면 모든 나머지 별들은 저녁노을 무렵 져버리고 혹여 져버리지 않은 것이라고 해도 겨우 희미하게 반짝일 뿐이기 때문이다. 또 빛나는 것이 있다 해도 그럴 경우는 너무 멀리 떠 있어 아무 쓸모없는 것일 따름이다.

'**그곳에** 저울이 있든지, **그곳에** 저울이 없든지 — **거기서는** 가벼운 우리들이 더 무게가 나가고 모든 걸 이겨 낸다. 나는 당신들이 그 어떤 것을 믿는 것보다 더 확고하게 이것을 믿는다. 믿는다. 그리고 안다. 그리고 이것을 세계에 증언한다. 아니, 그나저나 페투슈키 거리가 왜 그렇게 넓어진 거야? 이상하네……'

나는 내가 서 있던 문에서 떠났다. 그리고 이 동(棟)에서 저 동으로, 입구에서 입구로 나의 지친 시선을 옮겼다. 그러자 그러는 동안 한 가지 숨 막힐 듯한 생각이 내게 기어들었다. 그 생각을 입 밖으로 내는 것은 끔찍하다. 숨 막힐 듯한 추측과 함께, 그 생각을 입 밖에 내는 것은 역시 끔찍하다. 나는 계속해서 걷고 걸었다. 그리고 집 하나하나를 똑바로 바라보았다. 그렇지만 잘 바라볼 수가 없었다. 추위 때문인지, 뭣 때문인지 몰라도 아직껏 내 눈은 눈물로 가득했다……

'울지 마, 예로페예프, 울지 마…… 왜 그래? 왜 그렇게 떨고 있어? 추워서 그래? 아니면 다른 것 때문이야?…… 그러지 마……'

쿠반스카야 스무 모금이라도 있으면 얼마나 좋을까! 쿠반스카야가 내 심장으로 가까이 가면, 그러면 심장은 내가 페투슈키에 있노라고 이성을 설득시킬 수 있을 텐데! 그러나 쿠반스카야는 없었다. 나는 골목을 꺾어 들어가 다시 떨며 울기 시작했다……

그런데 그때, 가장 무서운, 꿈에서 봤던, 이야기가 시작되었다. 골목 안에서 나를 향해 네 사람이 다가왔던 것이다…… 나는 곧 그들을 알아보았다. 이들이 누군지는, 당신들에게 설명하지 않을 것이다…… 나는 전보다 더 심하게 떨기 시작했다. 나의 온몸은 끊임없이 떨렸다……

그들이 다가와 나를 에워쌌다. 그들의 이 추악한 면상이 도대체 어떠했는지, 어떻게 당신들에게 설명해야 할까? 아니다, 강도들의 얼굴은 전혀 아니었다. 오히려 반대이기까지 했는데, 그들은 뭔가 고전적인 그림자를 갖고 있었다. 그러나 네 사람 모두의 눈에는 ─ 당신들은 아는가? 당신들은 언젠가 페투슈키 역의 화장실에 앉아 있어 보았는가? 기억해 보라, 어떻게 거기, 거대한 깊은 곳에서, 둥그런 구멍들 아래, 갈색의 이 걸쭉한 액체가 철썩거리고 반짝였는지? 바로 그런 것이 네 사람 모두의 눈에 있었다. 그런데 네 번째 사람은 ……를 닮았다. 그러나 그가 누구를 닮았는지는, 나중에 말할 것이다.

"어라, 딱 걸렸네." 한 명이 말했다.

"뭐라고요…… 딱 걸렸다고요?" 내 목소리는 숙취와 오한 때문에 떨렸다. 그들은 내가 무서워서 떠는 거라고 생각했다.

"딱 걸려들었어! 아무 데도 더 못 가."

"왜죠?……"

"그냥."

"저기요……" 내 신경 하나하나가 떨고 있었기 때문에 나의 목소리는 무너져 내렸다. 그런데 목소리뿐만이 아니었다. 밤에는 어느 누구도 자기 자신을 확신할 수 없다. 그러니까 추운 밤에는 말이다. 사도는 세 번째 수탉이 울기 전에 그리스도를 배신했다. 더 정확히 말하면 사도는 수탉이 울기 전에 그리스도를 세 번 배신했다. 나는 사도가 왜 그랬는지 알고 있다. ― 그건 추위에 떨고 있었기 때문이다. 그는 **그들**과 함께 모닥불 옆에서 계속 자신의 몸을 따뜻하게 했다. 그렇지만 내게는 모닥불이 없다. 나는 1주일치 숙취로 떨고 있다. 만약 누군가가 지금 날 시험에 들게 한다면, 난 일곱 번씩 일흔 번까지도 그리스도를 배신할 것이다.* 아니, 더 많이 더 배반할는지도 모른다……

"저기요……" 틈을 빌어 나는 그들에게 말했다. "제발 좀 놓아주세요…… 제깟 게 뭘 그렇게 필요하십니까?…… 전 단지 제 여자한테 가지 못한 것뿐입니다…… 갔지만 도착을 못했죠…… 전 그저 잠이 들었고, 여행 가방은 도둑맞았습니다. 자고 있는 동안에요…… 거기에는 시시한 물건들이 들어 있었지만, 그래도 안타까워요…… '바실료크'는……"

"바실료크가 뭐야?" 한 명이 사악하게 물었다.

"사탕이요, '바실료크' 사탕…… 그리고 호두 20그램. 나는 그걸 아이한테 가져가고 있었어요. 조그만 녀석이 글자를 깨우치는 게 기특해서 선물을 약속했거든요…… 하지만 이것은 쓸데없는 소리고요. 새벽이 되면 난 다시 떠날 겁니다…… 돈도 없고 선물도 없어도 정말 다시 갈 겁니다. 그래도 그 사람들은 날 맞아 줄거예요. 실망한 내색은커녕 반대로 아주 기뻐하기까지 할 거라고요."

네 사람은 나를 뚫어져라 바라보았다. 틀림없이 이 네 사람은 이렇게 생각했을 거다. '쓰레기 같은 놈. 겁쟁이에 풋내기로구먼!' 제발, 날 어떻게 생각하든 좋으니 풀어나 주었으면!…… 난 어디서, 대체 어떤 신문에서 이 얼굴들을 봤던 거지?……

"전 다시 페투슈키로 가고 싶어요……"

"넌 절대 페투슈키에 못 가!"

"음…… 거긴 못 가게 될지라도, 쿠르스크 역으로는 가고 싶은데……"

"넌 절대 역에도 못 가!"

"왜요?……"

"그냥."

한 명이 손을 들어올렸다. 그리고 내 뺨을 세게 쳤다. 다른 사람은 주먹으로 얼굴을 쳤고, 나머지 둘 역시 움직였다. 나는 아무것도 이해할 수 없었다. 나는 그래도 다리로 버티며 조용, 조용, 조용히 그들로부터 뒷걸음질쳤다. 그런데 그들 네 사람은 계속 조용히 다가왔다……

'달려, 베니치카, 어디로라도, 어디든 똑같아!…… 쿠르스키 역으로 달려! 왼쪽으로, 아니면 오른쪽으로, 아니면 뒤로. 어디로 가든 거기로 가게 돼! 달려, 베니치카, 달려가!……'

나는 머리를 감싸 쥐었다. 그리고 달리기 시작했다. 그들은 내 뒤를 쫓아왔다……

페투슈키. 크렘린. 미닌과 포자르스키의 동상

"아무래도 여기가 페투슈키 같은데…… 페투슈키 같으면 누군 가가 '도와주세요' 하는 소리도 좀 지르고 그래야 하는 거 아닌 가? 다들 뒈져 버렸나? 가로등만은 깜빡거리지도 않고 아주 환상 적으로 타고 있구면. 이거 진짜 페투슈키인가 본데. 내가 지금 달 려가는 쪽에 있는 저 집이 사회 복지소로구나. 그 뒤로 안개랑 어 둠이 깔렸어. 페투슈키의 사회 복지소, 그 뒤로 영원한 어둠과 죽 은 이들의 안식처로구나. 오, 아냐, 아냐……"

나는 도로 포장석이 다 젖은 광장으로 뛰쳐나와 주위를 둘러보 고는 숨을 돌렸다. 아냐, 여긴 페투슈키가 아니야! 만일 그분께서 나의 땅을 영원히 버리고 가셨지만 우리 각자를 보고 계시다면 이 곳은 보지 않으신 거야. 만일 그분이 나의 땅을 버리지 않고 맨발 로 노예처럼 이 땅을 돌아다녔다면 이곳을 돌아서 지나가진 않으 셨던 거야.

여긴 페투슈키가 아니야! 아냐! 그분은 페투슈키를 지나치지 않으셨어. 그분은 종종 거기로 가서 모닥불 옆에서 묵곤 하셨단 말이야. 거기 사람들 중에 나도 섞여서 그분이 머물렀던 흔적을 알아볼 수 있었단 말이야. 그분이 유숙하셨던 재와 연기. 화염 같은 건 바라지도 않아, 적어도 재랑 연기는 있어야 하는 거 아냐?!

아냐, 이건 페투슈키가 아냐! 내 앞에서 크렘린이 장엄하게 빛나고 있잖아. 내 뒤에서 나를 쫓는 소리가 들려오지만 이런 생각을 할 수 있었다. '거참. 맨정신일 때나 취중이나 모스크바 거리를 수도 없이 걸어 다녔는데, 한 번도 크렘린을 본 적이 없잖아? 크렘린 찾다 보면 항상 쿠르스크 역이 나왔단 말이야…… 근데 정작 쿠르스크 역이 세상의 그 무엇보다 필요한 바로 이 순간에 마침내 크렘린을 보게 되었네……'

당신의 길은 현묘하기도 하다……

발굽 소리가 계속 가까워지는데 난 아무것도 할 수가 없었다. 그렇게 밀려 크렘린 담벼락에 내몰린 나는 그대로 주저앉았다. "이 사람들은 대체 다 뭐지, 내가 이 사람들에게 무슨 일을 했다고?" 하는 질문이 내게 떠올랐던 건 아니다. 난 그저 몸이 꽁꽁 얼어 있었고, 두려움에 지쳐 있었지만 별 상관없었다. 사람들이 날 알아차리든 못 알아차리든 상관없다. '추위는 좀 떨어져라, 난 좀 쉬어야 해' 하는 간절한 생각뿐이었다. '거두어 가소서, 주여……'

그들이 한 사람씩 사방에서 가까워져 왔다. 나한테 다가와서는 거친 숨으로 씩씩거리며 나를 빙 둘러쌌다. 내가 두 다리로 일어설 수 있었길 망정이지, 그렇지 않았다면 그들은 곧장 달려들어 나를 두들겨 패 죽였을 거다……

"네깟 게 우리한테서…… **우리한테서** 도망가려는 거냐?" 한 놈이 쇳소리로 속삭이더니 내 머리카락을 움켜쥐고는 있는 힘껏 내 머리를 크렘린 담벼락에 처박았다. 아파서 산산조각이 날 것 같았다. 피가 얼굴과 목덜미를 따라 흘렀다…… 나는 거의 넘어질 뻔했지만 겨우 몸을 가누었다…… 구타가 시작됐다!

"배때기를 구둣발로 걷어차! 사지가 한번 뒤틀려 봐야지!"

아이고, 하느님! 나는 녀석들을 뿌리치고 도망쳤다. 광장 아래로. "뛰어라, 베니치카, 힘닿는 대로 달려라, 달려, 도망쳐, 녀석들, 제대로 달릴 줄도 모를 거야!" 금세 나는 동상 앞까지 왔다. 앞이 잘 안 보여서 눈썹으로 흘러내린 피를 닦아 냈다. 처음 눈에 들어온 건 미닌이었고, 그러고 나서야 포자르스키가 들어왔다. 그리고 다시 미닌…… 어디로 가지? 어느 쪽으로 도망쳐야 하지? 쿠르스크 역은 대체 어디야, 어디로 뛰어야 되지? 이렇게 생각하고 있을 짬도 없는데…… 나는 드미트리 포자르스키 공작이 쳐다보는 쪽으로 냅다 뛰었다.

모스크바 — 페투슈키. 어딘지 모를 건물 입구

어쨌든 나는 마지막까지 녀석들로부터 도망칠 궁리를 했다. 어딘지 모를 건물 입구에 뛰어들어 가장 높은 계단 난간까지 기어올라 거기서 다시 한 번 주저앉았다. 나는 여전히 희망을 가지고 있었다. "에휴, 이제 괜찮을 거야. 심장은 한 시간쯤 지나면 다시 조용해질 거야, 피는 물로 씻으면 되고, 눕자, 베니치카, 새벽까지 여기 누워 있자. 저쪽이 쿠르스크 역 쪽이구나…… 그렇게 무서워할 것 없어, 무서워할 것 없대도."

심장 뛰는 소리 때문에 잘 들리지 않을 것 같았지만 어쨌든 나는 어떤 소리를 들었다. 아래에 있는 건물 입구의 문이 조심스레 열리더니 5초간 닫히지 않았다.

나는 온몸을 벌벌 떨면서 스스로에게 "달리다굼"*이라고 말했다. 즉 "일어나서 마지막을 준비하라"…… 아니, "달리다굼"이 아닌데…… "일어나서 마지막을 준비하라"는 건 라마 사박타니* 잖아. 그러니까 "주여, 어찌하여 저를 버리시나이까?"

"주여, 대체 왜 저를 버리시는 겁니까?"

주님은 말이 없었다.

"하늘의 천사들, 천사들이 하늘로 올라가고 있다! 난 어떻게 해야 하지? 안 죽으려면 어떻게 해야 하지? 천사들이여!……"

천사들마저 웃어 댔다. 혹시 천사가 어떻게 웃는지 아쇼? 난 그제야 알겠더라니까, 아주 비열한 것들이지. 그것들이 어떻게 웃고 있었는지 내 알려 드릴까? 언젠가, 아주 오래전에 로브냐 역 근처에서 기차가 사람 하나를 두 동강 낸 적이 있었어, 절묘한 두 동강이었지. 그 녀석의 허리 아래는 완전히 뭉개져서는 여러 조각으로 찢겨서 철로 위에 아무렇게나 널려 있었어. 근데 상체는 말이야, 마치 살아 있는 것처럼, 꼭 무슨 댓돌 위에 얹혀 있는 시정잡배들의 흉상처럼 철로 옆에 서 있는 거야. 기차는 지나갔고, 그리고 그는, 아니 그 반쪽 몸뚱이는 거기 그렇게 서 있었는데 얼굴에는 어떤 어리둥절함이 서려 있었지, 입은 반쯤 벌리고 말이야. 많은 사람들이 그 장면을 차마 제대로 볼 수도 없어 얼굴이 새하얗게 질려서 고개를 돌렸지. 가슴에 죽음 같은 괴로움을 안고 말이야.

어린애들이, 셋이었던가 넷이었던가, 그 남자한테로 달려가더니 어디에선가 아직 불이 안 꺼진 담배꽁초를 하나 주워 들더니 그 반쯤 벌린 죽은 입에 꽂아 주더라고. 꽁초가 연기를 내면서 타니깐 아이들이 신나서 펄쩍펄쩍 뛰고는 저희들끼리 이 재밌는 놀이를 두고 깔깔대고……

그렇게 이제는 하늘의 천사들이 날 비웃는군. 천사들은 웃고,

하느님은 말이 없고…… 들어온 네 명이 벌써 보였어. 마지막 계단을 오른 그들이 나에게 다가왔어. 내가 그들을 봤을 때 두렵다기보다는 놀라움이 (진짜야) 더했어. 그들은 모두 네 명이었는데 맨발에다가 모두 신발을 손에 들고 있었어. 왜 그래야 했던 걸까? 건물 입구에서 얌전히 시끄러운 소리를 내지 않으려고? 아니면 몰래 몰래 나한테 다가오려고? 모르겠어, 하지만 이게 내가 기억하는 마지막이야. 그러니까 그렇게 놀라워했던 게 마지막이었다고.

그들은 숨도 돌리지 않고 마지막 계단까지 올라와서는 내게 덤벼들어 목을 조르기 시작했어. 대여섯 개의 손이 내 목에 달려들었어. 난, 있는 힘껏, 그들의 손을 풀고 내 숨통을 보호하려고 했어, 있는 힘껏. 근데 바로 그때 가장 끔찍한 일이 일어났어. 그들 중의 하나가, 가장 잔인하고 고전적인 옆얼굴을 하고 있는 녀석이었는데, 주머니에서 손잡이가 나무로 된 무지하게 큰 송곳을 꺼내잖아. 아마도 송곳이 아니었을지도 몰라. 드라이버 같은 것이었을지도…… 모르겠어. 그 녀석이 다른 녀석들한테 내 팔을 잡고 있으라고 하고는 내가 마구 저항을 해대는데도 날 마루에 못 박았어, 완전히 정신 나간 나를……

"왜, 대체 왜? 왜, 왜, 왜……" 내가 중얼거렸어……

그들은 내 목을 송곳으로 찔렀어……

난 그때까지 이 세상에 그런 고통이 있는지 몰랐어. 나는 고통으로 몸부림쳤어. 선명하고 붉은 글자 "유(IO)"가 내 눈앞에서 쭉 뻗더니 부르르 떨었어. 그때부터 난 의식을 되찾지 못했고 앞으로도 되찾지 못할 거야.

69년 가을*
세레메티예보에서 로브냐까지
케이블 설치 작업 중

9 **바딤 티호노프** Vadim Tikhonov. 모스크바 대학에서 제적된 작가가 블라디미르 시 사범대학(Vladimirskii pedagogicheskii institut)에서 공부하던 시절 가장 가깝게 지낸 친구. 사실 티호노프는 작품에 등장하는 베니치카와는 물론 실제 작가 예로페예프와도 인척 관계가 아니다. 그러므로 맏아들(pervenets)이라는 말을 문자적으로 해석하지 않고 독자나 제자, 특히 이 서사시를 처음 읽는 독자를 일컫는 말로 해석하는 경우가 많다. 또한 이 작품에 성서 모티프가 많이 등장하고 있다는 것을 고려한다면 '맏아들'이 구약 및 신약에서 어떤 의미로 쓰이고 있는지 주목해야 한다. 구약의 예는 다음과 같다. '르우벤, 나의 맏아들이여! 너는 나의 요새이며 힘의 원천, 최고의 장점이자 최고의 힘이다.' (창세기 49:3) '나는 이스라엘의 아버지요 에브라임은 나의 맏아들이니라.' (예레미야 31:9) 또한 신약에서는 그리스도가 요셉과 마리아의 첫아이라는 점이 맏아들이라는 단어를 통해 제시되고 있음을 볼 수 있다. '그리하여 그녀는 제 맏아들을 낳았고, 그는 그의 이름을 예수라 하였다.' (마태 1:25) '마리아가 첫아들을 낳아 포대기에 싸서 구유에 뉘었다.' (누가 2:7)

11 **페투슈키** Petushki. 클랴즈마(Kliaz'ma) 강가의 작은 도시. 모스크바

로부터 동쪽으로 115킬로미터, 블라디미르로부터 서쪽으로 67킬로미터 떨어진 곳에 위치하며 블라디미르 시의 중심 지역이다. 이전에는 '신(新)페투슈키'라는 이름의 작은 마을에 불과하였던 지역은 이 서사시에 묘사된 사건들이 일어나기 4년 전인 1965년에 도시로 승격되면서 '페투슈키'라는 정식 지명을 얻었다. 1969년 약 16,000명의 인구를 가졌던 페투슈키는 이 도시가 속한 블라디미르 시의 경제 거점은 아니었지만 모스크바 철도선이 끝나고 고리키 철도선(1997년부터는 니제고로드 철도선으로 명명)이 시작되는 지점이었다.

나가고 말았다 이 작품 『모스크바발 페투슈키행 열차』는 사회주의 리얼리즘 작품들이 당 공식 문학으로서 권력을 누리고 있던 시기에, 사미즈다트(자기 출판)를 통해 러시아 대중들에게 알려져 많은 사랑을 받았다. 사미즈다트의 경우, 작가가 직접 타이핑한 작품 한 부를 지인들에게 돌려 읽히면 읽은 사람은 한 부씩 더 타이핑하는 식으로 보급된다.

세르프 이 몰로트 Serp i Molot. 구소련 국기의 상징물인 '낫과 망치'를 뜻하는 러시아어로 이 작품에서는 전차를 탄 주인공이 거치는 정거장들 중 하나이다.

13   **쿠르스크 역** 모스크바의 큰 역들 가운데 하나로 모스크바의 동쪽에 위치하며, 이 역에서부터 모스크바의 동쪽, 남쪽에 위치한 도시들로 전철이 출발한다. 페투슈키 역도 그 가운데 하나이다.

사벨롭스크 역 모스크바 북쪽에 위치한 역이다. 이 작품이 쓰인 장소가 '셰레메티예보-로브냐'이고, 이곳으로부터 전철들이 사벨롭스크 역으로 온다.

주브롭카 Zubrovka. 같은 이름의 풀로 만들어진 강하고(40도) 쓴 술. 폴란드식 제조법에서 유래한 것으로 폴란드, 러시아, 체코에서 주로 만들어진다.

코리안드로바야 Koriandrovaia. 코리안드르 씨를 포함하여 향이 강한 여러 가지 풀들로 만들어진 쓰고 강한(40도) 술.

14   **지굴리 맥주** 소비에트 시기에 가장 널리 보급되었던 값싼 맥주. 지굴리는 볼가 강 중류의 생산지 명이다.

체호프 거리 모스크바 시내 중심의 북서부에 위치한 거리.

오호트니치야 생강 등을 비롯한 식물의 뿌리와 향이 나는 식물로 만든 40도의 독주.

15   **마셨던 걸까** '나는 너희를 위하여 몸소 마련한 계획을 분명히 알고 있다. 주님의 말씀이다. 그것은 **평화**를 위한 계획이지 **재앙**을 위한 계획이 아니므로, 나는 너희에게 미래와 희망을 주고자 한다.' (예레미야 29:11)

있지 않은가 보리스 황제(Tsar' Boris, 1552~1605)는 16~17세기 러시아 역사에서 가장 중요한 인물 중의 하나로 이름은 보리스 고두노프(Boris Godunov)이다. 이반 뇌제(이반 4세)가 서거한 후 왕위를 이은 아들인 표도르가 1년도 채 못 되어 병으로 세상을 등지자, 이에 표도르의 처남인 보리스가 왕위를 찬탈했다. 황태자 드미트리(Tsarevich Dmitri, 1582~1591)는 이반 뇌제의 아주 어린 아들이다. 황실의 적자였던 드미트리는 보리스 황제의 지시 하에 우글리치라는 곳에서 어머니 마리야와 함께 살았는데 이곳에서 1591년 칼에 찔리는 사고로 죽었다. 이것이 정말 사고사였는지 아니면 보리스의 사주에 의한 것인지는 확실하지 않다. 본문에서 베니치카가 '아니면 그 반대인지'(ili naoborot)라고 이야기한 부분은 두 가지 해석이 가능하다. 1) 보리스가 드미트리를 죽였는지 아니면 그 반대로 드미트리가 보리스를 죽였는지. 2) 보리스가 드미트리를 죽였는지 아니면 그 반대로 죽이지 않았는지. 푸슈킨은 카람진이 쓴 『러시아 제국의 역사』에 기대어 보리스가 드미트리를 죽였다는 설정으로 「보리스 고두노프」를 썼다. 이러한 역사적 가정의 기정사실화에 대해 처음으로 이의를 제기한 것은 비평가 벨린스키였다. 본문에서 베니치카도 고두노프의 살인을 단정하지 않고 있다.

16   **가게 될 테니** 예정설에 관한 이야기는 예언자들의 텍스트나 수사학

적인 텍스트에서 빈번하게 등장하는 테마이다. 예를 들면 '있던 것은 다시 있을 것이고 이루어진 것은 다시 이루어질 것이니 태양 아래 새로운 것이란 없다.' (전도서 1:9) 혹은 '모든 길은 로마로 통한다'라는 속담.

시간이여 해가 뜰 때부터 시작해서 아침 7~8시경까지를 말함. 1960~70년대에 구소련에서는 식료품 상점들이 아침 7시가 지나고 나서야 문을 열었다. 베니치카는 성서를 패러프레이즈하여 이 상황을 표현하고 있다. '전도자가 가로되 헛되고 헛되며 헛되고 헛되니 모든 것이 헛되도다.' (전도서 1:2) 세상 만물의 허무에 관한 이야기는 성서의 다음 부분에서도 찾을 수 있다. '그러나 나에게 유익이 되었던 것을 나는 그리스도 때문에 해로운 것으로 여기게 되었습니다. 그럴 뿐만 아니라 내가 모든 것을 또한 해로운 것으로 여기는 것은 내 주 그리스도 예수님을 아는 지식이 가장 탁월한 것이기 때문입니다. 내가 그리스도 때문에 모든 것을 해로운 것으로 여기고, 그 모든 것을 배설물로 여깁니다.' (빌립보 3:7~8)

섞어 놓았는가 작품 곳곳에는 작가 예로페예프의 운명과 외양에 대한 자전적 내용이 포함되어 있다. 이고르 바디예프(Igor' Vadiev)에 따르면 당이 지배하고 비밀경찰이 활동하는 구소련에서 예로페예프는 17년 동안(1958~1975) '거주 증명서' 없이 지냈다. 이것이 그가 국민의 한 사람으로서 존재를 인정받은 적이 없었다는 것을 의미한다.

가거라 이 작품의 주요 모티프 가운데 하나. '예수님께서 그에게 "내가 가서 그를 고쳐 주겠습니다"라고 하시자.' (마태 8:13)

17 **말했었잖아** 이와 관련된 성서 구절은 마태 12:46~50, 요한 2:4이다.

19 **셰리주** 러시아어로는 헤레스(kheres)이다. 소비에트 시기의 강한 포도주(19도).

베냐 Venia. 베네딕트(Venedikt)의 애칭.

20 **초인** 여기에서 사용되는 '초인(sverkhchelovek)'이라는 말은 니체의 용어로 『차라투스트라는 이렇게 말했다』(1883~1884)에 등장한

다. 니체 이전에 '초인' 이라는 용어는 괴테의 『파우스트』에서 등장하고 있으며, 파스테르나크가 번역한 괴테의 『파우스트』에서 같은 단어가 '초인' 으로 번역되었다.

비밀투성이인지요 신의 비밀스러움에 관한 성서의 비유를 연상시키는 구절이다. '임금이 벨트사차르라는 이름을 가진 다니엘에게, "내가 본 꿈과 그 뜻을 네가 나에게 알려 줄 수 있다는 말이냐?" 하고 묻자, 다니엘이 임금에게 대답하였다. "임금님께서 물으신 신비는 어떠한 현인도 주술사도 요술사도 점술사도 임금님께 밝혀 드릴 수 없는 것입니다. 그러나 하늘에는 신비를 드러내시는 하나님께서 계십니다. 그분께서 뒷날 무슨 일이 일어날지 네부카드네자르 임금님께 알려 주셨습니다. 임금님께서 침상에 누워 계실 때에 머릿속에 나타난 꿈과 환시는 이렇습니다. 임금님, 임금님께서 침상에 드시자 앞으로 무슨 일이 일어날지 여러 생각이 오갔습니다. 그때에 신비를 드러내시는 분께서 앞으로 일어날 일을 임금님께 알려 주신 것입니다. 저에게 이 신비가 드러난 것은 제가 다른 모든 사람보다 더 큰 지혜를 가졌기 때문이 아닙니다. 임금님께 꿈의 뜻을 알려 드려서 임금님께서 마음에 떠오르는 생각들을 아시게 하려는 것입니다. 임금님, 임금님께서는 무엇인가를 보고 계셨습니다. 그것은 큰 상이었습니다. 그 거대하고 더없이 번쩍이는 상이 임금님 앞에 서 있었는데, 그 모습이 무시무시하였습니다."' (다니엘 2:26~31)

22 **베프스트로가노프** befstroganov. 소비에트 시기 소스와 함께 (종종 소금 친 채소를 곁들여) 삶아 낸 쇠고기 음식. 레스토랑이나 카페, 식당 등에서 잡곡 죽(kasha), 쌀, 감자, 마카로니 등과 함께 먹었다.

이반 코즐롭스키 Ivan Kozlovskii (1900~1993). 유명한 러시아의 테너 가수. 여기서는 그의 노래를 라디오로 듣는 것을 뜻함.

천상의 황후 Tsaritsa nebesnaia. 성모를 부르는 정식 명칭인 이 말은 그저 탄식하는 소리로 사용되기도 한다.

큰 술잔 리하르트 바그너의 오페라 「로엔그린」의 3막 3장의 아리아.

보게 해주오 샤를 구노의 오페라 「파우스트」(1859)의 3막 10장에서 파우스트의 아리아.

매혹되었나 루제로 레온카발로의 오페라 「팔리아치」(1892)의 1막 마지막에 실비오와 네다의 듀엣.

거절하지 마오 무소르그스키의 오페라 「보리스 고두노프」의 3막 2 장 참칭자 드미트리의 애원 부분.

23 **한다면 말이야** 이 유혹은 메피스토펠레스가 파우스트에게 하는 제 안(『파우스트』 1막, 파우스트 박사의 연구실), 사탄이 예수에게 하는 제안(마태 4:5~11; 누가 4:9~12)을 떠올리게 한다. 또한 도스토옙 스키의 작품에서 골랴드킨(Goliadkin)이 상들리에가 떨어지는 상황 을 상상하는 장면도 직접적으로 연상시킨다. '저 상들리에가 풀려서 지금 이 자리로, 저 사람들 위로 떨어진다면 나는 곧장 몸을 던져 클 라라 올수피예브나를 구할 거야.' (『분신(*Dvoinik*)』, 4장)

24 **이유는 뭘까** 베니치카 이전에 성서의 예언자들도 같은 지적을 한 바 있다. '백성의 마음을 무디게 하고 그 귀를 어둡게 하며 그 눈을 들어 붙게 하여라.' (이사야 6:10) '이 백성의 마음은 무디어지고 귀는 듣 는 데 둔하여지고 눈은 감기었는데.' (마태 13:15) 또한 블로크와 로 자노프 또한 무디고 거친 이들(grubye liudi)에 대한 반감을 드러내 곤 하였다. A. 블로크, 「낯선 여인, 두 번째 환영」(1906), V. 로자노 프, 「낙엽, 첫 번째 광주리」 참조.

25 **고아랍니다** 작가 예로페예프는 무르만스크 주에서 태어났으며 고아 가 아니었다. 그의 아버지가 수용소로 끌려간 이후 어머니는 모스크 바로 이주했다. 가난을 피하기 위해 그녀는 아들을 무르만스크 주의 도시 키롭스크의 어린이집에 맡겼다.

27 **고대의 민중** narod drevnosti. 작가가 자주 사용하는 '미래의 민중' 에 대한 풍자적 표현이다. 같은 표현이 '플랫폼 113킬로미터 — 오무 티셰' 장에서도 반복된다.

28 **샀지요** 쿠반스카야(Kubanskaia)와 로시스카야(Rossiiskaia)는 모두

보드카의 일종이다. 로조보예 크렙코예는 값이 싼 디저트용(18도) 적포도주로서 질이 낮다.

33 **내게 대답했다** 요한계시록에서 푸른 번개 속에 나타난 신의 형상을 연상시키는 구절이다. '그 보좌에서 번개와 음성과 천둥이 나왔습니다. 그리고 보좌 앞에는 일곱 개의 등불이 타고 있었는데, 이 일곱 등불은 하나님의 일곱 영입니다.' (요한계시록 4:5) 구약성서에서 번개는 신의 속성으로 등장하기도 한다. '그는 번개 빛으로 그 두 손을 사시고 그것을 명하사 푯대를 맞추게 하시나니.' (욥 36:32)

성녀 테레사 스페인의 가톨릭 수녀(1515~1582). 영적 서적의 저자이자 종교 개혁가이고 수도원의 창시자이기도 한 그녀에게는 무척 고통스러운 성흔(stigma)이 있었다고 한다. 중세에 성흔은 믿음이 독실한 이들에게 예수의 십자가의 피의 흔적이 몸에 나타난 것이라고 믿어졌다.

35 **목을 움켜잡고** 작품에서와 마찬가지로 질식의 모티프는 말년에 후두암으로 몇 번의 중대한 수술을 거쳐야 했던 베네딕트 예로페예프의 전기에서도 중요하다.

알아듣지 못했다 무소르그스키의 오페라 「보리스 고두노프」에서 황태자 드미트리의 환영이 나타나는 4막 2장의 장면에서 보리스 고두노프는 자신의 영혼을 불쌍히 여겨 달라고 신에게 기도한다. 베니치카의 이 애원과 가장 관계 깊은 성서 일화는 겟세마네 동산에서 자신의 고통스러운 운명을 거두어 달라고 예수 그리스도가 신에게 애원하는 장면이다.(마태 26:39; 26:42; 26:44, 마가 14:35; 14:36; 14:39, 누가 22:42) 같은 모티프가 예수의 십자가 처형 장면에서도 되풀이되고 있다. 구약성서에서 욥의 애원 또한 같은 맥락이다.(욥 9:15)

36 **일이 아니다** 이 부분에서 베니치카는 말장난을 하고 있다. 구소련 시대에 상투적으로 자연의 선물(dary prirody)이라는 말은 버섯류, 딸기류, 견과류, 채소류 등을 취급하던 식료품점의 상호로 쓰였다.

본문에서 베니치카에게 '자연의 선물' 이란 포도나 감자 등으로 만든 과일주나 곡주를 의미한다.

그런 눈들이다 대중 매체를 통한 공산주의의 공식 선전은 자본주의 국가에 사는 사람들의 모습을 표현적 형상으로 창조하곤 하였다. 이렇게 만들어진 형상에는 가난, 폐쇄성, 이기주의, 탐욕, 착취 등의 이미지가 더해졌다. 이러한 이미지는 볼셰비키가 정권을 잡기 이전부터 널리 퍼지고 있었다.

시절에도 '의심의 시절에도, 힘겨운 묵상의 시절에도(vo dni somnenii, vo dni tiagostnykh razdumii)' 는 투르게네프의 산문시 「러시아어」(1882)에서 인용.

이슬이고 '그들에게는 모든 것이 신의 이슬이고(Im vse bozh' ia rosa)' 는 성서에서 인용한 구절로, 즉 모든 것을 행복과 무심으로 대하는 것을 말한다. '하나님은 하늘의 이슬과 땅의 기름짐이며 풍성한 곡식과 포도주로 네게 주시기를 원하노라.' (창세기 27:28)

37 **아닐까** 위에서 베니치카는 샬랴핀(Fedor Ivanovich Shaliapin, 1873~1938)을 '위대한 비극 배우' 라고 칭했지만, 샬랴핀은 비극 배우가 아니라 러시아 오페라 베이스 가수로, 러시아 영혼의 힘을 가진 목소리로 유명하다. 인물의 심리를 표현하기 위해 자신의 목소리와 드라마적 재능을 결합하였던 그는 구노의 오페라 「파우스트」에서 메피스토펠레스 역을 노래하였다. 여기서 베니치카가 언급하고 있는 장면은 그가 무소르그스키의 오페라 「보리스 고두노프」에서 타이틀 롤을 맡아 그가 죽은 황태자 드미트리의 환영을 보는 장면이다.

질식시키려 했다 셰익스피어의 비극 「오셀로」를 염두에 둔 비유. 즉 베네치아의 장군 오셀로와 그의 정숙한 아내 데스데모나, 그리고 이간질하는 이아고 이 3인의 역할을 베니치카가 동시에 수행하고 있다는 것이다.

38 **선험적이야** 선험적(Transcendental)이란 칸트의 철학 체계에서 중요한 개념 중의 하나. 칸트의 『순수이성 비판』에 의하면 대상의 인식

에서 경험에 앞서 선천적으로 대상을 인식할 수 있는 능력이 인간에게 이미 내재되어 있다.

40 그만두란 말이야 카인과 만프레드는 바이런 시의 주인공들. 낭만주의자이자 반란자인 두 주인공 모두는 대중을 경멸한다. 카인과 만프레드 모두는 서구의 문학, 문화, 정신의 이데올로기적 측면에서 아주 중요한 위치를 차지하고 있다. 19~20세기의 유럽 사상가들의 저작들에서 이들을 '시정배'와 대조시키는 설정을 쉽게 찾아볼 수 있다.

41 행동으로 말이야 '말이 아닌 행동으로 증명하다'라는 격언에서 나온 말이다. 성서에서도 같은 표현을 발견할 수 있다. '어린 자녀 여러분, 우리는 말과 혀로 사랑하지 말고, 행동과 진실성으로 사랑합시다.'(요한1 3:18)

42 백합 이 작품의 원문에서는 lileia라는 철자를 사용하고 있지만, 현대 러시아어에서는 liliia로 더 많이 쓰인다. 백합은 흔히 시에서 순결과 고양의 감정을 상징하는 꽃이다.

43 보로비요프 언덕의 서약 kliatva na Vorob'evykh gorakh. 보로비요브 언덕은 소비에트 시기에 레닌 언덕이라고 불렸다. 이 언덕은 1826(혹은 1827)년 게르첸(1812~1870)과 오가료프(1813~1877)가 일생을 러시아 민중의 해방을 위해서 바치겠다고 맹세한 장소로 전해진다.

읽어 봤거든 소비에트 시기 청소년들은 10학년 문학 교과서에 실린 투르게네프의 감상주의적 소설 「무무(Mumu)」(1854)를 읽게 되어 있었다. 이 이야기에는 악랄한 여주인 때문에 자기가 가장 사랑하는 강아지 무무를 물에 빠뜨려 죽여야 하는 농노 게라심이 등장한다.

44 컵 한 잔 소비에트 시기에 맥주나 크바스의 경우 큰 컵은 0.5리터이며, 작은 컵은 0.25리터이다.

계획들을 알지만 '의로우신 아버지, 세상은 아버지를 알지 못하였으나 나는 아버지를 알았고, 이 사람들도 아버지께서 나를 보내신 것을 알았습니다.'(요한 17:25)

45 없다니깐요 원문에는 '본체'라는 말에 *noumen* (본체, 물자체, 예지〔계〕), '현상'이라는 말에 *fenomen* (현상〔계〕)이 사용되었다. 이 두 가지 용어는 중세 및 근대 철학에서, 특히 칸트 철학에서 각각 Noumenon과 Phänomen이라는 용어로 유명하다. 칸트는 이성과 지력에 의해 도달할 수 있는 것(세계)을 지칭할 때 Noumenon을, 그 반대로 경험 안에서 주어지고 감정을 통해 도달되는 것(세계)을 지칭할 때 Phänomen을 사용하였다.

악몽은 너를 문맥상 '나를'이 옳지만, 원문은 2인칭 대명사 '너'를 사용하여 인물을 대상화하고 있다.

이율배반적으로 antinomichno. 철학 용어인 '이율배반'은 양측의 논리가 논리적으로 타당함에도 불구하고 '모순'을 만들어 내는 상황을 의미한다. 특히 칸트의 철학에서 '이율배반'이라는 용어는 매우 중요하다. 칸트에 따르면 인간은 자신의 인식 과정을 전개하면서 항상 경험의 한계를 벗어나려 한다. 즉 (칸트의 용어로 이야기하면) 인간은 *Ding an sich* (물자체; 예지계)에 도달하려 노력한다는 것이다. 하지만 이 *Ding an sich*는 인식이 도달할 수 없는 영역이기에 여기서 '이율배반'이 생긴다. 그러므로 이러한 이율배반은 현상계와 예지계 사이의 경계를 가르는 지표가 된다.

47 시카 sika, 옳은 표기는 sikka. 카드 노름의 일종으로 19세기 초 러시아에 나타났다. 인기가 많은 카드 게임이었으며 특히 하층 계급에서 유행하였다.

48 스베제스트 사실 스베제스트(Svezhest')는 향수가 아니라 로션이다. 구소련 시절 알코올 중독자들에게는 알코올을 포함하고 있는 향수, 로션, 그 밖의 화장품들도 술처럼 음용되었으며 이것은 흔한 일이었다. 이는 구소련 시절인 1991년까지는 이러한 화장품들에 대한 가격이 보드카나 그 밖의 다른 주류보다 현저하게 저렴했기 때문이다. 또한 1991년 이후 로션 '스베제스트'는 알코올 중독자들 사이에서 인기를 누렸다.

레하 Lekha. 남자 이름 알렉세이(Aleksei)의 애칭.

스타시크 Stasik. 남자 이름 스타니슬라프(Stanislav)의 애칭.

49 **상점들** 여기서는 주류 판매 상점들을 일컫는다.

50 **압바 에반** Abba Eban (1915~2002). 이스라엘의 저명한 외교관이자 정치가. 1949년 유엔에 이스라엘 정부 대표단을 파견할 당시 대표단장을 지냈다. 1966년부터 74년까지 이스라엘 외무 장관을 역임했다.

모셰 다얀 Moshe Dayan (1915~1981). 이스라엘의 주요 정치가이자 군인으로 1959년 수에즈 운하 지역의 전쟁 당시, 이스라엘 군의 총사령관을 역임했다. 1960년대 후반부터 1970년대 전반까지 이스라엘의 국방 장관을 역임했으며, 이 기간 동안 6일 전쟁을 수행했다. 그 후 1977년에서 1979년에 걸쳐 이스라엘 외무 장관이었다. 따라서 당시에 이스라엘 정치인 중에서 가장 기피되고 혐오되는 인물로 회자되곤 하였다. 그의 노골적인 반(反)아랍 정책과 반소비에트 정책 때문이기도 하였지만, 특히 그의 부모가 러시아 모스크바의 키타이고로드 지역에서 이주한 유대인이었기 때문에 특히 러시아의 관심과 비난을 사기도 하였다.

닌카 Ninka. 여자 이름 니나(Nina)의 애칭.

당연히 다얀이지 이 부분은 등장인물들이 언어 유희를 하는 것으로, 당시 신문지상에 자주 언급되던 이름의 발음을 이용하여 간접적으로 자신들의 행위를 표현하고 있다. 실제로 이 표현은 *"Ninka daet ebat' sia? — Konechno, dast!* (닌카는 그 일을 해주던가? — 물론, 해주지!)"라는 대화를 함의한다고 보인다.

꾀꼬리의 정원 블로크의 작품 「꾀꼬리의 정원」(1915)을 베니치카는 자의적으로 자신의 작업반원들의 삶과 비교하고 있다.

있을 것이오 막심 고리키의 『어머니』에 대한 레닌의 평가를 그대로 인용하고 있다.

51 **백합들이여** 마태 6:26.

맡겨 놓으셨다 출애굽기 18:18~21, 23.

셈이지 자신을 생텍쥐페리의 『어린 왕자』(1942)로 칭하고 있다.

53 **공산당원이었던** 즉 스탈린의 억압이 심해졌던 바로 그 시기부터 소련 공산당원이 되었다는 것을 의미한다.

블린다예프의 것이다 여기에 등장하는 토토시킨와 블린다예프라는 성은 각각 코르네이 추콥스키(Kornei Chukovskii)의 『모이도디르(Moidodyr)』에 등장하는 악어 캐릭터 토토시와 독일어 *blind* (눈이 먼)를 연상시키기는 하지만 그럼에도 불구하고 베니치카가 일하는 곳에 실재했던 인물들의 실제 성으로 보인다. Svetlana Gaiser-Shnitman, ["Moskva-Petushki," ili] "The Rest is Silence", *Slavica Helvetica*, 1989.

54 **유정 탑들** 카스피 해의 바쿠 지역에 설치되어 있는 석유 탐사정(探査井)의 탑을 일컫는다.

물방울들 이 표현은 원문의 *biser fonarnoi riabi* (등불의 잔물결의 유리구슬)를 옮긴 것으로, 파스테르나크의 시 「기선 위에서(Na parokhode)」(1916)에서 원용한 것이다.

바다제비에 대한 노래 20세기 초 러시아 혁명 당시 볼셰비키를 고무했던 고리키의 운율 산문 작품 「바다제비에 관한 노래(Pesnia o burevestnike)」(1901)를 염두에 두고 있다.

아홉 번째 파도 선원들에 따르면, 바다에서 폭풍이 불 때 가장 높고, 강력하고, 위험한 파도가 '아홉 번째 파도'이다. 여기서는 소비에트 시대 공공장소에 그 복제품이 널리 걸려 있었던 아이바좁스키(Ivan Aivazovskii)의 그림 「아홉 번째 파도」(1850)를 염두에 두고 있는 듯하다.

늙다리 침목 staryi khren. 중년 이상의 남자를 일컫는 속칭.

55 **모스크비치** 모스크바 사람이라는 뜻의 러시아산 자동차 이름.

한 달이었다 나폴레옹(1769~1821)의 정치적 행적을 자신의 입장과 비유하고 있다. 나폴레옹은 군주정 옹호자들이 저항하던 툴롱 성을 함락시킬 탁월한 전략을 제안하여 성공(1793)시킴으로써, 일약 대위에서 장군으로 승진하게 된다. 그 후 화려한 정치, 군사적 성공을 거두었던 그는 1815년 워털루 전투에서 패배한 후 지중해의 세인트헬레나 섬에 유배되어 6년간 영국군의 포로로 살다가 생을 마치게 된다.

56 **결점도 없는** 1962년 소련 국영 영화사 모스필름에서 제작된 「겁도 없고 결점도 없는」이라는 어린이 영화에서 인용. 당시 상당한 인기를 누렸다.

강철로부터 단련된 게르첸의 '12월 당원'들에 대한 묘사에서 인용.

원하지 않았다 레닌(1870~1924)에 의해 정식화된 혁명적 상황에 대한 정의가 여기서 패러디되고 있다. "혁명이 이루어지기 위해서는 **아래 계급**이 예전처럼 살기를 **원하지 않는** 것만으로는 부족하다. **위 계급**이 예전처럼 다스리지 **못하는** 것 또한 요구된다."(「혁명적 프롤레타리아트의 메이데이」, 1913)

59 **지저귀고** '예루살렘이여 내가 너의 성벽 위에 파수꾼을 세우고 그들로 하여금 주야로 계속 잠잠하지 않게 하였느니라. 너희 여호와로 기억하시게 하는 자들아 너희는 쉬지 말며.'(이사야 62:6)

않는 곳이다 재스민은 고전적인 시에서 봄과 사랑을 상징하는 꽃으로 등장한다.

60 **금요일이다** 이 작품 전체에서 '금요일'이 상징하는 바는 크다. 이 날은 그리스도의 처형이 있었던 날로, 주인공의 죽음을 암시한다고 볼 수 있다. 그러나 일상적인 의미에서 금요일은 5일간의 근무가 끝나는 주말이다. 따라서 베니치카는 주말을 맞아 애인과 아들이 있는 곳으로 향하고 있다.

즈베로보이 zveroboi. 30도 가량 되는 쓰고 강한 술.

아기가 말이다 페투슈키 너머(za Petushkami)에는 미실리노(Myshlino)라고 불리는 시골 마을이 있다. 이곳은 예로페예프의 첫 번째 아내였던 발렌티나 지마코바(Valentina Zimakova)가 둘 사이에서 난 아들과 살던 곳이다. 예로페예프의 아들(아들의 이름도 베네딕트였다)은 1966년 1월 3일에 태어났고 이 작품이 쓰일 당시 3살 정도였다.

61 **했을 뿐이다** 이 문단은 작가의 친아들과 그가 살고 있던 마을을 연상시킨다. 이곳에서 작가는 그의 아들이 러시아어 알파벳 가운데 마지막에서 두 번째 문자 '유(Ю, iu)' 자를 알고 있었다는 것을 통해, 그의 첫 사랑의 여인 율리야 루노바(Iuliia Runova)를 암시하고 있다고 보는 견해도 있다. 또한 러시아의 '나는 사랑합니다(liubliu)' 라는 말에서 그 근거를 찾는 견해도 있다.

62 **내일도 좋지** 빛나는 오늘도 좋고, 더 빛나는 내일도 좋지(Pust' svetel tvoi segodniashnii den', Pust' tvoe zavtra budet eshche svetlee). 공산주의 선동 중의 하나인 '우리의 오늘은 어제보다 더 낫다. 그리고 내일은 오늘보다 더 나을 것이다(Nashe segodnia luchshe, chem vchera, a zavtra budet luchshe, chem segodnia)'에 대한 대구이다. 공산주의 선전에서 '빛나는 내일'의 신화는 중요한 자리를 차지한다. 예를 들면, 1962년 청년 대중지 『청춘(Iunost')』은 「당신은 어떤 내일을 보길 원하는가(Kakim vy khotite videt' svoe zavtra)?」라는 제목으로 11개 국가에 거주하는 13명의 청년들의 응답을 게재했다. 편집자 란에는 이 응답들에 대한 '올바른' 이해를 위해 이데올로기적으로 강조해야 할 사항들을 앞에 실었다. '죽음의 환영이 땅 위에 살고 있는 한 자신의 미래에 대해서 안심하고 있어서는 안 된다. 태평양 상공 핵폭발의 노을이 수백만의 의식을 더욱 일깨우고 있다. 엄습하는 불행을 집안에 은신하여 피하려고 했었던 사람들은 이제 깨달았다. 오늘날 죽음의 위험은 한 도시, 한 나라에게만 닥친 것이 아니라, 전 세계를 엄습하고 있는 것이라는 것을 말이다. 강한 이들은 위험을 맞선다. 약한 이들은 타조처럼 날개에 얼굴을 묻고 다가오는 불행을 마주보려 하지 않는다. 강한 이들은 하나가 되어 철통같은 방벽으로 전쟁을 막아 낸다. 약한 이들은 제멋대로 우울함과

방탕, 냉소적인 회의주의에 굴복한다. 우리가 게재한 이 대답들을 살펴 읽어 보시라. 뉴욕 히피는 불쌍한 겁쟁이로 여겨질 것이다. 그 대신에 일본 작가, 인도 대학생, 파리 대학생, 영국 비즈니스맨들에게서 당신은 이성과 힘에 대한 진보적인 인간들의 믿음을 느낄 수 있을 것이다.' (『청춘』, 7 [1962]: 100)

65　**들어 있다**　이와 유사한 언급을 성서와 도스토옙스키에서 찾을 수 있다. '주님께서 너의 괴로움과 불안에서, 너에게 지워진 심한 노역에서 너를 풀어 주시는 날에.' (이사야서 14:3) '내가 여러분에게 이러한 말들을 한 것은 여러분이 내 안에서 평안을 얻도록 하려는 것입니다. 세상에서는 여러분이 환난을 당하나, 용기를 내십시오. 내가 세상을 이겼습니다.' (요한 16:33) 『죄와 벌』에서 마르멜라도프는 라스콜니코프에게 이렇게 말한다. '내가 느끼지 못한다고? 마시면 마실수록 점점 더 많이 느끼게 되지. 바로 그것 때문에 마시는 거야. 마시는 것에서 연민과 감정을 찾고 있는 거라고. 이 괴로움 속에서 내가 찾는 건 즐거움이 아니야…… 마셔서 좀 더 고통스러워하려고 마시는 거지!…… 당신 얼굴에서도 난 어떤 괴로움을 찾을 수 있어. 당신이 들어왔을 때, 난 그 괴로움을 찾아냈지. 그래서 지금 당신한테 말을 붙이는 거라고.' (1부 2장) 두냐에 대해서도 이런 구절이 있다. '그녀의 시선은…… 불안과 떨쳐 낼 수 없는 괴로움을 드리우고 있었다.' (7부 6장)

위로할 수 없는 슬픔 Neuteshnoe gore. 러시아 이동 전람파의 창시자이자 이론가인 이반 크람스코이(Ivan Kramskoi, 1837~1887)의 작품(1884).

68　**꺼져 버려라고**　러시아에서는 전통적으로 으름장을 놓거나 욕을 할 때 19세기 초 독일 낭만주의 시인들의 시어들을 완곡어법으로 사용하였다. 이것을 베니치카가 양식화하여 사용하고 있다.

69　**벽난로**　러시아 전통 가옥의 벽난로는 그 위에서 잠을 잘 수 있는 구조로 되어 있다.

70 **찾아 주소서** 자신의 아들을 황태자 드미트리에 빗대고 있다. 황태자 드미트리는 삼촌뻘인 보리스 고두노프에 의해 우글리치라는 마을에 가두어졌는데 칼을 가지고 놀다가 사고로 죽었다. 하지만 이 사고사가 보리스 고두노프에 의해 조작되었을 수도 있다는 이야기도 전해진다.

남아 있었다 이 장면은 톨스토이의 『전쟁과 평화』에서 안드레이 볼콘스키 공작이 동생 마리야와 함께 어린 아들을 간호하면서 침대에 누운 아이에게 약을 따른 작은 술잔을 권하는 장면을 패러디한 것으로 보인다. 레몬 보드카는 레몬향이 나는 40도의 술이다.

죽으면 안 돼 요한복음에서 왕의 신하의 아들을 살리는 예수를 연상케 한다. '왕의 신하가 예수님께 "선생님, 내 아이가 죽기 전에 내려와 주십시오"라고 말씀드리자, 예수님께서 그에게 "가십시오. 그대의 아들이 살았습니다"라고 말씀하시니, 그가 예수님께서 하신 말씀을 믿고 돌아갔다. 그가 내려가고 있을 때에 그의 노예들이 그를 만나 아이가 살았다고 말하였다.' (요한 4:49~52)

71 **파랑돌** farandole. 사람들이 손을 잡고 빠른 템포로 추는 프로방스 지역의 춤.

뻗어 버렸다네 원문에서 이 부분의 동사는 모두 여성형으로 사용된다. 따라서 이 노래 가사는 작중 인물들이 아닌 다른 인물들을 암시하는 것으로 보인다. 지금까지의 연구는 8월에 죽은 여류 시인 마리나 츠베타예바(Marina Tsvetaeva), 미라 로흐비츠카야(Mirra Lokhvitskaia)에 대한 암시로 받아들인다.

부끄럽지도 않니 이 노래는 60년대 소비에트의 유명한 춤곡 「옌카(Ienka)」 후렴부의 첫 소절로, 이 곡에 맞추어 핀란드의 집단 무용 「레트카옌카(Letkajenka)」를 추었다. 또 러시아 농민 시인이라고도 일컬어지는 네크라소프의 「시인과 시민」(1856)의 시구와 연관되기도 한다.

이유가 있다 핀란드와 러시아 국경 지대인 콜라 반도에서 태어난 작가로서는 맨 처음 핀란드 노래였던 이 「레트카옌카」가 특별한 감회를 불러일으킨다는 것을 밝히는 것이다.

73 앓을 만큼 성서의 알레고리적 표현이다. '너희는 건포도로 내 힘을 돕고 사과로 나를 시원케 하라 내가 사랑하므로 병이 났음이니라.' (아가 2:5) '예루살렘 여자들아 너희에게 내가 부탁한다. 너희가 나의 사랑하는 자를 만나거든 내가 사랑하므로 병이 났다고 전하려무나.' (아가 5:8)

76 좋겠어요 성서에서도 유사한 표현을 발견할 수 있다. '그가 왼손으로 내 머리에 베개하고 오른손으로 나를 안는구나.' (아가 2:6)

77 풍만한 창녀여 성서에서 예언자들은 종종 창녀들에게 춤을 추거나 노래를 부르라고 명령한다. '잊어버린바 되었던 기생 너여 수금을 가지고 성읍에 두루 행하며 기묘한 곡조로 많은 노래를 불러서 너를 다시 기억케 하라 하였느니라.' (이사야 23:16)

넓은 법이니까 성서에서 이와 유사한 알레고리적 표현을 찾을 수 있다. '그러므로 여러분의 하늘의 아버지께서 온전하신 것같이, 여러분도 온전하게 되십시오.' (마태 5:48)

79 그들이었다 마라(1743~1793)는 프랑스 대혁명의 중요 정치 지도자들 중 하나. 1793년 7월 13일 파리에서 지롱드 파의 여인 샤를로트 코르데에 의해 살해되었다. 소련에서는, 코르데가 마라를 살해했을 때의 상황을 펜과 보통 칼, 코르네유(코르데는 극작가 피에르 코르네유의 손녀뻘이었다), 잔 다르크를 언급하여 설명한 책 『만프레드』(1962)가 출판되어 대중에게 널리 읽힌 바 있다. 여기서 펜나이프의 이미지가 나오게 된다. 또한 마야콥스키는 시 「세르게이 예세닌에게」(1926)에서 예세닌의 자살을 묘사하며 펜나이프를 언급하고 있다. '아무것도 우리에게 상실의 이유를 말해 주지 않네 / 밧줄 매듭도, 펜나이프도.'

안 되었다 작가의 착오. 프랑스 혁명 당시 마라는 '민중의 친구'라는 별명으로 유명했고, '청렴한 자'라는 별명으로 알려졌던 것은 마라의 적대자인 로베스피에르였다.

마음에 들었다 카를 마르크스의 유명한 「고백」(1865)은 과학적 사회주의의 창시자인 그가 실상은 인간적인 연약함과 변덕을 가진 그 누구보다도 평범한 인물이라는 것을 강조하기 위해서 볼셰비키에 의해 인용되곤 하였다. 이 설문에는 '당신이 가장 높이 사는 여성의 미덕은?' 이라는 질문이 있었는데 마르크스는 '연약함' 이라고 대답했다. 체르니셰프스키의 『무엇을 할 것인가』에서도 여성과 관련된 마르크스식 접근을 찾을 수 있다. "여자들은 '너희는 약해' 라는 말을 수도 없이 들으며 자랐지요. 그래서 여자들은 자신이 약하다고 생각하며 자라고 결국은 정말로 약해져 버리죠…… 맞아요, 사샤, 그래요. 우리는 약해요. 스스로를 약하다고 여기니까요."(*Chto delat'*, IV:7. Nikolai Chernyshevskii, *Izbrannye proizvedeniia. v 3 T.* Moskva : Khudozhestvennaia literatura, 1978)

| 일리치(Il' ich)의 첫 글자. 블라디미르 일리치 레닌(Vladimir Il' ich Lenin)을 정식 이름 중 부칭만으로 부르는 호칭이다. 여기서는 1918년 8월 30일 사회혁명당원 파니 카플란(Fanni Kaplan)이 권총 두 발로 레닌을 저격하여 상처를 입힌 사건을 말하고 있다. 암살 미수 이후 카플란은 체포되었으며 공식 발표에 따르면 총살되었다. 그러나 1993년 초 러시아 언론에 그녀가 오랜 기간 동안 감옥에 수감되어 있었으며 또한 사실 레닌을 저격한 것은 그녀가 아니라 남자였다는 보도가 있었다. 카플란 사건은 다시 한 번 대검찰청과 러시아연방 안보부(FSB)의 조사 대상으로 떠올랐다.(「이즈베스티야」 1993. 2. 2) 베네딕트 예로페예프는 이 여인의 성격과 형상에 대해 많은 관심을 보였다. 그의 마지막 미완성 희곡은 「이교도들, 혹은 파니 카플란(Dissidenty, ili Fanni Kaplan)」이라는 제목이었다.

81 **로브냐** Lobnia. 모스크바에서 북쪽으로 27킬로미터 떨어진 도시.

욕을 했다 엄지를 검지와 중지 사이에 넣어 보이며 상대를 모멸하는 손동작을 일컫는다.

83 **많은 네가** 두 가지 표현이 겹쳐서 만들어진 표현이다. 하나는 '영혼 (마음) 안에 뭔가를 가지고 있다(imet' chto-to v dushe)'라는 표현이고 또 다른 하나는 '영혼을 빼고는 아무것도 가지고 있지 않다(ne imet' nichego za dushoi)'이다. 전자는 마음속 깊이 특정한 심정이나 사상을 숨겨 두고 살아가는 것을 의미하고, 후자는 돈은 물론 어떠한 부동산 소유물도 가지고 있지 못한 상황을 의미한다.

유리 페트로비치 Iurii Petrovich Frolov. 베네딕트의 매형.

니나 바실리예브나 Nina Vasil'evna Frolova. 유리 페트로비치의 아내이자 베네딕트의 큰 누나.

스톨리치나야 Stolichnaia. 유명한 러시아 보드카 중의 하나. 40도. '수도(首都)'라는 뜻이며 모스크바를 의미.

84 **보랴** Boria. 보리스 소로킨(Boris Sorokin). 올가 세다코바(Ol'ga Sedakova)의 남편. 베네딕트와 블라디미르 시 사범대학에서 같이 공부했던 친구.

바댜 Vadia. 바딤 티호노프.

리다 Lida. 리디야 류프치코바(Lidiia Liubchikova). 베네딕트의 친구이자 당시 바딤의 처.

레디크 Ledik. 블라디슬라프 체드린스키(Vladislav Tsedrinskii). 베네딕트의 친구.

볼로댜 Volodia. 블라디미르 무라비요프(Vladimir Murav'ev). 베네딕트의 친구이자 대부.

85 **남았어** 체호프의 작품에 등장하는 인물들이 반복하는 어구.

89 **부르듯이** 우리에게 「신세계 교향곡」으로 널리 알려져 있는 체코의 작곡가 드보르작은 그가 실제로 작곡한 작품을 모두 출판하지 않고 후에 작곡한 곡부터 출판하였다. 그래서 작품 번호가 작곡 순서와 다르다.

않을 것이다 이 부분은 고리키의 초기 혁명적 낭만주의 경향의 작품들이 모두 '노래'의 장르에 속하는 것(「매에 관한 노래」[1899], 「바다제비에 관한 노래」(1901))이었다는 점을 함축하고 있다. 실제로 이 언급은 그의 작품의 한 구절의 인용이기도 하다.

90 **이반 쿠팔라의 밤** 7월 초경에 있는 슬라브 민속일. 성서의 세례 요한을 기리는 이 날에 아가씨들은 모닥불을 피워 놓고 그 위를 뛰어 넘으며 논다.

솔로우힌 블라디미르 솔로우힌(Vladimir Souloukhin, 1924~1997)은 소비에트 작가이다. 솔로우힌이 작가가 학업을 위해 머물렀던 블라디미르 시 출신이었기 때문에 아이러니하게 동향인으로 불리고 있다. 솔로우힌은 60년대에 러시아 민족주의 이데올로기의 옹호자였다. 뒤에 언급되는 표트르 대제나 키발치치가 서구주의자로서 부정된다면, 마찬가지로 솔로우힌도 민족주의자로서 주인공에 의해 부정되고 있다.

버섯 버섯과 버섯 따기는 가장 토속적인 러시아인들의 정서를 대표하는 것이다. '소금에 절인 버섯'은 솔로우힌의 작품에 자주 등장할 뿐만 아니라, 작가는 이것을 통해서 솔로우힌의 러시아 민족적인 경향성을 드러내고 있다.

91 **표트르 대제** Petr Alekseevich I (1672~1725). 러시아를 개혁하기 위해 서유럽식 문물과 제도를 수입한 러시아의 황제이다.

니콜라이 키발치치 Nikolai Kibal'chich (1853~1881). 러시아의 학자이자 발명가, 혁명가. 우주에서의 비행체에 관한 이론을 만들었고, 알렉산드르 2세의 시해 사건에 관여하여 사형을 당했다.

아수안 댐 나일 강 유역의 도시 아수안 근처에 건설된 수력 발전소. 1960년대 초부터 건설되기 시작한 이 댐은 소련과 이집트의 합작으로 건설되었기 때문에, 1960년대에 아랍국들과 소련의 동맹 관계를 상징하는 대표적 사업이었다.

92 **벨칸토 창법** 17세기 중엽 이탈리아에서 발달한 성악 기법으로, 작품의 주인공에게는 이 기법이 마음에 들지 않았던 듯하다.

96 **고통을 지나 빛으로** 주석자 유리 레빈(Iurii Levin)은 베토벤의 5번

및 9번 교향곡과 「에그몬트」 서곡에 포함된 '어둠에서 빛으로 전쟁에서 승리로' 라는 개념에서 이 구절의 기원을 끌어내기도 한다. 또한 이것은 차이콥스키의 마지막 오페라 「이올란타」의 구상에서도 찾아볼 수 있다.

97 **베들레헴의 별** 성서의 직접적인 인용이다. '예수님께서 헤롯 왕 때에 유대 베들레헴에서 태어나신 후, 보아라, 박사들이 동방에서 예루살렘에 이르러, "유대인의 왕으로 나신 분께서 어디 계십니까? 우리가 그분의 별이 떠오르는 것을 보고 그분께 경배하러 왔습니다"라고 말하였다.' (마태 2:1~2)

가나안의 향유 '가나안' 은 구약성서에서 노아의 손자의 이름이며, 또한 그 이름을 따 이스라엘인들이 페니키아, 시리아, 팔레스타인 지역을 부르던 이름이다. 흥미롭게도 가나안과 관련된 성서의 이야기 또한 술과 연관되어 있다. '방주에서 나온 노아의 아들들은 셈과 함과 야벳이며 함은 가나안의 아비라 노아의 이 세 아들로 좇아 백성이 온 땅에 퍼지니라 노아가 농업을 시작하여 포도나무를 심었더니 포도주를 마시고 취하여 그 장막 안에서 벌거벗은지라 가나안의 아비 함이 그 아비의 하체를 보고 밖으로 나가서 두 형제에게 고하매 셈과 야벳이 옷을 취하여 자기들의 어깨에 메고 뒷걸음쳐 들어가서 아비의 하체에 덮었으며 그들이 얼굴을 돌이키고 그 아비의 하체를 보지 아니 하였더라 노아가 술이 깨어 그 작은 아들이 자기에게 행한 일을 알고 이에 가로되 가나안은 저주를 받아 그 형제의 종들의 종이 되기를 원하노라 또 가로되 셈의 하나님 여호와를 찬송하리로다 가나안은 셈의 종이 되고 하나님이 야벳을 창대케 하사 셈의 장막에 거하게 하시고 가나안은 그의 종이 되게 하시기를 원하노라 하였더라.' (창세기 9:18~27)

콤소몰카 komsomolka. '공산 청년 여동맹원' 을 일컫는다.

102 **노동의 왕관** 블로크의 시, 「나는 그것들을 요한의 부제단에 보관했다」(1902)의 한 구절.

사드코 Sadko. 소비에트 시기의 샴푸. 상품명 '사드코'는 민중 서사시에 등장하는 주인공의 이름에서 가져왔다. 작품에서 사드코는 처음에는 구슬리를 연주하는 연주가였다가 후에는 성공한 대상(大商)이 된다.

103 **마시시라** 기독교 전통에서 기독교인들은 성탄 전에 6주간의 재계 기간을 지내는데 이 재계 기간의 끝은 성탄절 전야에 첫 번째 별이 떴을 때이다. 이 별은 예수의 탄생 시기에 베들레헴에 떠 양치기들과 동방박사들을 이끌었던 그 별을 상징하며 이 별이 뜨면 재계 기간 동안 즐기지 못했던 것들을 모두 즐길 수 있다.

104 **아줌마의 키스** 클라바는 클라브디야(Klavdiia)의 애칭으로, 러시아의 교육받지 못한 평범한 여인, 중하류 계층의 여인을 연상시킨다. 일상 회화에서는 바보 얼간이라는 뜻으로 사용되기도 하고, 더 나아가서는 남성과 실제 다를 바 없는 중년 여성을 연상시키는 이름으로 사용된다.

고추 보드카 병 안에 실제로 붉은 고추가 담겨 있는 35도의 보드카이다.

105 **이네사 아르만드** Inesa Armand (1874~1920). 볼셰비키 당의 여성 활동가였다. 비공식적인 자료들에 의하면 레닌의 연인이었다고 하며, 이 작품에 등장하는 '사랑 없는 키스' 등의 표현은 그녀가 레닌과 나눈 편지에서 등장하는 표현들이다.

106 **희극은 끝났다** '잔인한 현실로 돌아올 시간이 되었다'는 뜻. 이 격언은 부닌의 「밤바다」와 체호프의 「바냐 아저씨」 등에도 인용되었다.

낚을 차례다 '흐린 물에서 물고기 잡다'(타인의 불행에서 이득을 보는 상황을 빗댐)라는 말과 성서에서 갈릴리 호숫가에서 예수가 어부 시몬(나중에 사도 베드로라 불리게 될)을 불러 자신의 제자로 삼으면서 했던 말을 편집해서 만든 말. '예수께서 시몬에게 "두려워하지 마십시오. 이제부터 그대가 사람들을 얻을 것입니다"라고 하시니.' (누가 5:10) '예수님께서 그들에게 "나를 따라오십시오. 내가 여러분을 사람 얻는 어부가 되게 하겠습니다"라고 말씀하시자.' (마태 4:19) '예수님께서 그들에게 "나를 따라오십시오. 내가 여러분을 사람 얻는 어부가 되게 하겠습니다"라고 말씀하시자.' (마가 1:17)

113 **있거든요** 그리스와 트로이의 전쟁에서 그리스 병사들이 그 안에 숨어 트로이의 성안으로 진입했다고 전해지는 목마를 빗댄 표현.

집이 있습니다 소비에트 시기에 똑똑한 사람들을 다소 세속적으로 일컬을 때 사용된 '머리가 아니라 소비에트의 집'(ne golova, a Dom Sovetov)이라는 표현을 이용한 말장난. 본문에서 사용된 '인내의 집'(Dom terpimosti)이라는 어구를 프랑스어로 옮기면 maison de tolérance가 되는데 이는 '매춘의 집'을 의미하게 된다.

114 **수도 있습니다** 몸이 성치 못한 이들에게 주연(酒宴)을 베푸는 모티프는 성서에서 찾아볼 수 있다. '그대가 잔치를 베풀거든, 오히려 가난한 이들과 팔다리 못 쓰는 이들과 다리 저는 이들과 눈먼 이들을 초대하십시오. 그러면 그들이 그대에게 갚을 것이 없으므로, 그대가 복을 받을 것인데, 왜냐하면 의인들이 부활할 때에 그대가 그 보답을 받을 것이기 때문입니다.' (누가 14:13~14)

자기들의 그릇 술잔이 아닌 그릇 등의 식기에 술을 따르는 장면은 다른 문학 작품에서도 흔히 찾아볼 수 있다. 특히 도스토옙스키의 『죄와 벌』에서 소냐의 아버지 마르멜라도프가 술을 마실 때 쓰던 용기를 묘사하는 작가의 단어는 술잔(riumochka)이 아니라 그릇(posuda)이다.

116 **붉어진대요** 이반 부닌의 「조용한 가로수길」(1943)에는 정말로 이에 대한 내용이 들어 있다. '그(의사)는 흔히 불그스레한 머리카락을 가진 사람들이 와인을 마시면 얼굴이 붉어지는 것처럼 보드카, 카헤티 와인, 코냑에 취해 벌써 벌겋게 상기되어 있었지만 술잔에 술을 더 따랐다.'

쿠프린 Aleksandr Kuprin (1870~1938). 술을 매우 좋아했던 것으로 알려진 러시아의 작가.

118 **호반시나** Khovanshchina. 모스크바 루시 시대에 있었던 근위병들의 1662년과 1682년의 반란의 기간을 일컫는 말이다. 봉건적 지배 계층에 대한 이 두 반란은 실패로 끝나 참가자들이 모두 처형을 당했다. 이 명칭은 당시 군인이자 정치가였고, 1682년 반란을 주도했던 이반 호반스키(Ivan Khovanskii)의 이름에서 온 것이다. 이는 어린 두 황태자 이반과 표트르(후에 표트르 대제가 됨)를 대신하여 섭정을 하던 소피아 알렉세예브나에 대한 반란이었다. 무소르그스키의 이 작품과 수리코프(Vasilii Surikov)의 그림 「근위대 처형의 아침」(1881)이 호반시나를 주제로 한 것이다.

119 **마셨습니다** 이것은 도스토옙스키의 『악령』에서 베르호벤스키의 말, "러시아의 모든 재능 있고 선구적인 사람들은 모두 유형수이거나, 아니면 실컷 퍼 마시는 술주정뱅이였고, 지금도 그러하며 앞으로도 그럴 것입니다"라는 표현을 연상시킨다.

브루스니치나야 보다 Brusnichnaia voda. 8~10도 정도의 (그래서 '겨우'라는 표현을 사용하고 있다) 보통 집에서 담그는 과일주.

설사가 났습니다 푸슈킨의 『예브게니 오네긴』에 나오는 내용. 주인공 오네긴이 시골 영지로 내려가 지내던 중, 이웃 라린 가에 친구 렌스키와 함께 초대받아 식사 대접을 받는다. 돌아오는 길에 오네긴은 이때 대접받은 브루스니치나야 보다 때문에 약간 기분이 나빠졌다고 밝힌다.

라피트와 클리코 원문을 직역하면 "라피트와 클리코의 사이"가 된다. 이것은 19세기 러시아 식사가 라피트로 시작하여 클리코로 끝나기 때문이다. 라피트(Lafit)는 포도주의 일종. 클리코는 샴페인의 일종이다. 여기서는 문맥상 자연스러운 표현을 택했다.

게르첸 Aleksandr Gertsen (1812~1870). 러시아의 철학자이자 문학가, 혁명가.

깨웠을 때 이 표현은 레닌이 게르첸에 대해 내린 평가를 인용한 것이다. 레닌은 러시아의 혁명 운동 단계의 3세대(계급)를 귀족 및 소

지주 계급, 12월 당원(데카브리스트), 게르첸으로 나눈다. "데카브리스트들이 게르첸을 깨웠고, 게르첸은 혁명적 선동을 발전시킬 수 있었다"라는 레닌의 언급이 인용되고 있는 것이다.

120 잡계급 지식인 1850~70년대에 출현한 지식 계층으로, 그 출신이 귀족 계급이 아니라 교사, 대학생, 의사, 근로자 등의 다양한 신분의 소시민 계급이었다. 당시의 전제 정치 체제로부터의 변화와 개혁을 추구하던 자유민주주의 소시민 지식인들이었다.

우스펜스키들과 포말롭스키들 19세기 러시아 문학에 우스펜스키는 두 사람이 있지만, 포말롭스키는 한 사람뿐이다. 니콜라이 우스펜스키(Nikolai Uspenskii, 1837~1889)는 작가로 사상적으로는 잡계급 지식인들과 인민주의자들과 가까웠으며, 당시 진보 진영을 대표하던 네크라소프가 운영하는 『동시대인』지에서 활동하였고, 1870년대 중반부터는 방랑 생활을 하면서 술을 많이 마셨다고 한다. 자살로 생을 마감하였다. 글레프 우스펜스키(Glev Uspenskii, 1843~1902)는 니콜라이 우스펜스키의 사촌으로, 네크라소프와 함께 활동하였고, 혁명적 인민주의자들과 가까웠고, 농민들의 권익을 대변하였다. 말년에는 심한 정신병을 앓았다고 한다. 니콜라이 포말롭스키(Nikolai Pomialovskii, 1835~1863)는 작가이고 역시 『동시대인』지에서 활동하였다. 귀족 제도의 비판자이자 잡계급 지식인들과 평민들의 옹호자였다.

피사레프 드미트리 피사레프(Dmitrii Pisarev, 1840~1868). 러시아의 정치사회 비평가, 문학 평론가, 유물론자, 혁명적 민주주의자이다. 그의 가장 대표적 정치사회 비평 논문인 「사유하는 프롤레타리아」(1865)는 인류 사회의 문제의 원인을 가난과 게으름으로 분석하고 있다. 이 작품에서 검은 콧수염이 언급하는 '쇠고기 문제'도 이 논문에서 논의되고 있는 것이다.

121 있을 때 니콜라이 우스펜스키는 자살로 생을 마감했다. 하지만 목을 매단 것은 아니었다. 그는 1889년 10월 21일 밤 모스크바의 스몰렌

스키 시장에서 멀지 않은 곳에서 펜나이프로 자신의 목을 그었다.

헐떡이고 포말롭스키는 1863년 10월 5일 페테르부르크의 어느 선술집에서 급사하였다.

떨어지는 겁니다 프세볼로드 가르신(Vsevolod Garshin, 1855~1888)은 19세기 후반 러시아 문학사에서 가장 눈에 띄는 인물 중의 하나이다. 말년에 정신적 혼란 상태로 극심한 고통을 받았던 그는 공식 자료에 따르면 1888년 3월 19일 페테르부르크에서 정신병 발작을 일으켜 4층 난간에서 뛰어내렸고 3월 24일에 숨졌다.

당연하겠지요 마르크스의 『자본』 1권(1867)을 암시. 이 책에서 마르크스는 점점 더 심해지는 착취 속에서 절대적이고 상대적인 빈곤에 의해 고통받는 노동 계급에 대해서 쓴다. 또한 이 책의 내용은 소비에트 초중고 교육 과정에 포함되었다.

122 **런던에 알려라** 1847년 게르첸은 정치적인 이유로 러시아를 떠나 1852년 런던에 정착했다. 여기에서 그는 1853년 자유 러시아 인쇄소(Vol' naia russkaia tipografiia)를 열었다. 여기서 인쇄된 가장 중요한 출판물이 비밀리에 러시아에 유포되던 혁명 신문 「종(Kolokol)」(1857~1867)이었다.

124 **자살하게 한 거죠** 괴테의 『젊은 베르터의 고통』(1774)에 등장하는 주인공 베르터는 자기 이마에 총을 쏘아 자살한다. '이웃 중의 한 사람이 화약 폭발 소리와 총소리를 들었다…… 그[베르터]는 자신의 오른쪽 눈 위에 총을 대고 머리를 쏘았다. 뇌가 밖으로 흩뿌려졌다.'

126 **있습니까** '지혜가 많으면 번뇌도 많으니 지식을 더하는 자는 근심을 더하느니라.' (전도서 1:18) 같은 의미로 『죄와 벌』에서 라주미힌은 이렇게 말한다. '고통과 아픔은 항상 넓은 지식과 깊은 심장에 따르는 것이지. 내 생각에, 진실로 위대한 인물들은 분명 이 세상에서 엄청난 슬픔을 느끼는 게 틀림없어.' (3부 5장)

127 **보조정리** 補助定理, lemma. 보제(補題)라고도 한다. 어떤 정리를 증명하는 데 쓸 목적으로 증명된 명제.

129 좋아지는 거죠 인류 최초의 여자가 뱀의 유혹에 넘어가 에덴 동산에서 쫓겨난 성서의 모티프를 상기시킨다.(창세기 2:21~25, 3:1~24)

130 교환됩니다 성서에서 여성을 깨지기 쉬운 그릇이나 병으로 비유한 것과 관련이 있다.(베드로전서 3:7)

되는 거죠 빈 병 하나의 가격이 12코페이카이므로 30개면 3루블 60코페이카를 받을 수 있다는 말.

131 어떠하냐이다 카프리는 이탈리아 남부 캄파냐 주 나폴리 현에 딸린 섬으로, 고리키는 1906년부터 1913년까지 이곳에 머물렀다. '모든 문명의 기준은 여자에 대한 태도가 어떠하냐이다' 라는 말은 '여자가 없이는 사회주의의 실현도 불가능함을 잘 이해하고 또 기억해야 한다' 는 고리키의 또 다른 말과 더불어 자주 인용된다.

132 고리키다 '막심, 너는 고리키다' 라는 표현은 러시아어의 '막심(최대)', '고리키(쓴, 고통스러운)' 라는 단어 뜻을 이용한 언어유희이다.

쓴다 *Idet, kak pishet. A pishet, kak Leva. A Leva pishet khuevo* (써대듯 걷는다. 써댈 땐 레프[톨스토이]처럼. 허나 레프는 ×같이 쓴다). *Ebet, kak pishet* (써대듯 ×질한다: 아주 빠르고 쉽게, 영감을 받은 듯)라는 러시아어의 상스러운 표현을 패러프레이즈한 것. 동시에 이 구절은 '글을 잘 못 썼던' 레프 톨스토이를 암시하기도 한다. 톨스토이에 대한 이러한 평가는 로자노프나 보이노비치의 글에서도 눈에 띈다.

133 걸었습니다 '그러므로 예수님께서는 다시 속에서 격분하시며 무덤으로 가셨다. 그 무덤은 굴이었는데 돌로 막혀 있었다. 예수님께서 말씀하셨다. "돌을 치워라." 그러자 죽은 사람의 누이 마르다가 예수님께 "주님, 사 일이나 되어 벌써 냄새가 납니다"라고 하니, 예수님께서 마르타에게 말씀하셨다. "그대가 믿으면 하나님의 영광을 볼 것이라고, 내가 그대에게 말하지 않았습니까?"…… 예수님께서 이 말씀을 하시고 큰 소리로 외치셨다. "나사로, 나오시오!" 죽었던 그가 나왔는데, 손과 발은 천으로 묶여 있었고 얼굴은 손수건으로 싸여

있었다. 예수님께서 그들에게 말씀하셨다. "그를 풀어 주어 다니게 하십시오."'(요한 11:38~40, 43~44) '그들이 회당장의 집에 이르렀다. 사람들이 울며 큰 소리로 곡하여 소란 피우는 것을 예수님께서 보시고, 들어가시어 그들에게 "왜 소란을 피우며 우십니까? 그 아이는 죽은 것이 아니라 자고 있는 것입니다"라고 하시니, 그들이 예수님을 비웃었다. 그러나 예수님께서 그들 모두를 내보내시고, 아이의 부모와 자기 일행을 데리고 그 아이 있는 곳으로 들어가셔서, 아이의 손을 잡으시고 "달리다굼"이라고 하셨다. 이것은 곧 "소녀야, 내가 너에게 말한다. 일어나라!"라는 뜻이다. 그러자 그 소녀가 즉시 일어나 걸어다녔다. 그때 그 소녀는 열두 살이었다. 사람들은 곧 크게 놀라니.' (마가 5:38~42) '일어서서 가라' (vstan' i idi)라는 말은 성서에서 신이 누군가를 부를 때 빈번히 사용되는 어구이다.

134 에르델리뿐이었어요 올가 에르델리(Ol'ga Erdeli, 1927~)는 소비에트의 하프 연주가이자 음악 교육가. 베라 둘로바(Vera Dulova, 1910~2000)는 소비에트의 하프 연주가이자 모스크바 음악대학의 교수, 볼쇼이 극장의 솔리스트.

136 이야기해 보라고 이반 투르게네프의 『첫사랑』의 등장인물 지나이다 자세키나의 애칭이 바로 지노치카이다. 내용 중 지노치카의 베일 (vual')에 관해 직접 언급한 부분은 없으나 화자인 '나'가 지노치카의 외양을 묘사하면서 그녀의 가벼운 옷차림새와 분홍색 양산을 묘사한 부분은 발견된다. 채찍(khlyst)에 관한 일화 또한 이 작품에서 화자가 연정을 품었던 지노치카와 화자의 아버지의 밀회 장면에서 유래한다. 이 장면에서 화자 '나'는 아버지가 채찍으로 팔꿈치까지 드러난 지노치카의 팔을 후려치는 장면을 목격하게 된다.

137 있다는 거 투르게네프의 『첫사랑』에서 지나이다는 높은 난간 위에 걸터앉아 있는 블라디미르를 보고, '당신이 정말로 나를 사랑하고 있다면, 내가 있는 이쪽으로 뛰어내려 보세요'라고 한다. 이 말이 떨어지자마자 블라디미르는 뛰어내리고 의식을 잃는다.

수 있겠냐 바그너의 오페라 「로엔그린」(1845~1848)에서 로엔그린 과의 결투에서 진 텔라문트 백작은 아내의 귀띔으로 로엔그린의 마법에 대해 알게 되고, 이를 증명하고자 엘자로 하여금 로엔그린의 손가락을 잘라 내도록 요구한다.

139 **짜는 거야** 바그너의 오페라 「로엔그린」에서 브라반트의 텔라문트 백작은 죽은 브라반트 영주의 딸 엘자와 아들 고트프리트의 후견인이다. 그는 엘자가 고트프리트를 죽였다고 하인리히 왕에게 거짓으로 고하고 하인리히 왕은 그녀 자신을 보호할 수 있는 기사를 구하라고 한다. 이윽고 이 오페라의 사건들이 일어나고 있는 장소인 안트베르펜에 백조가 스헬데 강을 따라 이름 모를 기사를 배에 실어 온다. 이 기사는 엘자의 명예를 위해서 텔라문트와 싸우고자 한다.(1막2장) 오페라 작품 전체를 통틀어 이 기사는 자신의 이름과 출신을 숨긴다. 오페라의 진행 중에 엘자는 기사에게 그의 이름을 알려달라고 간청한다.(3막2장) 결국 이 기사는 작품의 거의 마지막 하인리히 왕과 자신의 예전 약혼녀인 엘자 앞에서 자신의 정체를 밝힌다.(3막3장) 그의 이름은 로엔그린이며 그의 아버지는 전설적 영웅 파르지팔이다. 그가 가진 전대미문의 힘은 자신의 정체를 비밀로 하겠다고 맹세하고 성배(聖杯)로부터 얻은 것이었다. 오페라의 마지막에 1막에 등장했던 백조가 로엔그린의 도움으로 엘자의 남동생인 고트프리트로 변한다. 그리고 자신의 정체를 밝히게 되어 어쩔 수 없이 떠나야만 하는 로엔그린이 다시 스헬데 강을 따라 배를 탄다.(3막3장) 본문에 등장하는 모터보트는 바로 로엔그린의 배가 되는 것이다.

140 **위원장** Predsedatel' (1964). 모스필름 제작. 알렉세이 살티코프 (Aleksei Saltykov) 감독, 유리 나기빈(Iurii Nagibin) 시나리오. 이 영화는 소비에트 '해빙' 기간에 가장 눈에 띄는 현상의 하나였다. 로이 메드베데프(Roi Medvedev)는 다음과 같이 회상한다. '1965년 1월 러시아 영화관에 2편으로 이루어진 영화 「위원장」이 상영되었다…… 초기 상영 수일 동안 영화관은 초만원이었다. 이 영화는 스

탈린 시기의 농가의 현실을 처음으로 여과 없이 폭로하였던 작품이었지만 자신들의 현실인 60년대의 러시아 농촌의 모습에 대해서는 다시 윤색을 가하고 있어 폭로와 은폐의 이중적인 모습을 보인다. 이를 통해 영화는 흐루시초프 시대에는 농촌의 가장 주요한 난제들이 모두 해결되었다는 인상을 만들어 냈다.' (로이 메드베데프, 『개인과 시대[Lichnost' i epokha]』, 1991, p. 222) 소재의 측면에서 이 영화는 바그너의 「로엔그린」과 닮아 있다. 오페라에서와 마찬가지로 이 영화에서도 강하고, 결단력 있으며, 현실의 변화를 가져오는 타향인이 등장한다. 영화의 주인공인 예고르 트루브니코프(Egor Trubnikov)는 전쟁이 끝난 후 자신이 태어났지만 이제는 아무도 자신을 기억하지 못하는 고향으로 돌아온다. 그는 집단농장을 다시 살리고 고향을 전쟁의 폐허에서 끌어내 집단농장에서 일하는 이들의 고통을 덜고자 애쓴다. 결국 그의 투쟁이 승리한다. 영화는 「로엔그린」처럼 원환 구조로 전체 이야기가 '도착─떠남'의 틀을 갖는다. 영화 도입부에 트루브니코프는 밤에 고향에 도착하고 제2편의 마지막에 트루브니코프는 공명정대함을 찾아 모스크바행 철도를 탄다. (기차에서 그는 스탈린의 부음을 듣게 된다.)

141 투르게네프를 위해 투르게네프는 자신의 출신 영지 스파스코예-루토비노보(Spasskoe-Lutovinovo) 바로. 옆 아룔에서 태어났다. 그의 작품 중 『사냥꾼의 수기』 등은 아룔 지방을 배경으로 하고 있다. 투르게네프는 자신의 오랜 연인인 폴란드 출신 가수 폴리나 비아르도 때문에 오랜 기간 프랑스에서 살았으며 거기에서 죽었다.

쿠페라고 불렀다 기차에서 문이 달린 4인 1실의 침대칸을 쿠페라고 부른다.

도착했구먼 '먹다 보면 식욕이 생긴다(L'appétit vient en mangeant)'라는 프랑스 속담을 변형시킨 것이다.

145 푸슈킨인가 누군가의 책임을 아무런 관련이 없는 인물인 푸슈킨에게 전가하는 것은 러시아에서 자주 볼 수 있는 언어유희이다. 이는

소비에트 시대에 푸슈킨의 초상화가 도서관, 기차역, 식당, 이발소 등 여기저기 걸려 있어서 아무 때고 손가락으로 가리켜 보일 수 있었기 때문이다.

147 있다는 거고 실제로 1771년 이후 러시아에서 '로스토프로 떠난다'는 말은 곧 '죽는다'는 의미로 통용되었다.

사크사울 중앙아시아 사막에서 자라는 관목. 연료와 낙타들의 식량으로 쓰인다.

것도 없지요 베네딕트의 대화에서 소비에트 시기 시베리아에 부여되었던 민중적 열광, 미래의 전망 등은 의식적으로 부정되고 있다. '시베리아에는 진리가 산다'에서 진리는 흑인으로 바뀌며 풍요의 신화 또한 상점의 물자 부족으로 대체되고 있다.

149 대포왕 알프레트 크루프(Alfred Krupp, 1812~1887)는 독일 크루프사의 제2대 경영주. 새로운 강철 제조법을 발명하여, 대포를 제작하였다. 프로이센군의 정규포로 사용하게 된 신형 대포는 프로이센군이 전쟁에서 압승하는 요인이 되었다. 크루프는 경영자로서도 뛰어났다.

152 성 마가 축일에 마가 성인은 베네치아의 수호 성인이다. 베네치아는 매년 4월 25일에 성 마가 축일을 치른다. 이 축제 중에는 곤돌라 경주가 포함되어 있다. 이 경주는 로시니 작곡의 피아노 반주 듀엣곡 「베네치아의 레가타」(La regata veneziana)의 테마이기도 하다.

해먹이라도 빌려 루이지 롱고(Luigi Longo, 1900~1980)는 이탈리아 공산주의 운동의 지도자 중 한 사람. 1964년 팔미로 톨리아티가 죽은 후, 이탈리아 공산당 서기장으로 선출되었다. 당시 롱고는 수차례 소련에 방문하였는데 특히 흑해 연안 공산당 중앙위원회 요양원에 머물면서 휴식을 취하고 있는 다른 소비에트 사람들과 함께 '해먹을 빌렸다'는 것이다. 당시 신문은 '이탈리아 공산당 서기장인 루이지 롱고가 부인과 함께 휴식차 도착했다'고 전했다.(「프라브다」 1968년 8월 15일)

톨리아티 Palmiro Togliatti (1893∼1964). 이탈리아의 정치가로 이탈리아 공산당 창설에 참여했다. 우크라이나 크림에서 여름 휴가를 보내던 중 해먹에서 자다 죽었다고 한다.

153 **소르본에서 꺼지라고** 서방에서 러시아인이 거부되고 추방되는 상황을 빗댄 장면. 소비에트 문학에서 자주 볼 수 있다.

154 **멀리 가버렸어요** 이 장면은 적어도 두 가지를 혼합한 것으로 보인다. 우선 호다세비치의 시 「발라드(Ballada)」(1925)에 등장하는 상황의 패러디가 보인다. 또한 노르웨이 작가 크누트 함순(Knut Hamsun, 1859∼1952)의 영향도 보인다. 함순의 작품에서 주인공은 계속해서 거리에서 만난 이의 뒤를 쫓아 따라잡곤 한다. '한 10분 전부터 내 앞에 다리를 저는 한 노인이 걷고 있다······ 그러나 나는 그를 따라잡으려고 하지 않았다······ 이 늙은 불구는 여전히 내 앞에서 걷고 있다, 걷는 데 안간힘을 쓰면서······ 오래 생각하지도 않고 나는 잠시 후 보폭 넓은 서너 번의 걸음으로 그를 따라잡아 어깨를 부딪쳤다······ 낮은 언덕을 내려오면서 나는 두 명의 여인들을 쫓아갔다······ 나는 잠시 멈춰서 다시 한 번 그녀가 내 앞으로 걷도록 보내 주었다······ 그러고선 또다시 나는 그녀를 따라잡았다.' (함순, 『굶주림』)

155 **엘레강스** Shikb bleskb immer elegan은 "텅빈 주머니에 세련, 멋짐, 엘레강스"라는 '최고도의 만족'을 뜻하는 러시아어의 관용구를 이용한 재담이다.

156 **앨비언** Albion. 영국의 가장 오래된 섬 가운데 하나.

157 **그녀를 생각하네** 영국 발라드 「엘리너 왕비(Queen Eleanor)」를 인용하고 있다. 프랑스 출신 왕후가 죽음을 앞두고 임종 고해성사를 위해 모국의 성직자를 불러올 것을 요청하지만, 임박한 임종 때문에 남편인 왕이 사제 복장으로 변장해 들어가 고해성사를 받으면서 부인의 부정을 알게 된다는 내용이다.

160 **신기루** 이탈리아어 Fata Morgana의 번역이다. 신기루를 뜻하는 이 단어는 중세 영국 전설의 모르간 요정으로 기원이 거슬러 올라간다.

161 **토끼** 무임승차자를 뜻하는 은어.

박아야 했다 『브로크가우스와 예프론』은 러시아 백과사전 (1890~1907). 전 86권으로 된 이 사전은 유용한 교육 수단이었으며 동시에 중량감 있는 휴대용 무기가 될 수도 있었다. 여기에서 '예프 론과 브로크가우스에 머리를 박아야 했다'는 것은 '교육을 받아야 했다'는 의미이다.

162 **느껴지는구먼** '분노와 격분(gnev i vozushchenie)', '합법적 자긍 심(zakonnaia gordost')'은 모두 상투적인 문구이다. '분노와 격분' 은 제국주의 세력이 국내외에서 저지르는 만행에 대한 사회주의 공 동체의 감정적인 반응을, '합법적인 자긍심'은 사회주의 투쟁에 관 한 형제애를 나타내는 데에 주로 쓰였다.

163 **125그램입니다** 쿠르스크 역에서 페투슈키 역까지 철도 길이가 125 킬로미터이다.

164 **이야기해 주었다** 루크레티아는 BC 6세기경 로마 콜라티누스의 아 내로서 정절로 유명하다. 그녀는 고대 로마의 마지막 왕 타르퀴니우 스의 아들 섹스투스에게 능욕을 당하자 남편 콜라티누스에게 복수를 부탁하고 자결했다. 콜라티누스는 로마 시민과 브루투스의 도움을 받아 타르퀴니우스를 로마에서 추방하고 공화제의 계기를 만들어 왕 정에 종지부를 찍는다.

히파티아 Hypatia (355~415). 알렉산드리아의 여성 수학자, 철학 자. 플라톤, 아리스토텔레스 등에 대한 강의를 하다가 이교(異敎)의 선포자라 하여 기독교도에게 참살당하였다. 프톨레마이오스의 주교 (主敎)가 된 키레네의 시네시오스는 그녀의 가장 저명한 제자이다. 그녀의 수학 및 천문학 저술 제목 몇 가지가 전해지나 책은 전해지지 않는다.

165 **제3 제국** 1933~1945년 사이의 히틀러 집권기의 독일 명칭

제4의 추골 핀란드 작가 라르니(M. Larni, 1909~1993)의 풍자소설 이름이다. 미국의 삶의 모습이 풍자되고 있다.

제5 공화국 드골 장군이 세운 1958년부터의 프랑스 공화정을 일컫는다.

일곱 번째 하늘 아리스토텔레스의 저작인 『하늘에 대하여』에 따르면 하늘은 별과 행성을 포함하지 않는 일곱 개의 움직이지 않는 영역으로 나뉜다. 가장 도달하기 힘든 단계이면서 또한 그렇기 때문에 신적인 것이 바로 일곱 번째 영역이다.

166 **놓아 주소서** 신약의 유명한 에피소드인 늙은 시므온의 이야기를 염두에 두고 있다. '시므온은 주님의 그리스도를 보기 전에는 죽지 않으리라는 것을 성령의 지시로 알고 있었다. 시므온이 그 영의 인도로 성전에 들어가자, 마침 부모가 아기에 대한 율법의 관례를 지키려고 아기 예수님을 데리고 들어왔다. 시므온은 아기를 두 팔로 받아 안고 하나님을 찬양하였다. "주재자시여, 주님의 말씀대로 이제는 주님의 노예를 평안히 놓아 주십니다. 내 눈이 주님의 구원을 보았는데,"' (누가 2:26~30)

멈추어라 괴테의 『파우스트』에서 파우스트의 말. '내 이르노니, 순간이여! 너 참 아름답구나. 멈추어라.' (2부 5장)

기뻐하여라 이사야여 결혼식에서 부르는 전통적인 교회 축가. 이 이야기는 구약 이사야의 예언에서 기인한다. 이사야는 시므온의 즉위를 예언하며 신이 '영원한 빛'이 되어 시므온을 수호할 것임을 이야기한다. '일어나라 빛을 발하라. 이는 네 빛이 이르렀고 여호와의 영광이 네 위에 임하였음이니라. 네 성문이 항상 열려 주야로 닫히지 아니하리니 이는 사람들이 네게로 열방의 재물을 가져오며 그 왕들을 포로로 이끌어 옴이라. 다시는 낮에 해가 네 빛이 되지 아니하며 달도 네게 빛을 비취지 않을 것이요 오직 여화와가 네게 영영한 빛이 되며 네 하나님이 네 영광이 되리니 그 작은 자가 천을 이루겠고 그 약한 자가 강국을 이룰 것이라 때가 되면 나 여호와가 속히 이루리라.' (이사야 60:1, 11, 19, 20) 또한 이는 이사야의 입으로 전해지는 신의 말씀 '내가 예루살렘을 즐거워하며 나의 백성을 기뻐하리니 우는 소리와 부르짖는 소리가 그 가운데서 다시는 들리지 아니할 것이 며' (이사야 65:19)에서도 등장한다.

167　동성애였다 1990년대 초반까지 소비에트에서 동성애에 관한 담론은 공식적으로 이루어지지 않았다. 정부는 소련에서 동성애 따위는 존재하지 않는다는 입장을 취했으며, 서방에서 온 전염병 정도로 간주했다.

171　모제벨로바야 헝가리 산 수입 주류 중 하나.

172　바딤치크 Vadimchik. 바딤의 애칭.

　　마을 사이 타르티노와 옐리세이코보는 페투슈키 지역에 실존하는 지명임.

　　동물 농장 농촌에서 흔히 볼 수 있는 가축 기르는 곳. 원문인 Skotnyi dvor는 조지 오웰의 『동물 농장』의 러시아어 역어로 사용되었다. 이 작품은 1960~70년대 소비에트에 사미즈다트 형식으로 암암리에 널리 유포되었었다.

　　모험이라니 열매를 맺지 못하는 무화과나무에 대한 언급은 신약에서 찾아볼 수 있다. '아침이 되어 예수님께서 그 성으로 되돌아오실 때에 시장하셨는데, 길에서 무화과나무 한 그루를 보시고 다가가셨으나, 잎사귀 외에는 아무것도 찾지 못하시자, 나무를 향하여 "이제부터 너에게는 영원히 열매가 맺히지 않을 것이다!"라고 하시니, 그 무화과나무가 즉시로 말라 버렸다. 제자들이 보고 놀라며 "어떻게 무화과나무가 즉시로 말라 버렸습니까"라고 하니, 예수님께서 대답하셨다. "내가 진실로 여러분에게 말합니다. 여러분이 믿음이 있고 의심하지 않으면, 이 무화과나무에 일어난 일을 할 수 있을 뿐 아니라, 이 산을 향하여 '들어 올려져 바다 속으로 떨어져라'라고 하여도 이루어질 것입니다. 또 여러분이 기도할 때에 믿고 구하는 것은 무엇이든지 다 받을 것입니다.'"(마태 21:18~22) '그러자 예수님께서 나무를 향하여 "이제부터 영원히, 아무도 너에게서 열매를 따먹지 못할 것이다"라고 하시니, 제자들도 이 말씀을 들었다.'(마가

11:13~14) '그리고 예수님께서 이런 비유로 말씀하셨다. "어떤 사람이 자기 포도원에 무화과나무 한 그루를 심었는데, 후에 그가 와서 열매를 찾았지만 찾아내지 못하였습니다. 그가 포도원지기에게 '보아라, 내가 삼 년 동안이나 와서 이 무화과나무에서 열매를 찾았지만 찾아내지 못하였으니, 그 나무를 잘라 버려라. 무엇 때문에 땅만 쓸모없게 하느냐?' 라고 하니, 포도원지기가 주인에게 '주인님, 그 나무를 금년만 그대로 두십시오. 내가 그 둘레를 파고 거름을 주겠습니다. 이후에 열매를 맺으면 좋고, 그렇지 않으면 잘라 버리십시오' 라고 하였습니다."' (누가 13:6~9)

173 **없다네** 러시아어의 관용적 표현으로 편하게 앉아 진지하게 대화할 것을 요청할 때 흔히 사용된다.

중의적이었다 푸슈킨의 '작은 비극' 중 하나인 「모차르트와 살리에리」에서 살리에리는 이렇게 말한다. '모두들 이렇게 말하지. 이 지상에 정의는 없다고. / 하지만 저 위에도 정의는 없어. 나에게 / 이건 감마만큼 확실하다고.' (1막) 여기서 감마는 G의 그리스 이름. 중세의 음악 이론에서 음계의 가장 낮은 음.

하나 없었어 1917년 10월 24일과 25일 양일간 임시정부와 볼셰비키 사이에 있었던 페트로그라드 전투에 대한 신화를 염두에 둔 표현이다. 그러나 이 전투의 수많은 실제 사상자 수는 고르바초프의 페레스트로이카 시기가 되어서야 대중에게 알려졌다. '선원들, 총성, 기절하는 부인들이 등장하는 수많은 영화의 장면들은 신화에 불과하다.' (『아르구멘트 이 팍트』지, 1992년 11월)

174 **달려 있겠지** 러시아어의 관용적 표현으로 '아주 먼 곳, 알 수 없는 곳'을 뜻할 때 사용된다.

전선이 필요하지 러시아의 내전(1918~22) 당시 최대 12개의 전선이 형성되기도 하였다.

175 **올라프 왕** 올라프 5세(Olav V, 1903~1991). 노르웨이 국왕으로 1957년 9월 2일부터 선왕을 이어 노르웨이 국왕이 되었다.

프랑코 장군 Francisco Franco (1892~195). 스페인의 군인, 독재 정치가.

해럴드 윌슨 Harold Wilson (1916~1995). 영국의 정치가로 노동 당수, 총리 등을 역임했으며, 소련을 몇 차례 공식 방문하였다.

브와디스와프 고무우카 Władysław Gomułka (1905~1982). 폴란 드의 정치가. 폴란드 노동자당을 조직, 당서기장, 부총리가 되었다. 1948년 통일 노동자당 중앙위원으로 선출됐다. 이어 민족주의자라 하여 추방, 체포되었다. 포즈난 폭동 후 명예를 회복, 통일 노동자당 제1서기가 되었다.

폴란드 회랑 지대 1차 세계대전이 끝난 뒤 폴란드에게 넘겨진 발트 해와 폴란드를 잇는 32~112킬로미터 너비의 땅을 말한다. 이로 인 해 동프로이센은 독일 본토와 분리된 육지의 섬이 되고 말았다. 1939 년 3월 히틀러는 단치히 자유시(市)를 독일로 반환할 것, 폴란드 회 랑을 가로질러 독일 본토와 동프로이센을 연결하는 고속도로를 건설 하도록 허락할 것, 이 도로상에서는 독일의 법률이 적용되도록 인정 할 것 등의 요구 사항을 폴란드에 제시하였다. 그러나 프랑스와 영국 의 부추김을 받은 폴란드는 이 요구를 단호히 거절하였고, 이에 격분 한 히틀러가 폴란드를 침공함으로써 2차 세계대전이 시작되었다. 폴 란드를 점령한 후 히틀러는 폴란드 회랑과 단치히, 포젠을 포함한 슐 레지엔 지역을 병합하고 독일 영토에 편입하였다. 그러나 2차 세계 대전이 끝난 후 독일의 영토는 훨씬 서쪽으로 후퇴하여 폴란드 회랑 을 둘러싼 쟁점 자체가 무의미하게 된다.

요제프 치란키에비치 Józef Cyrankiewicz (1911~1989). 폴란드의 정치가. 사회주의자. 1911년 당시 오스트리아—헝가리 제국에 속해 있었던 타르누프에서 출생. 1948년부터 공산당을 이끌었다. 그는 1947년부터 1952년까지와 1954년부터 1970년까지 두 차례 폴란드 인민공화국의 총리로 봉직하였으며 1970년부터 1972년까지는 폴란 드 대통령을 지냈다.

수하르토 인도네시아의 군인 · 정치가. 대통령 수카르노에게서 치안 대권을 위양받고 총리, 국방 치안 장관, 육군 장관, 육군 총사령관을 겸임했으며 제2대 대통령에 선출되었다. 6선 대통령이 되었지만 대규모 반정부 시위로 몰락했다.

177 **소요되었다** 총회는 여기서 공산당 중앙위원회의 총회를 의미한다. 이 총회는 6개월 간 1번 이상씩 개최되었으며 공산당 대회 다음 바로 열리는 총회에서는 공산당 중앙위원회 최고 서기(1966년까지는 제1서기라는 명칭이었음), 정치국, 비서국이 선출 및 조직되었다. 1964년 공산당 중앙위원회의 10월 총회에서는 레오니드 브레즈네프가 주도하는 당 그룹이 당시 공산당 중앙위원회 제1서기였던 니키타 흐루쇼프의 사퇴를 압박하였다. 그리고 중앙위원회의 새로운 제1서기로는 만장일치로 브레즈네프가 선출되었다. 브레즈네프는 이 자리를 자신의 사망 시기인 1982년까지 지킨다. 당 및 국가 지도자 선출 과정의 형식성과 그 내정은 1930년대 중반 스탈린과 그의 추종 세력들이 아직 꽃을 피우지 못한 야당을 완전히 제거하면서부터 소련의 전통이 되었다.

178 **주어야 한다** 1917년 10월 26일 노동자와 군인 대표 소비에트의 전 러시아 대회에서 발안된 토지에 관한 법령을 인용한 것이다.

움직이는 거야 10월 혁명 이전까지 러시아는 풀코바 관측소에서 측정한 '시민' 시간이라고 불리는 통일된 시간 체계를 사용하였다. 1919년 7월 1일부터는 이 체계가 바뀌어 경도별 시간대를 사용하게 되었다. 이후 인민의원 회의(Sovnarkom)에 의해 1930년 6월 16일부터 러시아의 표준 시간은 한 시간 앞당겨졌다.

초르트 '악마'라는 뜻의 러시아어로 욕설 등에 사용된다. chert를 chjort라고 철자를 바꾸겠다는 것.

생각해 봐야겠다 1917년 10월 혁명 이후 1년 간 소비에트 정부는 러시아 철자법에 관한 두 번의 법령(1917년 12월 23일, 1918년 10월 10일)을 발표하였다.

180 **펀치** 보통은 럼, 가끔 코냑이나 브랜디, 보드카 등으로 만드는 술의 일종으로 추가로 설탕, 과일 주스, 차나 물 등을 섞는다.

보랴 보리스 소로킨(Boris Sorokin).

181 **중단되었다** 소비에트 시기에 국가 지도자의 연설은 항상 '박수갈채로 중단' 되어야 했다. 지도자는 가끔 아무 말도 하지 않아도 되었으며 단상에 나가는 것만으로도 충분했던 사실을 염두에 둔 것이다. (레닌의 연설 장면에서 흔히 일어났다고 한다.)

타올랐다 펀치는 마시기 전에 첨가물 중 알코올에 불을 붙이기도 한다.

서쪽에서도 소련 내전 당시인 1918년 여름, 1만 2천 명의 체코, 슬로바키아인들이 볼셰비키의 적군(赤軍)과 싸웠으나, 헝가리, 폴란드, 독일인들은 볼셰비키의 적군을 지지하여 5만 명 이상이 전투에 참여하였다는 공산당의 선전물을 패러디하고 있는 것이다.

않는 걸까 1918~19년 사이의 소련의 내전 당시, 모스크바를 사수하던 적군(赤軍)을 남쪽에서 백군(白軍)이 공격해 왔던 역사적 사실을 염두에 둔 표현이다.

183 **대통령이 됩니다** 이 부분의 이야기들은 권력 찬탈에 대한 것이다. 최고의 임무를 지닌 이에게 전횡적인 지도자를 만들어 내기도 하는 무소불위의 권력을 양도하는 것은 소비에트 러시아 초기부터 있었던 현상이다.

184 **초상화일 것입니다** 신약 성서에서 본디오 빌라도는 예수의 죽음을 요구하는 예루살렘 사람들 앞에서 예수의 운명에 자신이 아무런 책임도 없다고 하였다. '빌라도는 아무 성과도 없이 오히려 소요가 일어나고 있는 것을 보고, 물을 가져다가 무리 앞에서 손을 씻으며 "이 사람의 피에 대하여 나는 죄가 없으니, 여러분이 책임을 지시오"라고 말하니.' (마태 27:24)

공동 시장 obshchii rynok. 1957년에 만들어진 유럽 공동 시장, 즉 유럽 경제 공동체(European Economic Community)를 의미한다.

여기에 참가한 국가들은 프랑스, 독일연방공화국(서독), 이탈리아, 벨기에, 네덜란드, 룩셈부르크이다. 당시 1969년에는 유럽 선진국들 중에서 영국만이 이 공동 시장에 가입하지 않은 상태였다. 프랑스의 드골이 물러나자 1971년 영국은 공동 시장에 가입했다.

185 **않을 것입니다** 미국의 제7함대는 1943년 특설 임무 부대로 창설되어 제2차 세계대전, 6 · 25전쟁, 베트남 전쟁 등에서 크게 활약하였다. 이 함대는 베트남 전쟁 덕분에 1960년대 소련 언론에서 널리 보도되었다.

B-52 미국의 전설적인 항공기 B-52는, 냉전 시대의 도래와 함께 아주 먼 거리까지 핵폭탄을 운반할 수 있는 항공기로서 1947년 처음 고안되었다. B-52는 역사상 가장 오래 실전에 사용된, 아직도 사용되고 있는 항공기이다. B-52는 오랜 기간 미국의 힘과 부, 그리고 기술적, 공학적인 발전이 모두 투여된, 미국 국가 안보의 상징적인 아이콘이었다.

팬텀기 '유령'이라는 뜻의 이름을 가진 미국의 단익 복좌 제트 전투기. 1958년 5월 원형인 첫 비행에 성공한 후 전투 · 요격 · 폭격 · 공격 등 여러 형이 개발되었다.

186 **회한은 없었다** 도스토옙스키의 『죄와 벌』에서 감옥에 있는 라스콜니코프가 동일한 감정을 느낀다. '운명이 그에게 회한을, 즉 가슴을 치고 잠을 설치게 하는 뜨거운 회한을, 끔찍한 괴로움 때문에 밧줄과 죽음의 심연이 눈에 어른거리는 그런 회한을 그에게 보냈더라면! 오, 그는 그것을 기뻐했을 것이다! 고통과 눈물, 이것 역시 삶이니까. 그러나 그는 자신의 범죄에 대한 회한은 없었다.'(「에필로그」)

187 **사디** Saadi (1205~1292). 이슬람 시인. 사디는 1205년경 도시 시라즈의 한 이슬람교도의 집안에서 태어났다. 본명은 Muslih-ud-Din Mushrif ibn Abdullah이다. 그리고 사디라는 이름은 나중에 자신의 필명으로 스스로 고른 것이다. 1220년대 중반 그는 바그다드의 니자미야(Nizamiia) 대학에서 공부하였으며 1230년대에는 메카로 성지

순례를 다녀왔고 20세엔 탁발승이 되었다.

188 풍기게 마련이고 이 문장은 셰익스피어를 떠오르게 한다. 이는 햄릿과 아버지의 유령이 만나는 장면을 관찰하는 마셀러스의 유명한 대사를 패러프레이즈한 것이다. "덴마크 왕국에 썩은 냄새가 풍기네." (「햄릿」 1막 4장)

아닌 건가 이 구절은 루이스 캐럴의 『이상한 나라의 앨리스』 중에서 앨리스와 체셔 고양이의 대화를 연상시킨다.

"어쩔 수 없어." 고양이가 말했다. "우리 전부 다 제정신이 아니다 ─ 너도 그렇고, 나도 그래."

"제가 제정신이 아닌 걸 어떻게 아는데요?" 앨리스가 물었다.

"당연히 제정신이 아니지," 고양이가 대답했다. "그렇지 않으면 네가 어떻게 여기 있겠어?

"……당신이 제정신이 아니라는 거는 어떻게 아는데요?"

"우선 개는 제정신이라는 것부터 시작하자. 동의하지?"

"그렇다고 치죠." 앨리스가 동의했다.

"그다음에는," 고양이가 말했다. "개는 화가 났을 때 투덜거리고, 기분 좋을 때는 꼬리를 흔든다. 그러나 나는 만족했을 때 투덜거리고 화가 났을 때 꼬리를 흔든다. 따라서 나는 제정신이 아니다."(『이상한 나라의 앨리스』 6장)

189 이 어둠 심판과 죽음의 전조로서의 어둠 이미지는 성서에서 기인한다. 구약에서 심판의 날에 대한 묘사는 다음과 같다. '곧 어둡고 캄캄한 날이요 빽빽한 구름이 낀 날이라 새벽빛이 산꼭대기에 덮인 것과 같으니'(요엘서 2:2) '화 있을진저 여화와의 날을 사모하는 자여 너희가 어찌하여 여호와의 날을 사모하느뇨. 그날은 어두움이요 빛이 아니라 마치 사람이 사자를 피하다가 곰을 만나거나 혹 집에 들어가서 손을 벽에 대었다가 뱀에게 물림 같도다. 여호와의 날이 어찌 어두워서 빛이 없음이 아니며 캄캄하여 빛남이 없음이 아니냐.'(아모스 5:18~20)

190 **않을 거야** 예수에 대한 사탄의 유혹을 빗댐. '그러자 마귀가 예수님을 거룩한 성으로 데려가, 성전 꼭대기에 세우고 말하였다. "그대가 하나님의 아들이라면, 뛰어내리시오. 성경에 '하나님께서 그대를 위해 자기 천사들에게 명령하시어, 그들의 손으로 그대를 떠받쳐 그대의 발이 돌에 부딪치지 않게 하실 것입니다' 라고 기록되어 있소." 예수님께서 마귀에게 말씀하셨다. "또한 성경에 '그대의 하나님이신 주님을 시험하지 마십시오' 라고 기록되어 있다." 마귀가 다시 예수님을 매우 높은 산에 데리고 가서, 세상의 모든 나라와 그 영광을 보여 주며 말하였다. "그대가 엎드려 나에게 경배하면, 이 모든 것을 그대에게 주겠소." 예수님께서 말씀하셨다. "사탄아, 물러가거라! 성경에 '그대의 하나님이신 주님께 경배하고, 오직 그분만을 섬기십시오' 라고 기록되어 있다." 그러자 마귀는 예수님을 떠나고, 보아라, 천사들이 나아와서 그분을 섬겼다.' (마태 4:5~11)

194 **뺨을 때리고는** 베니치카는 자신을 그리스도와 동일시하는 듯한 행동을 하고 있다. '예수님께서 이 말씀을 하시자, 옆에 서 있던 하인 하나가 손바닥으로 예수님의 뺨을 때리며, "어떻게 네가 대제사장께 그런 식으로 대답하느냐?"라고 하니.'(요한 18:22) 하인이 없었기 때문에 베니치카가 뺨을 때리는 하인의 역할까지도 하고 있는 것이다.

196 **스핑크스** 그 기원은 이집트이며, 사람의 머리와 사자의 동체를 가지고 있다. 왕자(王者)의 권력을 상징하는 모습으로 표현된 것인데, 이집트와 아시리아의 신전이나 왕궁 · 분묘 등에서 그 훌륭한 조각을 발견할 수 있다. 스핑크스가 테베의 암산(巖山) 부근에 살면서 지나가는 사람에게 "아침에는 네 다리로, 낮에는 두 다리로, 밤에는 세 다리로 걷는 짐승이 무엇이냐"라는 수수께끼를 내어 이를 못 맞춘 사람을 잡아먹었다는 전설은 유명하다. 후에 오이디푸스가 "그것은 사람이다"라고 대답하자 바위에서 몸을 던져 죽었다고 전해진다. 1834년에 페테르부르크의 네바 강변에 이집트의 왕 아멘호텝 3세(B.C. 1419~1383)의 궁전에서 가져온 스핑크스가 설치된 이후에 스핑크

스의 외형적인 모습은 매우 유명해졌으며, 이후 다른 작가들의 작품 속에서도 그 외형이 종종 등장하곤 하였다.

도는 거야 페투슈키를 예루살렘과 다시 한 번 비교하고 있다. "밖에는 칼이 있고 안에는 온역과 기근이 있어서 밭에 있는 자는 칼에 죽을 것이요 성읍에 있는 자는 기근과 온역에 망할 것이며."(에스겔 7:15, 14:19, 21)

197 **스타하노프** 1935년 8월 31일, 소련 광부인 스타하노프(Aleksei Stakhanov, 1905~1977)는 6시간 동안 102톤의 석탄을 채굴하는 믿을 수 없는 성과를 거두었다. 이는 개인 생산량의 14배에 달하는 생산량이었다. 이를 계기로 소련에서는 스타하노프 운동이 일어나 모든 분야에서 경이적 생산량을 달성하자는 당의 선전이 계속되었다.

198 **몇 명일까** 1918년 가을 무르만스크에 상륙한 미국인 간섭자들이 볼셰비키에 동조하는 도시 주민들을 강간하는 사건이 일어났다. 여기에는 당원이거나 청년 당원인 여자들이 포함되었다.

199 **있었을까** 이반 파파닌(Ivan Papanin, 1894~1991)은 소련의 북극 지방 연구가이자 지리학 박사이며 해군 소장. 1937년부터 1938년까지 소련의 첫 부유선 〈북극—1호〉의 선장을 맡았다. 미하일 보도피야노프(Mikhail Vodop'ianov, 1899~1980)는 소련 비행사. 1934년 최초로 소련 영웅 표창을 받은 이들 중 하나. 쇄빙선 〈첼류스킨〉의 선원들을 수색, 구조하는 작업에 참가하였고, 1937년에는 북극의 기상 탐사 원정에 나섰다. 이 부분에서 스핑크스는 소비에트 북극 탐사 역사의 두 장면을 섞어 놓고 있다. 첫째는 북빙양에 결박되었다가 가라앉아 버린 쇄빙선 〈첼류스킨〉 이야기인데 이 쇄빙선의 선원들을 구하는 데 참가한 것이 보도피야노프이다. 파파닌은 〈첼류스킨〉의 갑판에 있지 않았다. 원정대를 이끈 것은 오토 슈미트(Otto Shmidt)였다. (Gaiser-Shnitman은 실수로 쇄빙선 선장의 이름을 파파닌으로 써놓았는데 쇄빙선의 이름까지도 〈첼류스킨〉이 아니라 〈세도바〉라고 쓰는 오류를 범하고 있다. ["Moskva-Petushki" ili] "The Rest is

Silence", *Slavica Helvetica*, 1989.) 여기에 섞여 들어간 또 하나의 장면은 파파닌이 이끄는 부유선 〈북극—1호〉의 이야기이다. 여기에는 슈미트가 이끄는 기상 탐사 원정대가 포함되어 있었는데 이 중에 보도피야노프가 속해 있었다.

있는 거지 외설적 대화에서 우회적인 표현으로 B는 욕설인 *bliad'* (창녀)를 의미하며, C는 *tselka* (처녀)를 의미한다.

말라깽이야 어떤 연구자들은 이 표현이 작가 예로페예프를 가리킨다고 한다. 실제로 작가는 상당히 큰 키에 매우 마른 체구였다고 한다.

체임벌린 경 아서 체임벌린(Arthur Chamberlain, 1869~1940)은 영국의 정치가. 1937~1940년간 영국의 총리이자 보수당 지도자였다. 1938년 히틀러, 무솔리니, 달라디에와 함께 그 유명한 뮌헨 협정을 맺고 파시스트 독일에 대해 중립적인 입장을 취했다는 이유로 일반 소비에트 사람들의 인식에서 체임벌린은 매우 부정적인 이미지를 지녔다. 더 안 좋은 이미지는 그의 형인 오스틴 체임벌린(1863~1937)에게 부여되었다. 영국 외무 장관직을 맡으면서 1927년에 그는 소련과의 외교 관계를 단절시켰다. 1920~30년대 소련에서 오스틴 체임벌린은 수많은 풍자의 대상이었다.

200 **가고 있어** 쿠지마 미닌(?~1616)은 니즈니노브고로드의 주민으로 1611년부터 지방 행정 장관, 1613년부터는 귀족회의 회원이었다. 러시안 민족해방의 지도자로서 17세기 초반 폴란드와 스웨덴의 간섭에 맞서 싸웠던 영웅이다. 드미트리 포자르스키(1578~1642)는 러시아의 공작. 미닌과 함께 폴란드, 리투아니아의 간섭에 맞서 '제2의 민중 군대'를 소집했다. 미닌과 포자르스키는 1804년 붉은 광장에 세운 '미닌과 포자르스키 기념비'로 인해 러시아 문화에서 중요한 위치를 차지하게 되었다.

204 **뛰어라** *Glupoe serdtse, ne beisia* (바보 같은 심장아, 그만 좀 뛰어라). 예세닌의 연작시「페르시안 모티프」에서 인용.

205 **전개가 먼저지** 도스토옙스키의『카라마조프가의 형제들』중에서 등

장인물 이반을 돈과 연관하여 설명하는 부분에서 영향을 받은 것으로 여겨진다. '그는 일확천금이 아니라 사상의 전개를 원하는 인물들 중의 하나였다.' (1부 2장)

207 **궁전과 오막살이** '궁전과 오막살이'는 프랑스 혁명 당시 각각 지배계급과 피지배계급의 상징이었다. "오막살이에 평화를, 궁전에 전쟁을"이라는 모토는 1792년 국민공회원인 캉봉에 의해 최초로 선언되었으며, 이후 1834년 독일 작가 게오르크 뷔히너의 『헤센 급전(急傳)』에서 인용되고 있다. 그 뒤 볼셰비키와 마야콥스키 같은 작가들에 의해 자주 언급되었다.

키실라크와 아울 촌락, 마을 등을 뜻하는 투르케스탄, 카프카즈, 크림 지방 등의 말이다.

208 **구브나야 가르몬** gubnaia garmon. 구브나야 가르모니카(gubnaia garmonika)라고 부르는 것이 하모니카에 대한 올바른 명칭이다. 이 부분에서는 베냐가 또 헛소리로 '가르모니카'를 '가르몬'으로 발음한 것이며 '가르몬'은 등에 지고 다닐 수 있는 악기 아코디언이다.

흔들지 말아요 이 표현은 『죄와 벌』에서 카테리나 이바노브나가 남편 마르멜라도프의 추도식에서 아이들을 '훈육하면서' 한 말을 연상시킨다. '얌전히 굴어, 레냐, 그리고 너 콜랴도. 다리 흔들지 말고. 귀족 집 아이들처럼 얌전히 앉아 있으라고.' (5부 2장) 이 상황은 크람스코이의 「위로할 수 없는 슬픔」과 직접적으로 연관된다.

콧등이에요 매부리코처럼 코의 굽은 모양에 관해 이야기를 나누고 있다.

중요한 일이다 이 표현 역시 『죄와 벌』을 연상시킨다. 라스콜니코프는 소냐를 방문하고 난 이후 다음과 같이 생각한다. '대체 왜, 대체 내가 왜 이 여자한테 온 거지? 그 여자한테는 볼 일이 있어서 왔다고 말했잖아, 근데 대체 무슨 볼 일이 있었냐고? 아무 볼 일도 없었잖아!…… 그저 나한텐 눈물이 필요했던 거야, 그녀가 놀라는 모습, 그녀가 아파하고 괴로워하는 모습을 봐야 했던 거라고!' (6부 8장) 이

밖에도 라스콜니코프는 반복적으로 '여자의 눈물 — 수수께끼'에 관심을 가져 왔다. '리자베타! 소냐! 가련하고 상냥한 여인들, 그 상냥한 눈…… 사랑스럽다!…… 왜 그들이 울지 않는 거지? 왜 신음하지 않는 거지?……' (3부 6장) '만일 나폴레옹이 내 처지가 된다면 어떨까…… 바로 이런 '의문' 때문에 나는 오랫동안 괴로워해 왔고, 결국은 내가 (갑자기 어떻게든) 결론에 도달하고 나면 끔찍하게도 부끄러워지는 것이었다…… 이 모든 게 말도 안 되는 소리다. 매번 똑같은 수다일 뿐!…… 아냐, ……그게 아냐! ……나는 이제 안다…… 난 다른 걸 알아야 했었다.' (5부 4장)

그런 말 '악당들'과 '태울 수 있는 말'은 푸슈킨의 유명한 시 「예언자」와 상호 텍스트적인 관계를 맺는다. '나는 하늘의 떨림을 / 천사들이 비상하는 소리를 / **바다의 악당들**이 기어다니는 소리를 들었다 // …… "일어나라, 예언자여 보라 그리고 들어라 / 네 의지로 가슴을 채워라 / 바다와 육지를 돌아다니며 / **말로** 사람들의 가슴을 **태워라.**"' (푸슈킨, 「예언자」)

고대의 모든 민족들 작가가 반복해서 사용하는 표현으로 '미래의 민중'을 뒤집은 표현.

209 **덤불숲** 러시아 풍경의 대표적인 요소이다. 특히 열차 여행을 할 때 창밖으로 볼 수 있는 대표적인 장면이다.

안드레이 미하일로비치 이 이름을 가진 대표적인 러시아 공작은 쿠릅스키(Kurbskii)였다. 그는 초창기 이반 4세와 절친한 관계였으나, 후에 황제의 정적이 되면서 아내를 버리고 리투아니아로 도망쳤다. 그 때문에 아내는 그를 증오했다.

증오한다고 이 장면은 『전쟁과 평화』에서 나타샤 로스토바가 죽어가는 안드레이 볼콘스키의 침상 옆을 지켰던 병원을 떠올리게 한다. 이 장면에서 주제가 되는 것은 '가까운 사람에 대한 애증'의 모티프였다. '나(볼콘스키)는 살아가면서 얼마나 많은 사람들을 증오했던가. 그 사람들 중에서 내가 가장 사랑했고, 가장 증오했던 이는 바로 그녀(나타샤)이다.'(3부 3장) 또 눈물로 엉망이 된 얼굴을 한 공작부인의 테마도 등장한다. '부풀어 오른 입술을 한 나타샤의 마르고 창백한 얼굴은 단순히 아름답지 않다고 말할 수 있는 게 아니었다. 그것은 공포스러울 지경이었다.'(3부 3장)

215 **불을 껐다** 엎드려 불을 끄는 장면은 1944년 제2차 세계대전 당시에 소비에트 병사 미트로소프가 폭탄 위로 엎드려 자신의 목숨을 희생함으로써 독일군으로부터 마을 체르누슈카를 지킬 수 있었던 것을 연상시킨다.

217 **복수의 여신들** Erinyes. 이 여신들은 티시포네, 알렉토, 메가이라 등의 자매이다. 대지(大地)의 여신 가이아, 또는 밤의 여신 닉스의 딸들이라 여겨지며, 온갖 죄를 처벌하지만 특히 근친(近親) 살해에 복수를 가하며, 현세에서뿐만 아니라 이미 죽은 이들에게도 벌을 준다. 지하 세계에 사는데, 그 모습은 날개가 있고 눈에서는 피가 흐르며, 머리에는 뱀이 휘감겨 있고, 횃불을 손에 든 무서운 처녀로 표현된다.

218 **몸을 터는데** '석양이 활활 타오른다'는 구절과 말의 이미지는 블로크의 시에서 따온 것이다. '오두막 뒤에 태양이 활활 타오르는 날들이 있었다.'(블로크, 「눈이 먼 지방들, 평온한 나날들」) 이 시에는 평온의 감정을 모르는 말이 등장한다.

　　　술라미 구약 아가서(雅歌書)에서 솔로몬 왕이 사랑에 빠졌던 여인. 작가 쿠프린도 이 여인에게 관심을 갖고 「술라미(Sulamif')」(1908)를 썼으며 로자노프도 『우리 시대의 아포칼립시스(*Apokalipsis nashego vremeni*)』에서 술라미에 대해 언급한 바 있다.

219 **미트리다테스** 고대 로마와 주도권을 다투기도 했던 아나톨리아 북부 폰투스의 왕 미트리다테스 6세는 로마가 내분으로 첨예한 상황이었을 때 폰투스의 왕권을 강화하고 로마에 반대하는 정책을 폈다. 그리하여 B.C. 89년에 미트리다테스는 소아시아와 발칸반도 일부를 얻게 된다. 그는 차지한 땅에서 로마인들을 비롯한 수많은 아시아인

들을 죽이도록 명령하였으며 하루 동안 폰투스인에 의해 8만 명이 넘는 로마인들이 살해당했다.

220 만월 신약에서 한 이스라엘 여인이 예수에게 부탁한다. '주여, 내 아들에게 긍휼을 베풀어 주십시오. 그는 간질병으로 매우 고통을 받고 있는데, 자주 불 속에도 넘어지고 물속에도 빠집니다.' (마태 17:15) 여기서 간질병 혹은 몽유병으로 해석되는 러시아 단어 polnolunie는 만월, 즉 보름달이 뜰 때라는 뜻도 가지고 있다. 위의 대화에서는 병과 시기라는 뜻이 섞여서 사용되고 있다.

좋아하는 법이지 러시아어 관용 어구 중에서 '콧물을 흘리는 것'은 마음이 쉽게 약해지는 사람들을 지칭하며, 반면 '코를 훔치는 것'은 '콧물을 흘리는 사람들' 앞에서 자신만만한 사람들의 우월성을 나타내는 말이다. 그리고 '콧물을 발라 문지르는 것'은 의지가 약하고 결단력이 없는 사람의 특징을 말할 때 사용되는 말이다. 작가는 이 세 관용어구를 모아 유희하고 있다.

221 여성 농민 소비에트의 사회주의 리얼리즘 조각가인 베라 무히나 (Vera Mukhina, 1889~1953)의 가장 유명한 작품은 「노동자와 집단농장 여성 농민(Rabochii i kolkhoznitsa)」(1935~1937, 강철, 24미터)이다. 이 작품은 1937년 파리 국제 박람회에서 소비에트 전시관에 전시하기 위해 만들어졌다. 현재에는 모스크바 구 베데엔하 (BDNKh; Vystavka dostizheniia narodnogo khoziaistva, 국민 경제 달성 박람회장)의 북쪽 입구에 설치되어 있다. 조각상의 오른쪽에 망치를 든 왼손을 치켜들고 있는 노동자와 낫을 든 오른손을 치켜들고 있는 여성 농민의 모습은 밝은 공산주의 미래를 의미하며 이 포즈는 소비에트 노동계급의 상징이 되었다.

222 생각도 *i litso, i odezhda, i dusha, i mysli* (얼굴도, 옷도, 영혼도, 생각도). 체호프의 『바냐 아저씨』에서 인용.

227 지어 놨군 유사한 장면을 『죄와 벌』에서 찾을 수 있다. 주인공 라스콜니코프를 압박하던 것이 바로 페테르부르크의 거대한 건물들이었

다. '그는 떨리는 심장으로 초조해하며 어마어마하게 거대한 건물로 다가갔다(S zamiraniem serdtsa i nervnoiu drozh'iu podoshel on k preogromneishemu domu).' (1부 1장)

228 **맘대로 하라고** 이 부분의 출전은 구약성서이다. '기록한 글자는 이것이니 곧 메네 메네 데겔 우바르신이라 그 뜻을 해석하건대 메네는 하나님이 이미 왕의 나라의 시대를 세어서 그것을 끝나게 하셨다 함이요 데겔은 왕이 저울에 달려서 부족함이 뵈었다 함이요 베레스는 왕의 나라가 나뉘어서 메대와 바사 사람에게 준 바 되었다 함이니이다……그날 밤에 갈대아 왕 벨사살이 죽임을 당하였고.' (다니엘 5:25~28, 30)

나가는 법이다 유사한 표현을 구약성서에서 찾을 수 있다. '욥이 대답하여 가로되 나의 분한을 달아 보며 나의 모든 재앙을 저울에 둘 수 있으면 바다 모래보다도 무거울 것이라 그럼으로 하여 나의 말이 경솔하였구나.' (욥 6:1~3) '보라 그에게는 열방은 통의 한 방울 물 같고 저울의 적은 티끌 같으며 섬들은 떠오르는 먼지 같으니.' (이사야 40:15)

수준일 것이다 이 부분에서는 반소비에트적 성향이 드러난다. 당시 「프라브다」나 「이즈베스티야」는 레닌의 가르침을 '고통받는 민중의 길잡이별'이라는 말로 수식하곤 하였다.

230 **배신할 것이다** 이 부분에는 베드로가 예수를 첫닭이 울기 전에 세 번 부인하는 내용(마태 26:69~5)과 우리에게 죄 지은 자들에 대한 우리의 용서 횟수(마태 18:21~22)가 혼합되어 있다.

236 **달리다굼** 아람어로 '소녀여, 일어나라'.(마가 5:35~43)

라마 사박타니 아람어로 '어찌하여 저를 버리셨나이까'. 예수가 골고타에서 마지막 숨을 거둘 때 외친 말이다. 마태복음과 마가복음에서 인용한 것이다.

239 **69년 가을** 이것은 작품의 실제 창작 연도와 차이가 있다. 작가는 편지와 인터뷰 등에서 작품의 창작 시기를 1970년 1월 19일에서 3월 6

일 사이라고 밝히고 있다.(『인용 속의 전기(*Biografiia v tsitatakh*)』, 1996) 이것은 작품의 서정적 즉흥성을 높이기 위한 효과적 장치들 가운데 하나로 보는 것이 타당할 것이다.

러시아 신고전의 탄생: 예로페예프의 『모스크바발 페투슈키행 열차』

박종소(서울대 노문과 교수)

1.

　대다수의 한국 독자에게는 낯선 베네딕트 바실리예비치 예로페예프(Venedikt Vasil'evich Erofeev, 1938~1990)라는 이름과 함께 『모스크바발 페투슈키행 열차(*Moskva-Petushki*)』(1970)라는 책 제목은 필경 가벼운 호기심을 불러일으킬 것이다. 모스크바라는 지명은 우리에게 너무나 친숙하지만 '페투슈키'는 무엇을 의미하는지 쉽사리 짐작할 수 없을 것이기 때문이다. 페투슈키는 모스크바에서 동쪽으로 115킬로미터 떨어진 클랴즈마 강가의 소도시로, 모스크바에서 출발하는 철도 교외선의 종착지이다. 즉 작품의 원제인 〈모스크바-페투슈키〉는 그 안에 36개의 정차 역을 품고 있는 철도 노선을 의미하며, 동시에 출발점과 종착점으로 상징되는 두 세계, 다시 말해 주인공이 현재 머무르고 있는 이 세계와 그곳을 벗어나 다다르고자 하는 또 다른 세계를 의미한다고 볼 수 있다. 그 두 세계 간의 관계가 어떠하리라 하는 것은 작품을 통해서 알 수 있겠지만, 한 가지 먼저 밝힐 수 있는 것은 우리는 불행히도 페투슈키의 진정한 모습을 영원히 파악할 수 없으리라는 점이다. 그곳은 주인공이 그렇게도 가고 싶어하는 곳이지만 끝내 가닿을 수 없는 정신의 이상향이자 지상에 강림한 신의 세계이기 때문이다.

『모스크바발 페투슈키행 열차』는 베네딕트 예로페예프의 대표작이자 소비에트 문학의 고전으로 평가받는 작품이다. 소비에트 시기의 사회주의 리얼리즘 작품들이 당 공식 문학으로서 권력을 누리고 있던 시기에, 이 작품은 사미즈다트(자기 출판, 지하 출판)를 통해 러시아 대중들에게 알려져 많은 사랑을 받았다. 공식적인 출판은 국외인 이스라엘과 프랑스에서 각각 1973년과 1976년에 이루어졌으며, 두 종류의 영어 번역본은 1980년대 초에 출간되었다. 축약본이 아닌 완전한 텍스트가 소련 국내에서 모습을 드러낸 것은 1989년에 이르러서였다. 이때는 소비에트 연방의 마지막 나날들에 해당되는 시점으로 작가는 죽음을 1년 앞두고 작품의 국내 출판과 그에 따른 비평적 상찬을 지켜볼 수 있었다.

2.

작중 인물과 작가는 엄연히 구분해서 바라보아야 하지만 실제 작가의 모습이 작품 속 인물에게 강하게 투영되어 있어 그러한 원

292

칙을 고수할 수 없게 만드는 작품들이 종종 있다. 『모스크바발 페투슈키행 열차』가 바로 그런 작품으로 작가 개인의 전기적 사실은 상당 부분 작품 속 내용과 겹쳐진다. 따라서 작가의 전기를 아는 것은 작품의 깊이 있는 이해에 도움이 될 뿐만 아니라 양자를 비교하는 가운데 뜻밖의 즐거움을 얻을 수도 있다.

베네딕트 예로페예프는 1938년, 극권 지역인 카렐랴 주의 추파 마을에서 태어났다. 학업 성적이 우수하여 초등 교육 과정을 마치면서 금메달을 받기도 한 그는 1955년 모스크바 국립대학의 문헌학부에 입학했으나 3학기 만에 제적당하고 말았다. 그렇게 된 이유와 관련해서는 몇 가지 논쟁이 있으나 — 승인 받지 않은 학생 연극에 참여해서 대학 당국의 분노를 샀다는 설과 의무적인 군사 예비 수업에 참가하기를 거부했다는 설 등 — 이 무렵 예로페예프의 행동이 관습에 얽매이기를 거부했고 다소 별났던 것은 사실이었다.

누이의 회고에 의하면 그에게는 심지어 어린아이일 때도 사회적 규범에 순응하기를 거부하는 반항적 기질이 있었다고 한다. 예로페예프는 1940, 50년대에 소비에트의 어린이들이 사실상 가입하기를 강요당했던 몇몇 단체들에 들어가는 것을 거부해서 선생님을 놀라게 했다. 그와 같은 경향의 진정한 원인은 쉽사리 밝힐 수 있는 것이 아니지만, 1946년에 철도 노동자였던 아버지가 체포당한 사실이 작가의 세계관 형성에 영향을 미쳤으리라는 점은 충분히 짐작할 수 있다. 그의 아버지는 반(反)소비에트 선전 선동을 한 혐의로 체포되었다. 예로페예프의 어머니는 직장에서 쫓겨나고, 전후의 빈궁한 시절에 혼자 힘으로 세 자녀를 키울 수가 없었으므로 작가를 비롯한 형제들은 1954년 아버지가 감옥에서 풀려나올 때까지 무르만스크 주의 키롭스크 어린이집에서 몇 년을 지내야 했다.

모스크바 국립대학을 떠난 후 예로페예프는 몇 곳의 교육 기관에서 더 교육을 받았는데, 블라디미르 시(市) 사범대학에서는 젊은 작가, 예술가 그룹과 사귀기도 했다. 그러나 여기서도 그는 풍자적인 시를 쓰거나 성서를 가지고 있다는 등의 이유로 학교를 그만두게 되었다.

1960, 70년대에 예로페예프는 식료품 상점 짐꾼, 석공의 조수, 난방공, 경비원, 재활용 용기 수거 담당자, 고속도로 건설 노동자 등 여러 직업을 전전했다. 1964년부터 1969년에 걸쳐서는 전화 케이블을 설치하는 일에 고용되어 소비에트 전역을 돌아다녔다. 그리고 1969년부터 1974년까지 모스크바 지역에서 전화선 수선공으로 일했다. 이러한 사실은 『모스크바발 페투슈키행 열차』의 탄생과 밀접한 관련을 맺는다. 이 기간에 이 작품이 쓰였을 뿐만 아니라 당시의 경험이 직간접적으로 투영되어 있기 때문이다. 그의 친구들은 작품 속의 다양한 인물들과 사건에서 자신들의 모습을 인식할 수 있었다고 한다. 예로페예프는 말년을 제외하고는 성인이 되고 나서의 대부분의 시간을 고정된 거처 없이 살았다. 실제로 그는 1974년까지 거주 증명서 없이 살았다. 즉 그는 공식적으로는 소비에트의 시민이 아니었다. 그가 전전한 직업들은 그로 하여금 끊임없는 여행을 하게 했다. 『모스크바발 페투슈키행 열

차』의 주인공이 집 없이 노숙하며 길을 떠나는 인물로 나오는 것은 이와 무관하지 않을 것이다.

친구들과 친척들에 따르면, 예로페예프는 매력은 있지만 수줍음을 잘 타는 남자였다. 그는 블라디미르 시 사범대학에 다니던 시절, 그의 첫 아내인 발렌티나 지마코바를 만났다. 그녀 역시 그곳의 학생이었다. 두 사람은 얼마 못 가 헤어지고 말았지만 그 사이에 태어난 아들을 작가는 늘 잊지 않았다. 60년대 후반과 70년대 초에 작가는 지마코바가 살고 있었던 페투슈키 근처의 무실리노로 자주 여행을 가곤 했다. 그의 아들을 보기 위해서였다. 사실 1970년대에 작가가 쓴 문학 작품과 여러 과목의 교과서들은 아들의 교육을 위해 쓴 것이었으며, 이 작품의 첫 장에도 사랑하는 아들에게 바친다는 헌사가 적혀 있다. 사랑하는 여인과 어린 아들의 존재는 작품 속에서 유사하게 변형되어 주인공을 페투슈키로 향하게 하는 중요한 이유가 된다.

예로페예프의 두 번째 부인이었던 갈리나는 작가의 말년에 비교적 안락한 가정을 제공해 주었다. 그녀는 작가의 원고와 노트 등을 보존하고 출판하는 데 적극적이었다. 예로페예프는 아들을 위해 몇 권의 시선집을 쓰고 생의 끝 무렵에는 희곡을 쓰기도 했다. 그의 또 다른 소설로는 재활용 용기 수거 담당자가 주인공인 『드미트리 쇼스타코비치』(1972) 등이 있다.

1980년대 중반에 예로페예프는 후두암 진단을 받았다. 수술 후 그는 기계장치의 도움으로만 말할 수 있었다. 파리에서 치료해 주겠다고 그를 불렀으나 소비에트 당국은 해외여행 허가를 내주지 않았다. 두 번째 수술 후 상태는 악화되었고 작가는 1990년 5월, 51세를 일기로 사망했다.

작중 화자인 베니치카 예로페예프가 그렇듯이 평범하지 않으면서 내향적이었던 베네딕트 예로페예프는 독서를 무척 좋아했다. 특히 그를 사로잡은 것은 역사와 문학이었다. 그는 상징주의와 아크메이즘 시를 비롯한 많은 러시아 시들을 외우고 있었고, 라틴어와 독일어 서적을 읽었고, 자기만의 감정적 방식으로 고전음악을 향유할 줄 알았다. 이러한 모든 것은 『모스크바발 페투슈키행 열차』의 내용을 풍부하게 확장시키는 무수한 문학적, 문화적 코드들의 원재료가 된 것으로 보인다. 그의 작품에 자취를 남긴 문학적 영향력에 관해 질문을 받았을 때, 작가는 살티코프세드린, 고골, 초기의 도스토옙스키, 스턴, 사샤 초르니, 바실리 크냐제프를 거명했다.

작가 예로페예프는 알코올 중독자이기도 했다. 알코올 중독은 그의 생애에 중요한 영향을 미쳤고, 사후 그의 신화화가 이루어지는 과정에 상당한 원인을 제공했다. 그러나 일반적으로 생각하는 것처럼 작가가 알코올 중독으로 인해 심한 고통을 받은 것은 아니었고, 창조적 원천이기도 했다는 주장이 설득력을 얻고 있다.

마찬가지로 그를 둘러싼 현실이 고통과 슬픔의 원천이기만 했던 것은 아니었다. 출구가 보이지 않는 소비에트의 현실은 결과적으로 작가의 특별한 풍자적 재능에 기여했다는 점에서 작가와 환경과의 관계를 되돌아보게 만든다.

3.

앞서 언급한 대로 이 작품은 모스크바의 쿠르스크 역에서 페투슈키 역에 도달하기까지 실제로 지나가는 철도역 이름을 장 제목으로 해서, 총 44개의 에피소드로 구성되는 특이한 형식을 취하고 있다. 기차가 각 정거장에 멈춰 섰다가 다시 나아가는 여정을 따라 이야기도 진행된다. 더욱이나 출발역에서 종착역까지 실제 소요되는 시간인 2시간 30분이 작품 전체를 낭독하는 데 걸리는 시간과 묘하게도 일치한다고 하니 흥미로운 일이 아닐 수 없다.

이야기는 인사불성으로 취해 낯선 아파트의 건물 입구에서 잠들었던 주인공 베니치카가 아침에 깨어나 전날의 기억을 더듬는 것으로부터 시작한다. 그는 오직 여행 가방 하나만 지닌 채로 집 없이 떠돌아다니는 알코올 중독자다. 그러나 그가 단순한 주정뱅이가 아니라는 사실은 작품의 맨 첫 문단에서부터 확인할 수 있다. 베니치카는 모스크바에 살면서 온 도시를 닥치는 대로 돌아다니지만 크렘린을 한 번도 보지 못한 특이한 인물이다. 모든 이들이 크렘린, 크렘린 하고 말하고, 자신 역시 모든 사람이 크렘린에 대해 이야기하는 것을 들었지만 지금껏 보질 못했노라고 선언하는 대목은 사뭇 의미심장하다.

소비에트 정권의 억압성과 희생당하는 러시아 민중들의 슬픔을 예민하게 지각하고 있는 주인공을 절망과 공허감으로부터 건져 올리는 것은 사랑하는 여인과 어린 아들의 존재다. 그들은 낮에도 밤에도 새들이 지저귀길 그치지 않고, 겨울에도 여름에도 재스민이 꽃피어 시들지 않는 곳, 페투슈키에 살고 있다. 이러한 아름답고 서정적인 자연 묘사는 이 작품 전체를 통틀어 페투슈키와 관련된 추억을 묘사할 때만 등장한다. 따라서 도시 경관 정도 외에는 일체의 자연 묘사가 없는 도스토옙스키 작품처럼 모스크바의 거리나 술집, 사람들의 모습만을 간략하게 묘사하는 이 작품의 다른 부분과 뚜렷한 대조를 이룬다. 더군다나 그곳은 원죄의 무게가 사람들을 짓누르지 않는 곳이다. 주인공은 쿠르스크 역에서 페투슈키행 기차를 타고 여행을 시작한다.

기차에는 아무런 긴장감도 없으며 어떠한 것에도 흥미를 느끼지 않는 눈들을 가진 러시아 민중들이 타고 있다. 베니치카는 시련과 재난의 시절에도, 의심의 시절에도 변함없이 '텅 빈' 자기 민족의 눈을 보며 사랑과 긍지를 느낀다.

이후 기차에서는 승객들과 주인공 간에 담론의 향연이 펼쳐진다. 베니치카는 '멍청하디멍청한 자'와 그의 동행인 '똑똑하디똑똑한 자'를 시작으로 새로운 인물들을 관찰하고 알아 간다. 그들과의 대화를 통해, 혹은 주인공이 자기 자신에게 내뱉는 독백을 통해 문학, 예술, 종교, 철학, 정치, 성 등에 관련한 실로 놀랍도록 다양한 주제들이 거론된다. 사실 『모스크바발 페투슈키행 열차』는 상호 텍스트성의 본보기라고 할 수 있다. 작중의 모든 담화에는 역사적 인물이나 사건, 문학 및 예술 작품, 철학적 담론 등이 뒤얽혀 있다. 특히 성서와의 연관성은 지배적이다. 셰익스피어, 괴테, 파스테르나크, 쿠프린, 체호프, 부닌, 불가코프 등의 자취와 도스토옙스키적인 테마의 차용 — 술 취함과 고통의 테마 — 을 확인할 수 있기도 하다. 따라서 이 책의 미주에 실어 놓은 다양한 배경 지식 없이는 작가가 의미하는 바를 정확히 파악하기 어려울 정도다.

그러나 한편으로 그것들이 이야기되는 방식은 다소 우스꽝스럽고, 일종의 횡설수설이 거듭되는 탓에 난해해지는 지경에 이른다. 주인공 베니치카가 구사하는 언어에 있어서뿐만 아니라 등장인물들 간에 이루어지는 대화 전체를 놓고 볼 때도 진지하고 문제적인 주제들이 과장되고 희화화된 채 다루어지고 있다는 것을 알 수 있다. 『모스크바발 페투슈키행 열차』에서는 종교나 삶의 의미에 관한 심오한 진술이 욕설이나 비속어와 결합되어 있다. 그러나 이처럼 언어 또는 의미와 관련해서 서로 일치되지 않는 수준의 담화가 혼재하고 있다는 점은 일부러 의도된 것일 뿐만 아니라 예로폐예프 산문의 핵심적 장치이다.

한편 주인공이 술에 취해 감에 따라, 이야기는 점점 더 환각을 일으키며 악몽 같은 상태로 바뀌어 간다. 마침내 베니치카는 기차가 페투슈키로 가고 있지 않다는 사실을 알고 경악한다. 작품 속에서 이제 현실과 환상의 경계는 희미하고 모든 것은 모호하게 처리되어 있다. 주인공은 잠이 들어서 정거장을 놓친 것일 수도 있고, 처음부터 모스크바를 떠나지 않았을 수도 있다.

기차는 텅 비어 있고 베니치카는 두려움과 불안에 떤다. 그런 와중에 사탄, 수수께끼를 내는 스핑크스, 크람스코이 그림 속의 검은 옷을 입은 공작부인이 나타나 베니치카와 언쟁을 하거나 몸싸움을 한다. 꿈인지 환각인지 알 수 없는 기묘한 상황들을 겪고

난 후, 돌연 주인공은 크렘린 근처에서 헤매고 있는 자신을 발견한다. 그리고 한 골목으로 접어들었을 때 익명의 네 사람이 그에게 다가온다. 베니치카는 그들의 얼굴을 곧 알아보지만 그들이 누구인지는 밝히지 않는다. 주인공은 그들에게 린치를 당하고 쫓기다가, 결국 붙잡혀 죽임을 당하는 것으로 작품은 마무리된다.

4.

『모스크바발 페투슈키행 열차』는 길지 않은 분량임에도 불구하고 작품 내부에 응축된 문학적, 문화적 코드의 다양함으로 인해 여러 방향에서의 접근과 다층적인 해석을 가능하게 한다.

이 작품은 보통 피카레스크 양식, 패러디, 포스트모더니즘이라는 창을 통해 탐구되어 왔다. 따라서 텅 빔을 향해 나아가는 허무주의자의 여행이라 말해지기도 하고, 그 자체가 종교적 신념의 심오한 표현인 것으로 인식되기도 했다. 때로는 라블레풍의 걸작이라는 칭송을 받기도 하고, 주인공인 알코올 중독자의 일관성 없는 산만한 언행으로 인해 작품 전체가 폄하되기도 하였다.

이러한 다양한 해석과 평가가 가능하게 된 데에는 이 작품의 인물, 특히 주인공인 베니치카의 모습이 품고 있는 다면성이 한몫을 했다. 베니치카는 작품의 표면상으로는 단순한 알코올 중독자의 모습으로 등장한다. 모스크바라는 현 세계를 형성하고 지배하는 엄연한 법칙들의 상징물인 크렘린을 애써 외면하는 대신, 그에게 중요한 것은 술 마시기다. 주인공은 토하고, 비틀거리고, 무시당하고, 숙취로 고통받으면서도 끊임없이 술을 찾는다. 심지어 베니치카는 '인간의 삶이란 사람이 잠시 동안 술에 취하는 것'이라는 생각을 갖고 있기까지 하다. 어떤 사람은 적게 마시고 어떤 사람은 많이 마셨을 뿐 우리 모두는 각자 나름대로 취해 있다는 것이다.

작품에 따르면, 이처럼 술에 취해 사는 베니치카를 지배하는 악몽은 세상으로부터 자신이 이해받지 못한다는 사실이 아니다. 중요한 것은 세상이 그를 완전히 거꾸로, 이율배반적으로 본다는 사실이다. 그렇다면 삶은 이미 이해시키고 이해받는 차원을 넘어섰다. 마치 거꾸로 뒤집힌 세계를 보려면 자기가 뒤집혀져야 한다는 듯이, 아니면 세상은 바른데 자신이 뒤집혀 있기 때문이라는 듯이 주인공은 시종일관 술을 마신다. 그래서 이 작품은 '알코홀릭 내러티브'로 지칭되기도 한다. 취해서 흐릿해진 술꾼의 눈에 비친 세상 풍경은 『모스크바발 페투슈키행 열차』의 기본 내용이 된다.

그러나 작품의 전개 과정에서 주인공은 가려져 있던 또 다른 모습들을 드러내 보인다. 이 작품에서 '술 마시기' 모티프가 중요한 또 하나의 이유는 범상치 않은 지식과 안목을 갖추고 있는 주인공이 역설적이게도 술을 통해 '유로디비(iurodivyi, 바보 성자)'의 모습을 갖추어 가기 때문이다. '유로디비'는 자신의 모든 것을 비우기 위해 그리스도의 고행과 희생을 모방하고, 전국을 편력하며 바보처럼 기행을 일삼는 그리스 정교의 성자들이다. 그들은 궁극적으로 자기를 비움으로써 자기의 완성에 도달하기 위해 역설적인 신앙 행위를 실천한다. 의도했든 의도하지 않았든 집 없이 떠

돌며 자신이 지닌 것을 하나씩 상실해 가는 주인공의 모습은 유로
디비와 상당히 유사하다. 덧붙여, 앞서 얘기한 대로 베니치카의
언어 구사에 양립하기 어려운 두 층위가 뒤섞이는 현상 역시 유로
디비의 전통과 연결된다.

현대의 알코올 문화와 유로디비의 전통이 접목되었다는 점에서
『모스크바발 페투슈키행 열차』는 '신화의 재구성'이라는 측면에
서 이해할 수 있다. 베니치카의 신화의 중심에는 예민할 정도의
고상함이 위치한다. 그러나 주인공의 이러한 고상함은 품위 있는
전통으로부터 내려온 것이 아니라 전혀 고상하지 않은 환경의 한
가운데서 등장하는 저 세상의 것이다. '맏아들'이나 '천사' 같은
단어들은 소비에트 문화에서 매우 낯선 것이지만, 이 단어들은 베
니치카의 용법에서 새로운 고상함을 부여받는다. 이 단어들에 아
이러니적인 뉘앙스가 전혀 없는 것은 아니지만, 이것을 전적으로
아이러니로만 받아들이기에는 간단치 않다. 이것은 차라리 반(反)
아이러니이다. 반아이러니는 아이러니에 대한 아이러니를 통해
새로운 차원의 진지함을 탄생시킨다. 이것은 미하일 엡슈테인 같
은 이가 이 작품에서 주목하는 포스트모더니즘의 반(反)미학의 키
치적 요소와도 상통한다.[1] 엡슈테인은 이제껏 미적 범주에 포함
시키기에는 부적절했던 문학의 주제들이 오히려 역설적으로 반
(反)예술을 창조하고 있다는 점에서, 예술의 자기 파괴라 할 수 있
을 키치적 요소들이 바보스러움과 비천함 속에서 신의 현현을 찾

---

1) Mikhail Epshtein, "Posle karnavala ili vechnyi Venichka (카니발 이후에 혹은 영원한 베니
치카)", Venedikt Erofeev, Ostav'te moiu dushu (내 영혼을 놓아두시오), M. 1997.

는 유로디비의 전통과 부합함을 지적하고 있다.

물론 러시아 현대 인문학자인 조린이 지적하고 있듯이[2] 이 작품은 1960~70년대 러시아 문화의 지적 분위기인 바흐친의 이른바 '라블레주의'에서 자유롭지 않다. 이 작품에서 카니발의 현대적 대치가 바로 '알코올'이기 때문이다. 그러나 이때 우리가 주의할 점은 작품의 주인공은 카니발의 세계의 주인공들과 구별되게, 미하일 엡슈테인이 지적하고 있듯이, 보드카에 취한 '만취'의 상태가 아니라 '숙취'의 상태에서 왜곡되고 비현실적인 그로테스크한 모스크바 세계로 던져진다는 점이다. 숙취의 상태는 안 취한 상태와 취한 상태의 변증법에서 최상의 단계이다. 이러한 변증법은 사람을 오만에서 온순함으로 이끌어 간다. 이때 안 취한 사람의 오만은 취함으로써 해소되고, 취한 사람의 오만은 숙취로 해소된다. 여기서 숙취는 일종의 진테제의 단계이다. 이 상태에서 카니발적인 뒤집혀진 세계는 다시 한 번 뒤집히면서 더 이상 카니발의 세계라고 불릴 수 없는 괴상한 진지함을 낳는 것이다. 새로운 세계상이 떠오르며 작품은 재구성된다.

주인공 베니치카에게 투영되어 있는 또 다른 이미지는 예수의 모습이다. 이 작품에는 여러 군데 부활의 모티프들이 들어 있을 뿐만 아니라, 성서의 내용과 관련된 암시들이 산재해 있다. 술에 취했다 깨어나기를 반복하며, 소비에트 시대 반체제 인사의 시각을 견지하고 있는 주인공은 부활과 십자가형을 되풀이하는 현대

---

2) Andrei Zorin, "Prigorodnyi poezd dal'ego sledovaniia (원거리 운행의 교외선 기차)", *Novyi mir* (신세계), 5. 1989.

의 예수로 볼 수도 있을 것이다. 실제로 작품에는 부활한 자를 향한 "일어나서 가라(달리다굼)"라는 예수의 말이 자주 반복된다. 작품의 첫 부분에서 낯선 아파트 건물 입구에서 잠이 깬 화자가 밖으로 나오면서 자기 자신에게 하는 말, '가, 베니치카, 가라고'는 이 작품을 관통하는 "달리다굼"의 하나이다. 첫 장의 이 말 "달리다굼"은 결국 '일어나서 마지막을 준비하라'는 처형의 테마와 연결된다. 코리안드로바야를 마신 주인공의 정신은 깨어나고 사지는 시들해진다는 부분이나, 주인공을 식당 밖으로 끌고 나가는 세 명이 '사형집행인들'로 불리는 것, 이어 다음 장에서 '이 죽음과도 같은 두 시간을 1분의 침묵으로 기념하자'는 것 등에서 이러한 연상은 강화된다. 무엇보다 흥미로운 것은 작품의 마지막에 광장에서 일어나는 린치 장면은 사실상 예수의 처형의 테마를 연상시킨다는 점이다. 물론 성서적 슈젯에 따른 죽음 뒤의 부활의 모티프도 작품에서 찾을 수 있다. 곧 해장술을 마시면서 주인공이 살아나는 장면이다. 그러나 "세르프 이 몰로트 — 카라차로보" 장의 누락에서 보듯 부활의 과정은 비밀에 부쳐진다.

사실 주인공 베니치카의 이러한 다면적인 모습이 작품에 대한 다양한 해석을 낳는다고 할 수 있다. 때로는 다양함을 넘어 모순적이고 이율배반적인 정도까지 이르는 주인공의 모습은 이 작품 장르의 성격과도 연결된다. 즉 우리는 이 작품, 베네딕트 예로페예프의 『모스크바발 페투슈키행 열차』를 다양한 장르의 문학작품으로 읽을 수 있다. 피카레스크 소설, 여행 문학, 중세 바보 성자 문학으로도 읽기가 가능하며, 또한 당의 공식적인 이데올로기 강령에 따라 작품을 창작했던 사회주의 리얼리즘 문학에 대한 패러디 문학으로도, 상호 텍스트성(수많은 문학 작품, 사회정치 문화적 텍스트, '성서' 등의 인용)과 60년대 '알코올 산문'의 예시로서도 읽을 수 있고, 혹은 1960년대판 러시아 모더니즘의 부활로서, 더 나아가 러시아 포스트모더니즘의 선구적인 작품으로도 읽기가 가능하다.

이 작품이 전 세계 40개국이 넘는 나라에서 번역되어 열광적인 베니치카의 신화를 만들어 낸 것은 이와 같은 이 작품이 갖는 다양한 읽기의 가능성과 무관하지 않을 것이다. 비록 우리나라의 독자 분들께 뒤늦게 소개되지만, 부디 이 기회를 통해 투르게네프, 도스토옙스키, 톨스토이, 체호프의 위대한 19세기 러시아 문학작품들의 뒤를 잇는 20세기 소비에트 러시아 문학의 뛰어난 신고전 작품을 향유하실 수 있기를 기대해 본다.

성서의 인용은 구약의 경우 대한성서공회의 『개역한글판』과 『표준새번역』을 이용했고, 곳에 따라 *King James Version*, *American Standard Version*, *Recovery Version* (1999) 등을 참조하여 옮긴이가 번역하기도 했다. 신약의 인용은 모두 한국복음서원의 『회복역 신약성경』에 따랐다.

판본 소개

번역에 사용한 판본은 Venedikt Erofeev, *Moskva-Petushki* (Moskva: Zakharov, 2004)이며, A/O KAREKO 판(Petrozavodsk, 1995)과 Eduard Vlasov가 주석을 붙인 Vagrius 판(Moskva, 2003) 을 참조했다.

베네딕트 예로페예프 연보

1938 10월 24일 베네딕트 바실리예비치 예로페예프, 극권(極圈)의 콜라 반도에서 태어남. 아버지는 대숙청 기간에 체포되어 수용소에서 노동을 했음. 어머니의 증언에 따르면 베네딕트는 다섯 살 때부터 글을 쓰기 시작.

1955 17살에 모스크바 대학 문헌학부에 입학. 생애 처음으로 극권을 종단함.

1956 『정신병자의 수기(*Zapiski psikhopata*)』 집필(~1958년). 그의 작품들 중 가장 길고 가장 부조리한 것으로 알려짐.

1957 3월 교련 수업에 불참한다는 이유로 모스크바 대학에서 제적됨. 이후 1975년까지 거주 증명서 없이 구 소련 전역을 떠돌며 수많은 직업을 거침. 콜롬나에서 식료품 상점의 짐꾼으로, 모스크바의 체료무슈키 건설 현장에서 석공의 조수로, 블라디미르에서 난방공으로, 오레호보주예보에서 경찰서 당직 근무자로, 브랸스크에서 사서로, 자폴랴리예에서 지구물리학 학술 탐험대의 표본 수집가로, 고리키 주의 드제르진스크에서 모스크바-베이징 간 고속도로 건설의 시멘트 담당자로 일함. 가장 오래 일한 곳은 통신 분야로, 탐보프, 미추린스크, 옐레츠, 오룔, 리페츠크, 스몰렌스크, 리트바,

벨로루시 등지에서 케이블 설치 작업을 하며 10년이란 시간을 보냄.

1962 「복음」 집필. 주목할 만한 가치가 있는 첫 번째 글로서, '러시아 실존주의의 창세기', '뒤집힌 니체'로 평가받기도 함. 60년대 초반에 걸쳐 노르웨이 작가들, 즉 함순, 뵈른손에 관한 논문과 입센의 후기 드라마에 대한 논문 두 편을 집필하나, 모두 『블라디미르 국립 교육학 연구소 학술지』 편집부에 퇴짜를 맞음.

1966 아들 베네딕트가 태어남.

1970 『모스크바발 페투슈키행 열차(Moskva-Petushki)』 집필. 1월 19일부터 3월 6일까지, 즉 한 달 보름 만에 완성된 작품. 지하 출판되어 보급됨.

1972 소설 『드미트리 쇼스타코비치(Dmitri Shostakovich)』 집필. 이 작품의 원고는 망실되었음. 연구를 통해 내용은 다소 추측 가능함.

1973 에세이 「괴짜의 눈으로 본 바실리 로자노프(Vasilii Rozanov glazami ektsentrika)」 집필. 이스라엘 잡지 『아미』가 『모스크바발 페투슈키행 열차』를 최초로 공식 출판함.

1974 우즈베키스탄, 얀기예르 등의 중앙아시아 초원에서 기생충학 학술 탐험대 연구원, 타지키스탄에서 전소련 과학 연구소 산하 구충 및 살균 연구소에서 연구원으로 일함. 그가 유일하게 좋아했던 시기.

1976 『모스크바발 페투슈키행 열차』의 프랑스어판이 파리에서 출간. 이후 독일어판과 영어판이 잇달아 출간됨.

1985 5막 비극 「발푸르기스의 밤 혹은 기사단장의 발걸음(Val' purgieva noch', ili Shagi Komandora)」 발표. 여름에 후두암이 발병.

1988 손녀 나스타샤 예로페예바가 태어남. 『나의 작은 레닌 어록집 (Moia malen' kaia leniniana)』 발표.

1989 『모스크바발 페투슈키행 열차』가 마침내 소련에서 정식 출간.

1990 **5월 11일** 모스크바에서 사망. 쿤체프스크 묘지에 묻힘.

1991 『모스크바발 페투슈키행 열차』가 독일에서 영화화됨.

1995 미완성 희곡「이교도들, 혹은 파니 카플란(Dissidenty, ili Fanni Kaplan)」출판됨.

2001 일기(日記) 일부가 출판됨.

새롭게 을유세계문학전집을 펴내며

을유문화사는 이미 지난 1959년부터 국내 최초로 세계문학전집을 출간한 바 있습니다. 이번에 을유세계문학전집을 완전히 새롭게 마련하게 된 것은 우리가 직면한 문화적 상황에 적극적으로 대응하기 위해서입니다. 새로운 을유세계문학전집은 세계문학의 역할이 그 어느 때보다 중요해졌다는 인식에서 출발했습니다. 오늘날 세계에서 타자에 대한 이해는 우리의 안전과 행복에 직결되고 있습니다. 세계문학은 지구상의 다양한 문화들이 평등하게 소통하고, 이질적인 구성원들이 평화롭게 공존할 수 있는 문화적인 힘을 길러 줍니다.

을유세계문학전집은 세계문학을 통해 우리가 이런 힘을 길러 나가야 한다는 믿음으로 만들어졌습니다. 지난 5년간 이를 준비하기 위해 많은 노력을 기울였습니다. 세계 각국의 다양한 삶의 방식과 문화적 성취가 살아 있는 작품들, 새로운 번역이 필요한 고전들과 새롭게 소개해야 할 우리 시대의 작품들을 선정했습니다. 우리나라 최고의 역자들이 이들 작품 속 한 문장 한 문장의 숨결을 생생히 전하기 위해 심혈을 기울였습니다. 또한 역자들은 단순히 번역만 한 것이 아니라 다른 작품의 번역을 꼼꼼히 검토해 주었습니다. 을유세계문학전집은 번역된 작품 하나하나가 정본(定本)으로 인정받고 대우받을 수 있도록 최선을 다했습니다. 세계문학이 여러 경계를 넘어 우리 사회 안에서 주어진 소임을 하게 되기를 바라며 을유세계문학전집을 내놓습니다.

을유세계문학전집 편집위원단

신정환 (한국외대 스페인어통번역학과 교수)
최윤영 (서울대 독문과 교수)
박종소 (서울대 노문과 교수)
김월회 (서울대 중문과 교수)
신광현 (서울대 영문과 교수)

을유세계문학전집

새로운 을유세계문학전집은 구 을유세계문학전집(1959~1975, 전100권)에서 단 한 권도 재수록하지 않았습니다.
을유세계문학전집은 계속 출간됩니다.